# O ÚLTIMO ANCESTRAL

O ÚLTIMO
ANCESTRAL
ALE SANTOS

diretora editorial: *Raquel Cozer*
coordenadora editorial: *Diana Szylit*
assistência editorial: *Mariana Gomes*
copidesque: *Bonie Santos*
revisão: *Laila Guilherme e Mel Ribeiro*
capa: *Rafael Albuquerque* e *Douglas Lopes*
projeto gráfico e diagramação: *Eduardo Okuno*
ilustrações de miolo: *Douglas Lopes*
Foto do autor: *Juan Ribeiro*

Dados Internacionais de Catalogação na Publicação (CIP)
Angélica Ilacqua CRB-8/7057

S233u
Santos, Ale
O último ancestral/ Ale Santos. — Rio de Janeiro : HarperCollins Brasil, 2023.
352 p.

ISBN 978-65-5511-522-2

1. Ficção brasileira 2. Racismo – Ficção 3. Ancestralidade - Ficção I. Título

CDD B869.3
23-0550 CDU 82-3(81)



Rua da Quitanda, 86, sala 218 — Centro
Rio de Janeiro, RJ — CEP 20091-005
Tel.: (21) 3175-1030
www.harpercollins.com.br

# O ÚLTIMO ANCESTRAL

# MAPA DE NAGAST

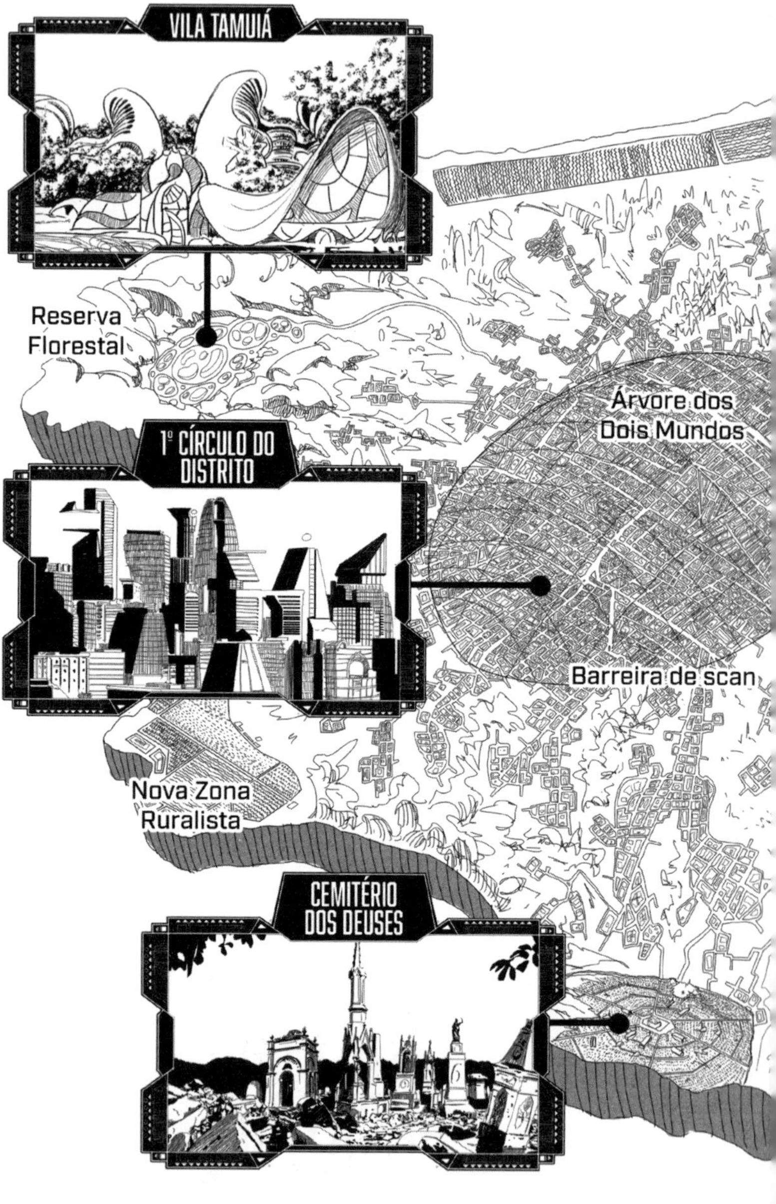

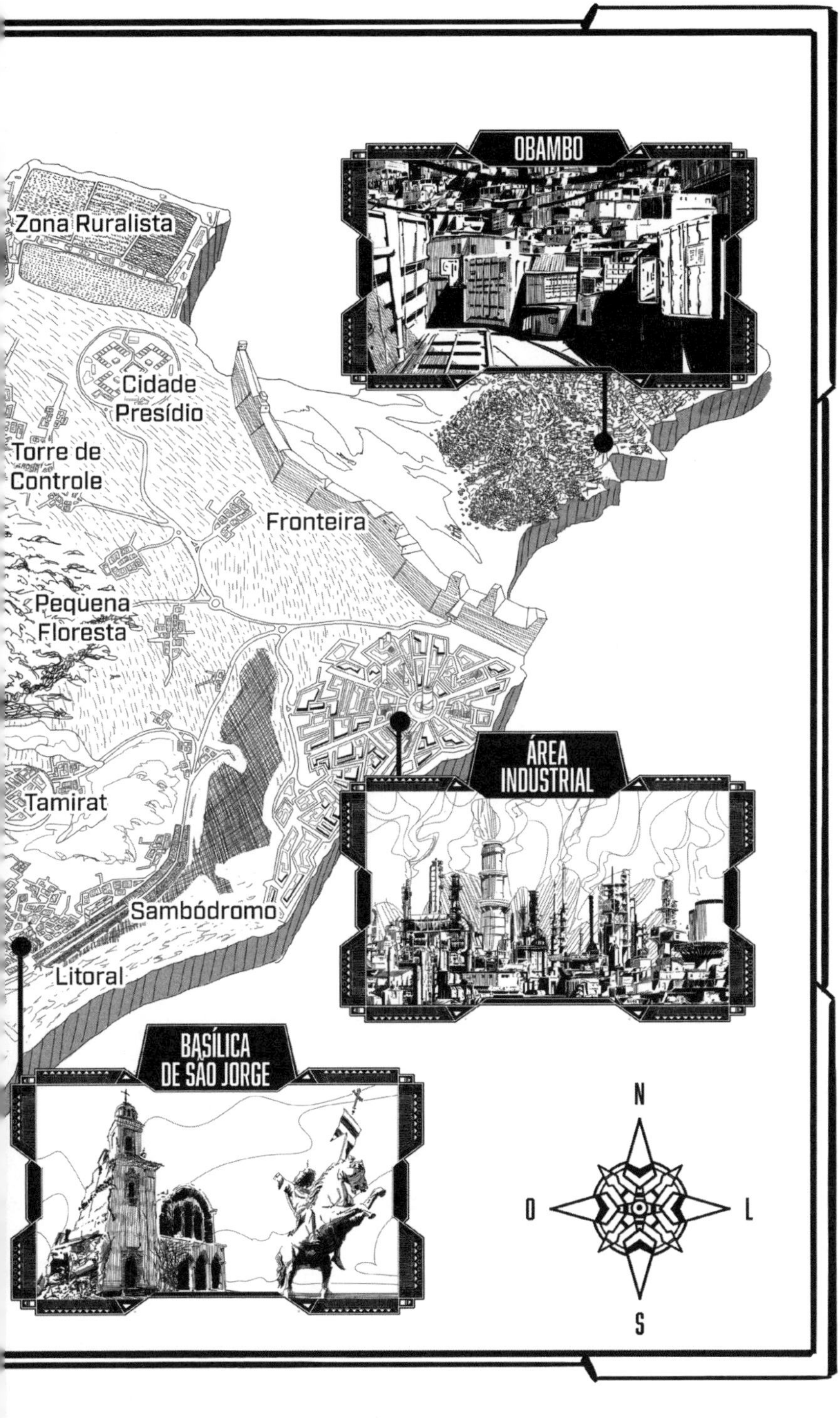

OBAMBO
Zona Ruralista
Cidade Presídio
Torre de Controle
Fronteira
Pequena Floresta
ÁREA INDUSTRIAL
Tamirat
Sambódromo
Litoral
BASÍLICA DE SÃO JORGE
N
O
L
S

# OBAMBO

O vento frio tocava os prédios, o entorno era silencioso. Os vidros escuros por fora seguravam a explosão de luzes acesas dentro de cada casa e apenas refletiam as estrelas; as Três Marias brilhavam como nunca, marcando a constelação de Orion. A quietude das ruas era rompida pela batida sincopada estourando das caixas de som de um Black Cougar, último modelo entre os ricaços, com bateria e gerador elétrico que poderiam iluminar toda a periferia. A máquina atingia mais de trezentos quilômetros por hora, cortando o meio do antigo Sambódromo vazio.

— A rua é nóis, vagabundo. Aumenta saporra aê. Cê é foda mesmo, Eliah! — disse Zero do outro lado da conexão, na esperança de que suas palavras trouxessem mais rapidamente seu novo brinquedo.

Dentro do carro, o suor já havia secado. "Tenho algumas horas de vantagem, fiz o trabalho direito", pensou Eliah. Estava curtindo o momento, sentindo o carro flutuar com sua velocidade e seu sistema magnético. Ficou imaginando como devia ser aquele lugar antes de os Cygens, os Cybergenizados, dominarem de vez a cena. Escolas de samba incendiando o solo, suas alegorias projetando imagens no céu, exibindo enormes hologramas, personagens históricos assistidos por todo o Distrito, seus tambores, tamborins e cavaquinhos ecoando pelos sete cantos. As arquibancadas tomadas por um êxtase absurdo. Por horas, todos deixando de lado o clima de competição entre as escolas e se esbaldando na sensação quase divina que o Carnaval proporcionava. Não tinha sobrado mais nada.

Com os faróis apagados, ele atravessava a avenida como um fantasma. Apesar de jovem, era muito experiente. Tinha entrado cedo para o esquema; aos dez anos já dirigia. Tinha uma mente fabulosa para descobrir como os sistemas de segurança funcionavam. Ninguém de Obambo deveria ter acesso àquela tecnologia, era cara demais, só que lá estavam os melhores mecânicos, ou pelo menos os mais baratos, e aquela gente endinheirada adorava tirar vantagem quando podia. A ambição dos ricos alimentou todo o rolê de caras como o Zero. Praticamente todos os mecânicos do local estavam no esquema: Zero pegava informações sobre os carros com eles e mandava alguém para caçar. A maior parte dos caçadores não voltava, era abatida pelo caminho, mas Eliah era ligeiro demais. Seu talento ia além de desbloquear os carros. Ele era um gênio da fuga, um talento nato. Conseguia antecipar o percurso, encontrar atalhos, desviar das armadilhas. O cara era foda e sabia disso.

— Fala aê, Zero.

— Salve, meu parça.

— Depois desse vou querer uma folga.

— Não vem com essa pra cima de mim, irmão. Tá ligado, cê não consegue ficar longe dessa adrenalina. O negócio é sinistro que eu sei.

Eliah mutou seu microfone e gargalhou, sem deixar o outro perceber que estava certo. Aumentou o volume do som, sentiu o coração pulsar e rumou pela estrada sombria. Ele mantinha uma estranha relação de medo e respeito com Zero — a história de como o chefe construíra essa jogada era uma inspiração para os garotos da favela que sabiam não ter alternativa.

Antes de se tornar uma das Cabeças de Obambo, Zero se chamava Dan e era criado na casa de uma ialorixá da favela, a Tia Cida, que fora uma das últimas pessoas a conseguir se conectar com seus ancestrais sem morrer, embora ocultasse uma pequena resistência em sua fé. Durante toda a infância, o garoto ouviu dela histórias sobre como a relação com a ancestralidade tinha garantido a resistência de seu povo.

Tia Cida lhe contava que, na época em que ele nascera, muitos sacerdotes ainda tinham receptáculos implantados, chips ultratecnológicos que amplificavam a conexão espiritual. Isso garantia dons poderosos de clarividência a alguns, enquanto outros desenvolviam habilidades sobrenaturais de controle da natureza. Àquela altura, fazia mais de um século que essa simbiose entre organismos e circuitos era vista como a única forma de se aproximar das divindades em vida. Então, uma coisa sombria aconteceu: milhares de pessoas foram assassinadas durante um ataque à Basílica de São Jorge.

O plano começara a ser desenhado depois que Moss, a antiga protetora e Oráculo do Distrito, desaparecera, abrindo definitivamente espaço para a ascensão perigosa de um grupo, formado por seres híbridos de homens e máquinas, que desejava instaurar uma nova ordem social — com eles mesmos, é claro, no controle. Esse grupo, os Cygens, pregava que a humanidade perdera muitas eras buscando conexões divinas, o que atrasaria a evolução tecnológica.

A data escolhida para o ataque foi o Dia de Todos os Santos, momento em que as várias tradições se reuniam para prestar tributos às suas figuras sagradas. A multidão foi cercada pelas tropas enquanto os principais sacerdotes eram chacinados diante de seus olhos. A matança desencadeou uma reação de fuga e desespero em todas as igrejas e em todos os terreiros do Distrito. Alguns rebeldes chegaram a montar terreiros escondidos, mas a perseguição, que se estendeu por mais de uma década depois do ataque à Basílica, acabou por extinguir o culto presente nos morros. O acontecimento ficou conhecido como Massacre dos Últimos Santos. Se ainda existem sacerdotes sobreviventes, eles estão velhos demais ou fingem que nunca estiveram lá.

Os Cygens, então, assumiram de vez o controle e instauraram uma lei para proibir reuniões e cultos a qualquer divindade. Uma força especial, composta por guardas que viriam a se tornar os protetores da Fronteira em Nagast, foi criada para vigiar e caçar quem desrespeitasse a lei. As pessoas não esqueceram seus Deuses, mas agora preferiam ficar em silêncio, já que qualquer vaga demonstração poderia ser fatal.

Tia Cida, conhecida em toda a Obambo, resistiu por anos a fio com Dan e as outras crianças que educava como se fossem seus filhos. Rogava a Jorge, guerreiro vencedor do dragão, que protegesse a todos. Acabou sendo assassinada a sangue-frio em seu terreiro pelo esquadrão que veio dar fim aos seus trabalhos. Os soldados humanos enviados pelos Cygens foram cruéis — quando atravessavam a Fronteira até a favela de Obambo, não perdoavam ninguém. Balas perdidas encontraram várias crianças e lhes tiraram a vida. Aos doze anos, Dan foi alvejado por projéteis que deixaram cicatrizes em seus braços e em sua perna e passou a viver em meio à galera do pé do morro, trabalhando como mecânico. Ele aprendeu tudo de que precisava, mas não passava uma noite sequer sem pensar naqueles filhos da puta apertando o gatilho contra a sua mãe de santo. Passou a alimentar dúvidas sobre as histórias que ela lhe contara, já que os ancestrais não tinham sido capazes de salvá-la.

Em vários dias, pela manhã, ele andava até a Fronteira e ficava encarando os guardiões, articulando um plano. Alguns anos depois do assassinato de Tia Cida, aproximou-se mais e surpreendeu os caras com golpes de faca, sem dó. Entrou na cabine de vigilância de uma das torres da Fronteira e exigiu que retirassem seu nome dos registros que os dispositivos computacionais do Distrito mantinham de cada morador de Obambo. Quando voltou para o morro, fez uma nova tatuagem com um único número e passou a ser chamado de Zero. Suas atitudes provocadoras e ousadas revelavam, nas entrelinhas, algum plano maior para toda aquela situação, mas ninguém entendia muito bem o que era. Foi depois de conquistar a nova identidade que passou a negociar com os guardiões o esquema de roubo de carros. Fazia aquilo por ambição, enquanto trabalhava nos bastidores para levar a cabo o plano de vingança.

Ainda guiando o carro, Eliah viu, pelo computador de bordo, a Basílica de São Jorge se afastar. O Distrito estava acabando. Lembrou-se de ter lido em algum lugar na rede que aquela construção colossal fora, para milhões de habitantes do Distrito, palco para cultos de Ifás e padres, no tempo em que as religiões periféricas ditavam o ritmo de toda a sociedade, antes de os sacerdotes começarem a ser assassinados.

No painel do carro, o sistema de alarme registrou que ele estava saindo do Distrito. Eliah apalpou seus bolsos enquanto o Black Cougar diminuía a velocidade. Todos os sistemas travaram e os vidros começaram a clarear, revelando o interior do veículo. Alguns homens armados correram em direção ao jovem. Eliah tirou do bolso um adesivo com o símbolo de um escaravelho cravejado e rodeado por dois ureus e o pressionou no pulso até transferir a tinta. "É o mecânico!", ouviu alguém gritar de longe.

— Preciso da sua identificação, rapaz! — afirmou o homem, com a mira a laser do rifle apontada para dentro do carro, bem no peito de Eliah.

O rapaz esticou o braço para outro guardião da Fronteira, que checou o símbolo com um scanner. Como alguém que já estava acostumado com aquilo, o mecânico ligou o modulador de voz, regulou-o para que ficasse idêntica à de Zero e informou:

— Confirmar transferência de cinquenta mil criptocréditos.

Os guardas abriram caminho. Eliah desligou o alarme de fronteira ativo no Cougar e seguiu na direção de Obambo. As poucas luzes da cidade foram se distanciando, ele acendeu os faróis e iniciou a visão noturna do para-brisa. Nem sentiu passarem as horas restantes de viagem. O entulho de antigos prédios envolto por barracos e fios que carregavam eletricidade por todo o trecho tomou a paisagem. Muitos viciados ocupavam as calçadas estreitas, pedindo às pessoas que saíam dos barracões de festa algum vestígio de bebida ou qualquer tipo de alucinógeno capaz de aliviar suas frustrações. Um grupo de mecânicos armados o esperava na entrada da oficina, todos fazendo barulho, vibrando com mais um de seus sucessos.

— Zica, Eliah. Tem que ensinar pros moleques como que faz pra voltar vivo — disse Zero, se aproximando.

O chefe era um dos poucos na região com dinheiro e acesso a roupas realmente descoladas, embora quem trabalhasse para ele também tivesse grana para um visual maneiro. Zero usava uma calça de couro sintético, uma camisa alongada com sobreposição de linhas de aço, desenhando as costuras e torneando os braços, um par de *sneakers* chamativos e relógio com display brilhante, e tinha várias tatuagens douradas sobre a pele retinta. Elas eram o essencial: esses registros codificados abriam portas, guardavam dinheiro, registravam sua história, seu nome, sua herança e sua proteção — não espiritual, mas de gente mundana.

O esquema dos mecânicos movimentava milhões de criptocréditos. Alguém estava ganhando muito com todo aquele mecanismo, do qual Zero era só uma pequena engrenagem. Aquelas ruas eram estreitas demais para ele ficar rodando com os carrões. É claro que os veículos voltavam para o Distrito, cujas casas, escolas e megashoppings eram fachadas para pessoas corruptas, bandidos e assassinos com potencial devastador. Uma negociação malfeita ou uma suspeita de trairagem bastava para ordenarem que quarteirões inteiros de gente pobre morressem na ponta da bala.

— Vamo combinar alguma coisa na próxima semana. Me chama, beleza? — Eliah sorriu, enquanto o chefe exibia uma sacola com fichas de créditos. Ali no subúrbio, longe de todos os sistemas digitais, o povo só usava essas coisas. Era o que pagava o aluguel, comprava comida e quitava a eletricidade da milícia.

— Cê é Família, malandro. — Zero deu um puxão no amigo e o abraçou.

Eliah sabia exatamente o que aquilo significava no crime: a única forma de sair do esquema era sem vida. Mas ele não se importava com isso. Para quem não estava no crime, naquele fim de mundo não existiam perspectivas melhores do que a fome e a morte.

Um grito ecoou no cérebro de Eliah durante o abraço, como uma fera aprisionada tentando romper sua cela. "Que porra é essa?", pensou. Letras estranhas surgiram diante de seus olhos, formando uma palavra que ele conseguiu traduzir e, sem perceber, falou em voz alta:

— Receptáculo.

— O quê? — reagiu Zero, se afastando. — Cara, não fala uma merda dessas por aí.

O garoto sabia que seu chefe alimentava uma curiosidade discreta em relação a histórias antigas sobre rituais religiosos, afinal tinha aprendido sobre os efeitos místicos dos receptáculos com sua ialorixá, mas não as compartilhava nem com os parceiros mais próximos. A suspeita de que um chefe dos morros tivesse informações sobre os receptáculos poderia iniciar uma perseguição tão sangrenta quanto o Massacre dos Últimos Santos. Esses assuntos eram sempre repreendidos, e Eliah percebeu a burrada que tinha feito.

— Desculpa, Zero. Foi um negócio que me veio na cabeça.

— Se liga, neguinho, tá parecendo vacilão. Essas coisas já foram desativadas faz anos. Se tiver alguém vivo com uma merda dessas, ela não funciona mais. Sei lá o que tu viu nessa brisa, mas guarda pra você, não dá vacilo, irmão. Corre lá pra descansar que amanhã tu vai torrar essas fichas todas aí.

— Demorou. Vou nessa.

Eliah seguiu seu caminho a pé pelas vielas. Depois de um tempo, seus olhos se acostumaram com a penumbra, e o ar tóxico da fumaça que emanava do esgoto ficou mais suave para o seu olfato. Não eram nem quatro da manhã, e um pessoal começava a chegar para a fila de recursos, remédios e utensílios distribuídos por algumas almas hipocritamente caridosas do Distrito que patrocinavam um projeto social, ou ao menos era assim que os organizadores do Novo Monte descreviam o que faziam ali. Financiado pela elite humana do Primeiro Círculo, o Novo Monte construía centros de saúde, alimentação e escolas. Muitos obambos desconfiavam de que era, na verdade, uma fachada para usar pessoas pobres no teste de alimentos modificados e tratamentos duvidosos. "Os Cygens já tiraram nossa fé, agora esse pessoal quer roubar o resto da nossa alma", pensou Eliah, percebendo o número pequeno de pessoas na fila.

Ele seguiu seu caminho. Nas costas, tinha uma mochila; nos braços, algumas tatuagens de enfeite. A tinta utilizada em Obambo só registrava o nome da mãe e um número de identificação, composto por data de nascimento, posição na ordem de filhos na família e código de área.

Entrou pela senda que levava até seu barraco. Pelos cantos, um monte de bagulho eletrônico derrubado: televisores velhos, telas de dispositivos computacionais quebrados, entulho que ninguém queria mais ocupando os espaços. Digitou a chave de abertura no display da porta e entrou sem fazer barulho. Uma luz fraca provinha de uma das divisões.

— Jogando esse bagulho de novo, é? Não é hora de ficar acordada, Hanna.

— Tu quer que eu durma enquanto fico aflita aqui pensando se meu irmão vai voltar vivo dessas porcarias suicidas que faz?

— A gente já falou sobre isso — disse Eliah, despejando a sacola de fichas na mesa. — Isso aqui já garante dois meses ou mais de comida pra gente.

Eliah passou a mão na cabeça da irmã. Seus cachos curtos tingidos de vários tons de roxo e rosa escorregaram por entre os dedos, que esbarraram nos óculos da garota, deixando-os tortos. Desde que tinha ido morar com o irmão, Hanna desenvolvera um estilo próprio, com muitas cores vivas e roupas alegres, destoando da paisagem cinza da favela. Seus olhos castanhos e o sorriso não escondiam a felicidade de vê-lo novamente.

— Aí, pelo menos deu conta desses otários? — perguntou Eliah, olhando para a tela do celular da irmã.

— Moleza. Desbloqueei uma *skin* maneira, combina com a minha personalidade. — Hanna mostrou a personagem com mochila de coelho e capacete de caveira.

— Haha, que loucura. Ô, trouxe um lance que tu tava querendo lá do Distrito. — Eliah tirou do bolso uma caixa pequena contendo um aparelho quadrado com circuitos de neon. — Achei na casa que peguei o último carro. Cê tinha que ver que lindeza, aqueles caras estão esbanjando créditos.

A menina deu um salto tão entusiasmado que derrubou o celular e nem ligou de perder a última partida. Era um processador de inteligência artificial. Ela sabia que aquilo podia se conectar com todos os dispositivos digitais e até funcionava como um dispositivo computacional se você tivesse a tela certa. E, por incrível que parecesse, Hanna tinha a tela certa. O irmão sempre trazia alguma daquelas paradas quando atravessava a Fronteira. Ele cuidava dela como se fosse a única coisa que tinha na vida. Bem, na verdade, ela era exatamente isso.

Antes de conhecê-la, Eliah colocava a vida muito mais em risco. Não tinha ambições com os mecânicos e quase tinha virado um dos viciados em [illegible]. Estava perdidão no mundo, assaltava os mercados de Obambo — Zero chegara a encurralá-lo várias vezes por causar tumulto em sua área. Um dia, ele recebeu uma mensagem do pessoal do Novo Monte para visitar o hospital que ficava na região industrial, próximo ao controle da Fronteira. Conseguiram um passe e o levaram até o Distrito; foi a primeira vez que esteve lá, a realidade ofuscando seus olhos. Nunca tinha imaginado colocar os pés nas ruas largas e iluminadas daquele lugar. O momento, porém, não era dos melhores: estava ali para conhecer Imáni, a mulher que aparecia no registro como sua mãe, bem no leito de morte.

— Eu nunca pude te dar nada nessa maldita vida, nem minha presença. Agora tô pedindo o impossível: cuide da menina, ela é tua irmã.

A cena cortaria o coração de qualquer cara metido a bandidão. Eliah aceitou. Quando conheceu a pequena de pele marrom e notebook na mão, percebeu uma faceta diferente da vida, na qual não podia mais ser um moleque que ficava se esgueirando pelas vielas atrás de bagunça. A garota estava perdendo tudo: o carinho, a fonte de sustento e o pouco conforto que tinha — a mãe trabalhava como empregada para os brancos da classe operária de Nagast.

Enquanto via lágrimas escorrerem pelo rosto das duas, ele se deu conta de que as coisas agora teriam de mudar. "Vou dar o meu melhor pra ela", pensou. No começo foi difícil. Eliah e Hanna não tinham nem seis anos de diferença. Ambos eram adolescentes, e o cara se mostrava totalmente sem jeito com a garota. Acabou aprendendo com as noites em que sentia frio e preferia cobrir a irmã com a única manta que tinha em casa e com as manhãs em que ela retribuía preparando um café para ele antes de sair para a escola. O negócio de ter alguém em quem pensar era novo, mas era uma sensação acalentadora saber que ela também pensava nele.

Eliah começou a levar a sério a carreira no crime porque tinha pretensões maiores. Decidiu que queria sair dali, viver com dignidade com a irmã, mas ia precisar de grana para isso. Pediu para Zero deixá-lo experimentar a caça e se mostrou o melhor no trabalho. Mesmo assim, juntar grana ainda era difícil. A tropa aproveitadora de guardiões da Fronteira ficava no pé, aumentava as taxas todo mês. Enquanto não conseguia levar Hanna para o Distrito, ele trazia um pouco do Distrito para ela, com os dispositivos computacionais que ela adorava.

O rapaz estava imerso nesses pensamentos quando ouviu o grito da irmã:

— Eliah, abaixa!

Hanna rolou do sofá para o chão e cobriu a cabeça com as mãos após ouvir tiros, que atravessaram as paredes finas do barraco. Eliah correu para a janela empunhando uma pistola automática com balas antimagnéticas, impossíveis de bloquear. Dezenas de drones surgiam pelas ruas. Tecnogriots.

— O que essas aberrações tão fazendo aqui? Caralho, não dá nem pra saber onde eles tão, malditos drones.

Moradores que andavam nas ruas eram encurralados quando os drones insectoides, que lembravam besouros, escaneavam suas tatuagens. O som que propagavam era um aterrador bater de asas, ou um zumbido digital quase imperceptível quando não estavam voando, só possível de ouvir quando já estavam próximos demais, a uma distância que podia ser mortal. Os tecnogriots tinham sido criados para manter registros da história do mundo, mas, depois que os Cybergenizados assumiram o controle de tudo, foram modificados e transformados em espiões, com uma linguagem de códigos que só eles eram capazes de interpretar. Quando algum deles encontrava um alvo na favela de Obambo, forças policiais caíam como cavaleiros do Apocalipse carregando corpos para valas comuns.

Cada máquina e cada soldado de Nagast serviam à ditadura imposta pelos Cygens. Dentro do Distrito, as coisas funcionavam numa rígida hierarquia social. A maioria dos moradores tinha acesso permitido apenas às regiões industriais, nas margens do Distrito, com seus prédios públicos e escolas militares. Até o salário que recebiam precisava passar pelos sistemas do Conselho Cygen antes de ficar disponível para uso. Já as regiões um pouco mais centrais, no entorno do primeiro círculo habitado pelos Cygens, exigiam acesso especial. Eram permitidas para a elite, os magnatas dos criptocréditos e suas famílias formadas por gente branca, o único tipo de humano cujo contato os Cybergenizados suportavam. Eles repudiavam o povo mestiço e negro que vivia em Obambo. Mantinham-nos tão afastados que havia habitantes das favelas que achavam que aqueles seres híbridos de homens e máquinas eram uma lenda.

O comunicador do dispositivo computacional de Eliah tocou, e a imagem de Zero apareceu:

— Salve, rapaziada, o negócio é o seguinte: nossa última caçada mexeu com algum figurão do Distrito. O bagulho vai ficar louco, eles tão procurando quem tá com o carro. Se pá tinha mais coisa ali dentro. Tá cada um na sua sorte. Destruam seus aparelhos, apaguem seus contatos, sumam do mapa. Quem sobreviver cola amanhã no Barracão e a gente retoma o papo. Quem tentar me encontrar antes vai rodar, entendeu? É nóis, irmandade!

A imagem sumiu quando a mensagem acabou, e os irmãos se entreolharam, assustados. Era o carro que Eliah tinha levado.

— Será que te viram na câmera da Fronteira? — perguntou Hanna, levantando-se para pegar seu laptop.

Eliah espiou pela janela e sentiu o coração gelar ao ver um tecnogriot escanear uma senhora que passava tremendo de medo pela rua carregando o filho no colo. "Fodeu", pensou. Ele olhou para a irmã e viu que ela não estava mais se protegendo.

— Tá louca, garota? Se esconde aí. Quando essas pragas chegarem, sei nem o que vai rolar.

— Elas não vão chegar, maninho. Tô testando um treco aqui e acho que vai rolar com esse aparelho que cê me trouxe.

— Do que tu tá falando? Sem tempo pros teus joguinhos, isso aqui não é game, porra!

"Pulso de invisibilidade ativado, monitorando tecnogriots", informou a voz robótica do aparelho. Uma luz avermelhada se espalhou pela sala e alcançou um raio de cinco metros ao redor do barraco. Os drones invisíveis foram preenchidos por uma cor cinza chumbo. Chegaram perto do barraco, pararam por alguns segundos e voltaram para o centro de Obambo. Ainda escondido na parede ao lado da janela, Eliah observou, abismado, a movimentação.

— Me explica isso aê — disse, soltando a arma e colocando a mão na cabeça, enquanto seu coração desacelerava.

— A gente tem que aprender uns truques para conseguir acessar os servidores dos games lá do Distrito e não ser rastreado — respondeu Hanna com um sorriso maroto, dando a entender que não era apenas isso, mas por ora seria o suficiente.

— Minha irmãzinha é mó hacker, céloko.

— Vou deixar esse pulso conectado a noite toda pra não ter perigo deles voltarem.

— Então vou fazer o seguinte — disse Eliah, baixando a guarda. — Vou descarregar esse joguinho no meu dispositivo pra te ensinar umas coisinhas aqui, tá sabendo?

Os dois passaram a noite se divertindo, afastando da mente a realidade, que continuava tenebrosa do lado de fora. Quando foi dormir, Eliah sonhou com palavras que não conseguia traduzir, e letras e símbolos se misturaram em sua mente como um devaneio de outras vidas. Elas surgiram enquanto sua consciência se apagava e ele adormecia.

No dia seguinte, a comunidade ainda estava assustada. Cinco pessoas tinham morrido na incursão dos tecnogriots. Um garoto carregava um celular que conseguira para trocar por uma grana e bancar a comida da semana, e por azar o aparelho estava registrado em nome de alguém importante do Distrito. Foi marcado pelo scanner de um drone e alvejado pela polícia, que desceu para fazer o trabalho de higiene da sociedade, tudo transmitido ao vivo para os cidadãos de bem que acompanhavam o streaming policial. Seu avô, ao ver a cena, desembestou a tacar sucata na galera fardada e recebeu uma saraivada de balas em retribuição. Essa morte ficou de fora da transmissão. A diversão das elites tinha limite; a repressão da polícia, não. Só que uma coisa alimentava a outra e todos fingiam não saber disso.

Os outros morreram na troca de tiros. Dois eram bandidos mesmo, contrabando pesado de obia, faziam mal pra comunidade. Eliah se ressentiu ao reconhecer Rafaela, uma ex-ficante sua, entre os corpos. Ele tinha dito para ela evitar aquela turma, mas claro que a garota não ia levar a sério o conselho de um maluco que atravessava a Fronteira pra roubar carros em missões suicidas.

A tarde desceu com clima fúnebre, colocando mais peso no ar acinzentado que cobria os barracos de Obambo. Quando o sol estava se pondo, algumas batidas foram ouvidas ao longe. Poucas coisas se mantinham intactas após uma tragédia na periferia, e uma delas era o Barracão. Até a época da perseguição aos sacerdotes, aquele tinha sido um terreiro, um lugar de cultos religiosos e predições do futuro, que reunia as pessoas em torno da fé nos orixás e nos ancestrais. De sagrado, só tinham restado os tambores do samba, que agora se fundiam com outros gêneros musicais, batendo como o coração daquele povo. Quando tudo parecia sem vida, eles reacendiam a energia de todos — e que energia! O barulho era alto. Com os holofotes apontando para o céu nebuloso, os tambores avisavam ao mundo que o gueto estava vivo. A festa podia ser notada nos prédios mais altos do longínquo Distrito. Para quem estava dentro do Barracão, ela agia como um desfibrilador, um poderoso choque que movimentava a economia da favela.

Havia todo um mercado independente. Os maiores cantores faziam sucesso com a garotada, distribuíam suas músicas e clipes por redes clandestinas ou transmissões via protocolo de proximidade de dados. A maior parte dos moleques e das garotas que queriam ter uma vida mais confortável sonhava em ser astro do Barracão ou, quem sabe, seguir o caminho da maior de todas: Selci, a mais impressionante artista que já tinha subido na pista. Sua voz era doce, a pele negra brilhava como ouro. Tinha um estilo despojado, os cabelos curtos trançados em dois ou três tons de cores vivas, mas seu talento maior era a mente. Sabia a estratégia certa para chamar a atenção, com coreografias sensuais e letras provocantes que carregavam mensagens de orgulho e força para as outras meninas da região. Além de fazer o show acontecer nas noites mais badaladas do Barracão, ela corria atrás por fora com a galera que hackeava a rede. Suas transmissões iam longe. Quando alguém da rede oficial acessou seu som, ele viralizou no Distrito e foi convidada para tocar lá pros ricaços. Carregou sua equipe de DJs e VJs, e dizem que eles vivem como reis agora. Eles nunca voltaram para contar.

Eliah procurou uma de suas melhores roupas, uma jaqueta sintética com símbolos que reluziam como neon e botões digitais. Vestiu uma calça reforçada, cheia de bolsos e amarras, e pegou um par de *boots* que conseguiu em uma das caçadas. Elas pareciam pesadas como chumbo, com listras prateadas e cadarços de um material que lembrava metal. Eram, em resumo, extravagantes, símbolo de sucesso na pista.

— Hanna, preciso resolver essa fita com o Zero.

— Sei. Se ele ainda der as caras por lá, cê quer dizer, né?

— Pois é. Mas vou lá fazer o corre, se cuida aí. Deixei uns criptocréditos pra tu comer alguma coisa, não abre a porta pra ninguém até eu voltar. Se precisar, chama na mensagem, vou ficar ligado.

— Te cuida, Eli.

# ORÁCULO

Eliah caminhou em direção às batidas que saíam do Barracão. Aproximou-se com cuidado para ver se não esbarrava em nenhum problema na porta. Atravessou até a entrada lateral, onde encontrou um portão de aço reforçado por um visor digital. O aparelho emitiu uma luz que leu seu corpo até localizar a marca dos mecânicos, e depois de alguns segundos o portão se abriu.

O clima lá dentro era contagiante, com a batida sincopada do trap dando o ritmo dos movimentos da multidão que dançava na pista. No palco, um rapper chamado Rei Escorpião mandava uma mensagem pesada, levando a galera ao delírio. "Tenho que me concentrar, caramba, mas esse moleque é zica", pensou Eliah enquanto conseguia um copo de uma bebida forte qualquer para se aquecer.

— Só gatinha rodando aí, meu irmão. Que bom que tu tá vivo pra aproveitar.

Eliah se voltou na direção da voz, reconhecendo o timbre grave, ao mesmo tempo que um braço longo caiu sobre os seus ombros. Era Maique, seu amigo de longa data e um dos mecânicos mais antigos a serviço de Zero. Eliah não conseguiu esconder a felicidade de encontrá-lo.

— Maique, malandro! Aqueles drones filhos da puta não te pegaram!

— Acho que não tavam atrás de um mecânico velho, haha. Cê sabe que, se fossem atrás de alguém, seria tu, irmão.

— Sou mais esperto que eles, tô firmão — disse Eliah, e deu um gole na bebida. — Encontrou mais alguém?

— A Beca tá por aí também, ela é foda. Quando precisa sumir, ninguém encontra a mina. O Zero colocou ela pra cuidar dos planos de fuga dele.

— Se ela tá por aí...

— É, o Zero voltou. Vai atrás do cara, que ele tem novos comunicadores pra gente.

— Demorô. É nóis, Maique.

Parecia que as coisas tinham dado uma sossegada. Eliah olhou para seu copo pela metade. Levantou a cabeça e observou a galera dançando na pista. Podia ficar horas ali, só bebendo e curtindo o momento. Até que seus olhos se fixaram numa mina bonita indo até o bar. Era Beca. "Um cara que rouba carros não pode ter medo de chegar numa garota", pensou. Quando uma ideia crescia em sua cabeça, geralmente a lembrança do trabalho aparecia para colocar as coisas no lugar, mas daquela vez não teve jeito. Virou num gole o resto da bebida que tinha no copo.

— Fala, Beca. Adorei esse colar — disse no ouvido dela, fazendo-a parar. — Te deixa mais linda.

— E aí? — Ela sorriu, surpresa. Passou a mão no ombro de Eliah, escorregou até seus dedos e o puxou para um abraço, o que o fez sentir o perfume com tons de maçã que ela usava. — Não tinha te visto.

— Acabei de chegar — respondeu ele, devolvendo o sorriso e acariciando seu rosto.

Embora ambos trabalhassem para o Zero, eles só costumavam se falar no Barracão. Trocavam poucas palavras, mas os dois sabiam o que os olhares que trocavam significavam.

— Ah, é? Então tu não vai se importar de me pagar uma bebida — disse ela, com uma piscadela.

Eliah entendeu o convite como um sinal verde para continuar a conversa e foi com ela até o bar. Pegou um drinque para cada um. Os dois conversaram por um tempo no bar, até terminarem suas bebidas, e resolveram dançar quando as batidas ficaram mais envolventes e propícias para o romance. Beca tinha cabelos cacheados volumosos, que tornavam seu rosto mais forte, e movimentos provocantes. Em pouco tempo na pista, os dois passaram de um simples flerte para alguns toques delicados. Ele tomou coragem e apoiou a mão na nuca da garota, que se aproximou de sua boca e respirou devagar. As luzes diminuíram, e os dois se beijaram.

Eliah sentiu um calor imenso subir pela pele, abriu os olhos e se viu sozinho no meio de uma igreja gigantesca e abandonada. Palavras místicas se formavam por todos os lados. Ao redor, tudo estava escuro, mas as palavras brilhavam. Ele ouvia algumas vozes indiscerníveis ao redor. Ouviu tambores e correu em direção ao som de atabaques que vinha de trás do portão. O teto havia desabado, e o chão batido estava iluminado pelas estrelas. Depois que deu alguns passos, o vento gelado parecia cortar seu pescoço, e ele sentiu a presença de um espírito rancoroso e cheio de ira no salão. Acompanhado por chacais, o espírito atravessou o salão, e foi nessa hora que Eliah viu Beca hipnotizada, dando passos mórbidos em direção aos chacais. Ele tentou gritar, mas a voz não saía. Pensou: "Beca, se afaste dessa sombra!", mas ela se aproximava cada vez mais, até ser atacada pelas feras que exibiam dentes afiados. Os bichos estraçalharam a menina, rasgaram sua pele, e seu rosto ficou desfigurado. O espírito raivoso pegou os membros da garota e os foi encaixando em seu próprio corpo. Eliah correu para fora, tentando achar a saída, mas os escombros se multiplicavam no portão. Ele escavava, lançava pedras e madeira para o lado, mas não conseguia escapar. Olhou para trás e viu os chacais correndo em sua direção. Quando voltou os olhos para a saída, o corpo de Beca estava à sua frente, deteriorado e fundido com uma armadura de aço no crânio.

Os olhos de Eliah se abriram novamente, e ele estava de volta à pista de dança. Não teve tempo de entender o que tinha acabado de acontecer. Beca, aos prantos, o empurrou.

— O que tu fez comigo? O que tu fez...

— Cê também viu? O que foi isso, Beca?

— Eliah, o que tu fez comigo? Como botou isso na minha cabeça? — Beca chorava e gritava, em um ataque de pânico, no meio do salão, chamando a atenção de quem estava ao redor. A música parou e as luzes focaram os dois — ou pelo menos foi essa a sensação que Eliah teve — enquanto ela o empurrava e estapeava seus ombros.

— Vem comigo que o Zero não quer treta hoje — disse Maique, puxando os braços do parceiro e o carregando para um lugar mais reservado.

Quando caiu em si, ele estava numa sala que nem sabia que existia no Barracão. Tinha sido colocado num sofá em meio a vários caras armados com rifles de guerra, granadeiros e pistolas pesadas.

— Não perdeu a mania de causar, irmão? Péssimo dia pra chamar a atenção. Ontem não tava bom, não? — disse Zero, levantando-se de uma poltrona e pegando uma garrafa de vodca no caminho até Eliah. — Que foi que cê aprontou com a Beca?

— Só dei um beijo nela. Não sei o que rolou, Zero. Foi mal.

— Meus parceiros da Fronteira deixaram umas mensagens depois da fita de ontem. Disseram que tá rolando o maior alvoroço lá no Distrito por conta de algum agitador se metendo com as antigas religiões. Sei lá o que o cara tá fazendo, mas os caras lá, os Cygens, tão pilhados e vão acabar mandando a polícia do Distrito descer aqui. Diz aí, irmão, o que rolou com a Beca tem alguma coisa a ver com isso?

Não era raro que a elite de Nagast considerasse agitador qualquer um que não seguisse as regras. Embora ninguém tivesse notícia de médiuns e sacerdotes havia anos, ainda rolava uma verdadeira caça às bruxas. Para Zero, no entanto, era coincidência demais a notícia correndo pelo Distrito e o que tinha acabado de acontecer no Barracão.

— Pô, Zero, não sei dessas histórias, não. Vou ficar ligado e qualquer coisa te dou um alô.

— Vou confiar, tá ligado? Te conheço, moleque. Fica na paz. Toma aqui o novo comunicador pra ligar pra nossa galera. Ajusta a frequência que mudou, o Maique dá as coordenadas. Vamo curtir que agora é tudo nosso. E deixa a mina em paz.

"Tudo resolvido", acalmou-se Eliah. Mesmo assim, decidiu voltar para casa, por conta do pressentimento ruim que tivera com a visão durante o beijo em Beca. Quando ele chegou, Hanna até se assustou. Nunca tinha voltado tão cedo de uma festa no Barracão. Por via das dúvidas, antes de dormir Eliah certificou-se de que sua arma estava carregada.

Tentar dormir foi um pesadelo, ironia de uma mente perturbada pelo medo. O que tinha acontecido com Beca ainda ecoava em sua mente. A imagem da garota fugindo em meio à noite, sua incapacidade de mudar aquilo e as dores no corpo tinham sido muito reais. Levantou-se, misturou dois copos da bebida mais forte que encontrou em casa e os mandou para dentro na tentativa de relaxar. Jogou-se na cama suspensa do quarto que dividia com Hanna sem nem trocar de roupa e virou o rosto para a parede.

Na penumbra da consciência, viu olhos flamejantes surgindo em uma máscara de ancestral. Ele nunca tinha visto uma de verdade, mas sabia que essas máscaras eram comuns nos tempos em que a Basílica de São Jorge se enchia de fiéis e que costumavam ser utilizadas exclusivamente em festivais e eventos sagrados. Ao se aproximar da imagem, Eliah percebeu circuitos luminosos desenhando símbolos antigos que pareciam ser do mesmo alfabeto que ele enxergara na visão com Beca.

— Consegue abrir os olhos, Eliah? — perguntou uma voz feminina, rouca, por trás da máscara.

Eliah viu que ela usava longos dreads que, misturados com a juba de fios platinados saindo por detrás da máscara, indicavam idade avançada. Seu pescoço estava envolto em anéis dourados e cinza intercalados que pareciam dispositivos digitais.

— Tu sabe meu nome?

— Ainda guardo na cabeça algumas informações de pessoas deste Distrito. Sou aquilo que nossos ancestrais chamavam de Oráculo.

— Moss? Cê é a fundadora de Nagast? O que tá rolando comigo? — perguntou Eliah, que de repente se deu conta de que o cenário ao redor havia mudado. — Eu tava no meu quarto e agora a gente tá nessa janela.

Atravessando a parede, uma vidraça de uns dez metros de largura, que ia do chão até o teto, mostrava o horizonte do Distrito de Nagast. Grandes arranha-céus iluminavam as ruas, painéis titânicos transmitiam as propagandas das lojas da região central. O jovem nunca tivera uma vista tão privilegiada da megalópole. Se deu conta, de repente, de que estava em Tamirat, a pirâmide que sobrevoava o Distrito. Eliah costumava vê-la quando atravessava a Fronteira para roubar carros. Na cabeça dele, era um lugar abandonado. Espantou-se ao perceber toda a tecnologia e vida que existia naquele lugar. Não era como nas ruas de Nagast. Parecia uma coisa de outro mundo, onde o conhecimento místico se fundia com emissores de luz.

Lá de cima, viu pontes com arcos tocando o céu, enormes rios e parques coabitando com estruturas metálicas e construções monumentais que serviam de prédios públicos. Algumas delas tinham sido construídas no tempo das antigas religiões e mantido sua arquitetura mítica, com destaque para a Basílica de São Jorge e alguns obeliscos.

— É magnífica, não acha?

— Do outro lado da Fronteira, a visão é bem diferente. O ar também, a vida toda.

— Você acredita em maldições, Eliah? Dizem que estamos sob o jugo de uma. Travamos uma verdadeira guerra centenas de anos atrás para ocupar o Distrito. Foi quando criei os receptáculos, os artefatos com chips que potencializam nossa relação com os espíritos antigos. Algumas pessoas foram capazes de verdadeiros prodígios concedidos pelos Deuses com a ajuda desses dispositivos.

— Já ouvi essas histórias — Eliah hesitou. — Só não sei ainda qual é o papo que tu quer comigo.

As histórias sobre a protetora de Nagast ecoavam como lendas na periferia. Rimas de rap e grafites espalhados pelos becos contavam sobre a sacerdotisa que juntara um grupo de jovens hackers da periferia para derrotar Cérberus, a Inteligência Artificial que governara o Distrito mais de duzentos anos antes. Eliah reconhecia naquela mulher à sua frente várias das descrições, embora outras fossem distantes, com muita imaginação adicionada aos relatos. Uma das músicas mais hitadas das baladas de Obambo era "Filha do futuro perdido". A letra, uma epopeia sobre Moss, rimava os detalhes de como ela derrotara a IA mas fora tomada de pavor ao perceber que o dispositivo computacional transferira seu algoritmo para o coração das pessoas e as transformara em serviçais da opressão. "Que a liberdade nos balance enquanto o legado de Moss não nos alcance", dizia a letra. Eliah não fazia ideia de quanto daquilo era verdade. Tinha muita coisa que ele não entendia, como de onde tinham vindo os Cygens, os seres híbridos entre humanos e máquinas que passaram a governar o Distrito depois do desaparecimento de Moss.

— Desde cedo aprendi a escutar os anciãos, garoto. O que nosso povo carrega de mais rico são as histórias. Quando não estivermos mais aqui, são elas que vão ficar. Elas carregam nossos sonhos e as crenças que queremos transmitir para as próximas gerações. — Moss tirou a máscara tecnológica, e Eliah pôde ver os traços da velha senhora de lábios grossos e os olhos brancos de uma pessoa cega. — Serão as gerações futuras que, ao ouvir nossas histórias, terão sobriedade para avaliar se fomos abençoados ou amaldiçoados pelos Deuses.

O garoto não conseguia imaginar quantos anos aqueles traços carregavam. Moss vivia fazia tempo demais, pelo menos algumas centenas de anos, assim como os outros sacerdotes com receptáculos podiam chegar a viver. Até onde se sabia, no entanto, não havia restado nenhum sacerdote com receptáculos. E, a julgar pelas histórias, a própria Moss estava morta àquela altura. Mas não era o que lhe parecia.

— A maldição... Seriam os Cygens?

— Talvez. — Moss sempre se colocava no centro da culpa pelo que ocorrera com o Distrito, mas reconhecia que aqueles seres haviam tido participação essencial nos acontecimentos que levaram à opressão do povo. — Eles começaram a se tornar poderosos uma centena de anos depois que criei a Árvore dos Dois Mundos e geraram conflitos difíceis demais para o nosso povo, causando medo em alguns e dando privilégios a outros para manipulá-los. Deram nova vida às histórias sobre degeneração humana contadas nas primeiras eras da ciência. Cerca de meio milênio atrás, intelectuais segmentavam a população com base em características raciais e geográficas. Essas teses foram extintas à medida que a própria ciência, sob pressão de movimentos sociais, trabalhou para derrubar os mitos. Com o surgimento dos Cygens, presenciamos o retorno do desejo da hierarquia racial. Um grupo em específico foi o mais hostilizado. Expulsos, seus membros vagaram até os morros. Isso foi o princípio daquele lugar onde você mora, Obambo.

Moss fez uma pausa, como que organizando os pensamentos, e continuou:

— Eu invoquei os espíritos mais sábios da humanidade para que guiassem meus pensamentos. Acho que fui petulante demais. Fui acometida dessa cegueira. Ao mesmo tempo que ampliavam a conexão com os ancestrais, os chips receptáculos que criei começaram a causar a morte de quem buscava sua fé.

Moss parou de falar, sua expressão carregada de dor e ressentimento. Afastou-se um pouco para se recompor. Eliah observou em silêncio. Sentindo um misto de curiosidade e empatia, seguiu com os olhos a anciã e, por fim, fixou o olhar no céu estrelado pairando sobre a região que abrigava as estátuas depredadas dos orixás e de outras divindades cultuadas no passado.

Moss virou-se para o jovem e continuou:

— Disseram que os chips causavam loucura e usaram isso como desculpa para trazer de volta a Liga de Higiene Mental, que ainda hoje é usada para caçar as pessoas que não desistiram de acreditar nos antepassados. Naquela época, homens e mulheres incorporavam entidades magníficas e protegiam Nagast. Eles se enfraqueceram, se dividiram ou foram mortos ou presos. Eu sabia que os sobreviventes estavam procurando por mim, então me exilei para protegê-los e aguardar algum sinal no meio de tamanha sombra.

Eliah respirou fundo antes de falar:

— Tia, eu gosto de uma história, sabe. Mas não sei o que tenho a ver com tudo isso.

— Depois de muitos anos presa na escuridão, meus olhos se abriram outra vez, por um breve momento. Tive a visão de um jovem desviando da neblina e dos escombros na antiga Basílica; ele foi perseguido por duas criaturas monstruosas, mas recebeu das mãos do próprio Jorge da Capadócia a lança que trovejou para cima de seus inimigos e abriu caminhos para lutar contra a escuridão em nosso Distrito. Nesse momento, Eliah, eu acredito que estou diante do jovem que surgiu em minha visão. Existe em você algo poderoso e dos tempos primitivos. És o portador de um dos sábios espíritos a que me referi, o Último Ancestral que caminha entre os mortais desse Distrito.

Um sentimento de medo e impotência atravessou o coração do rapaz, que se afastou da grande janela de vidro. Ele sentiu o coração acelerar, teve vontade de fugir, mas se segurou com a rispidez de um bom malandro. Cerrou os punhos e assumiu uma postura agressiva.

— Aquilo foi sonho, Moss. Se liga. Me leva de volta pra casa e me deixa em paz.

— De fato, você não é aquele jovem. Não ainda. Precisa se conectar com as tradições sagradas que te darão poderes sobre a natureza. Gostaria de deixá-lo num lugar pacífico, meu filho, mas não sou a única pessoa que notou os poderes da sua visão. Além de nós, ainda tem a garota que você beijou. Ela já denunciou o que aconteceu na pista, e neste instante a Liga de Higiene Mental está indo na direção do seu barraco.

— Beca nunca que ia denunciar alguém do Zero! X9 não sobrevive na periferia.

Moss suspirou, segurando a irritação causada pela teimosia de Eliah.

— Você ainda não percebeu o que o medo faz com as pessoas, garoto. Os Cygens instalaram em nosso mundo o medo da nossa própria fé. Foi uma ideia que eles fermentaram por muito tempo e culminou com o Massacre dos Últimos Santos, uma educação que propagou os novos valores do governo do Distrito. Muitos morreram tentando falar com os ancestrais, outros começaram a acreditar nas histórias inventadas sobre os ancestrais serem os inimigos.

— Que merda! Tenho que buscar a Hanna — disse Eliah, ainda pensando nos soldados da Liga indo até sua casa.

— Não dá mais tempo. Eles já estão à sua porta.

— Todo esse rolê, então, não valeu nada, é isso? Caralho.

— Eliah, te trazer aqui foi uma prova, tanto para mim quanto para você. Um sinal das providências divinas. Confie, meu filho. Deus sabe o que faz e Ele estará contigo. Farei de tudo para te acompanhar.

# LIGA DE HIGIENE MENTAL

Quando Eliah voltou a si, estava de volta em sua cama, com Hanna puxando seu braço e gritando seu nome. O sistema dela tinha detectado meia dezena de tecnogriots nos arredores da viela onde moravam. O rapaz deu um salto do alto de seu colchão e caiu com a pistola em punho. Pela janela estreita, observou o destacamento de um batalhão, mais de vinte soldados, número superior a qualquer ação policial isolada presenciada nos anos anteriores em Obambo. Com suas armaduras de chumbo e capacetes ciclopes com luzes que atravessavam as paredes, carregando rifles hipertecnológicos, aqueles caras não pareciam humanos, embora Eliah soubesse que eram.

— O que tá rolando? — Hanna abraçou o irmão e, pela primeira vez desde a morte da mãe deles, sentiu-se desolada no fundo da alma.

— Tu tem que se proteger, não dá pra explicar tudo agora. Eles tão vindo me prender — disse Eliah, enquanto tiros abriam buracos nas paredes. — Abaixa, vai ficar tudo bem. Procura o Zero se eu não voltar, ele vai cuidar de ti.

— Não, Eli, Eli… O que cê tá dizendo? Eles não tão aqui atrás de você.

De onde estavam, os dois puderam perceber que grupos de moradores agora revidavam o ataque policial, e a violência se tornou generalizada. Quem via de fora chamava de bala perdida, mas quem vivia na favela chamava de chacina: os corpos se amontoando nas ruas enquanto um drone transmitia o show.

— Rolaram uns bagulhos que não sei explicar, mas acho que chamei a atenção de uma galera sinistra — disse Eliah. — Se entoca aí, vou resolver essa fita. Vou chamar o Zero e espantar os filhos da puta daqui.

O rapaz tocou no seu comunicador de pulso, mas o aparelho não apresentava nenhum sinal. Minutos depois, os tiros cessaram. O silêncio persistia, mas ele continuou tentando, até que a porta se abriu com violência, a tranca arrombada. Eram dois caras da quebrada, armados. Eliah já os tinha visto entre os mecânicos e sabia que eram homens que só se envolviam com sujeira e trairagem, os abutres.

— Perdeu, malandro — disse um deles, apontando para os irmãos uma escopeta elétrica mais grossa que seus antebraços.

— Melhor cês pensarem direito nessa cena. Tô chamando o Zero aqui pra resolver essa fita. — Eliah tomou a frente, ficando entre a escopeta e Hanna.

— Qualé, truta, ele mesmo que mandou a gente aqui. Bora lá com a gente, os homens tão atrás de você.

"Por isso aquele filho da puta não me atendeu, fez um acordo com os caras", pensou Eliah. Aos poucos, relaxou os ombros e abaixou a arma. Ele já conhecia o esquema. Os caras do Distrito eram máquinas de moer gente; iam devastar Obambo até não sobrar ninguém. Sempre que eles começavam, alguém precisava se sacrificar. Só se satisfaziam se pudessem prender alguém. Ao ver que seu irmão ia se entregar, Hanna saltou até seu quarto, a poucos passos dali.

— Só vou me despedir dela, beleza?

Os abutres consentiram, sabendo que não havia plano de fuga possível, já que o barraco estava cercado.

Quando ele entrou, a menina fuçava debaixo da cama. Voltou-se para ele segurando um embrulho pouco menor que uma caixa de sapatos e retirou de lá um tipo de pistola.

— Não adianta, Hanna, dessa vez não vai dar nóis.

Ela puxou o punho dele e posicionou nas costas de sua mão um medalhão triangular. Depois, montou rapidamente, com as outras peças da caixa, o dispositivo de punção e avisou que ia doer um pouco.

— Mano, cê já deve ter ouvido falar desse negócio. É um receptáculo. Ninguém vai conseguir tirar de você. É feito com circuitos de ouro e um pouco do que restou da nossa fé. Aliás, é um dos últimos que sobraram na história do nosso povo.

Hanna cravou o receptáculo no irmão, que estremeceu de dor e fechou o punho em reflexo. O sangue escorreu pelos dedos, e Hanna enrolou uma camiseta no braço dele para estancar. Nessa hora, os abutres armados entraram no quarto. Separaram os dois pelos braços e puxaram o rapaz para fora do barraco, gritando: "Tá pago!".

Eliah olhou para a irmã, que tinha ficado no barraco. Pela primeira vez na vida, sentiu medo de verdade, não por ele, mas por ela. "Será esse o sabor que a morte traz quando perdemos alguém da família?", pensou, sentindo uma tonelada sobre seus olhos, mas segurou as lágrimas. Viu tecnogriots se juntarem ao redor e percebeu vários camburões lotados. Reparou num homem bastante alto de chapéu, sobretudo escarlate longo e luvas de couro. Seu rosto estava semicoberto por um lenço, e ele usava óculos de aros finos e um colar que descia pelo peito num pêndulo pontudo. Conversava com Zero como se o conhecesse bem. O líder dos mecânicos olhou para o amigo sendo arrastado pelos abutres.

— Chegou nosso convidado. Salve, mano. Te avisei pra não causar, Eliah. Sei lá que porra foi aquela no Barracão, mas olha o que me obrigou a fazer. Cê tá ligado, né, Família?

— Se eu voltar a te ver, vou estragar sua cara, "irmão".

O homem do sobretudo vermelho se aproximou do rapaz, que foi largado no chão pelos abutres. Eliah teve a impressão de que eles já se conheciam.

— Deixem esse rapaz isolado. É possível sentir a degeneração correndo em suas entranhas. Levem-no para o asilo da Liga.

Enquanto o homem misterioso se afastava, soldados puxavam os braços de Eliah, colocando um par de braceletes magnéticos neles. Puxaram seus punhos até se cruzarem nas costas, depois ativaram um mecanismo para liberar fios de aço que foram se moldando em torno do tronco até se fecharem numa espécie de camisa de força. A desesperança sufocou o rapaz e piorou quando os fios começaram a cobrir sua boca, formando uma máscara sintética até debaixo do nariz que o impedia de falar. Jogaram-no no fundo do camburão, terminando de prender a camisa de contenção magnética nas paredes internas do veículo. Homens armados se sentaram ao seu redor. Quando a porta se fechou, o ar ficou pesado, difícil de respirar. Em meio à escuridão, ele só enxergava as luzes dos capacetes dos soldados, que brilhavam como olhos incandescentes, os próprios demônios. Ele se questionou se existia algum ser humano debaixo daqueles exoesqueletos e capacetes, que de perto pareciam apenas máquinas.

A imagem de Hanna surgiu em sua mente. "Tentei fazer o melhor e me manter por perto, mas a gente não controla as merdas que acontecem. Fui idiota de acreditar que comigo seria diferente do que foi com a nossa mãe. A vida dá um jeito de foder com a gente e deixar a gente sozinho", pensou, enquanto ouvia o camburão acelerando pela estrada até o Distrito de Nagast. Estava tão acostumado com o percurso que reconheceu alguns trechos pelo sacolejo em buracos e curvas. "Eles vão me matar, caralho. Moss falou de uma maldição dos Deuses, grande novidade. Desgraça é o prato que pobre come todo dia, do café da manhã ao jantar."

Curiosamente, a sensação não parecia nova para Eliah. Ele sentia que já havia passado por aquilo. Pensou nas antigas histórias sobre escravização, nos navios abarrotados de negros estrangulados pelas doenças e pela falta de comida durante meses. Sentiu o braço esquerdo queimar e se lembrou do receptáculo implantado pela irmã.

Algumas horas depois, o camburão estacionou e a porta se abriu. Holofotes miraram em seu rosto e o obrigaram a ficar de olhos fechados — parte da estratégia usada para afetar o emocional dos internos que chegavam. Retiraram-no do carro com força. Alguém lhe deu um soco nas costas para que andasse mais rápido, e ele sentiu uma dor lancinante nas costelas. Levantou a cabeça e viu um casarão que misturava arquitetura colonial com estilos modernos, o mesmo que vira do topo da pirâmide com Moss. Pilastras enormes, câmeras, drones e paredes digitais em todos os cantos. Um arco na sacada exibia um letreiro luminoso: Liga de Higiene Mental.

Colocaram-no em fila com outras pessoas, homens e mulheres pretos que seguiram pelas laterais do prédio até um elevador na parte traseira da construção. Todos eram empurrados e socados aos gritos de "degenerados". Também aprisionada pela camisa de contenção, ele reconheceu Beca.

Um por um, desceram como se fossem carga, sendo recebidos com mais pancadas e ofensas no andar de baixo. A paisagem ali era caótica, um pouco devastada. Parecia outro lugar, bastante abandonado. Galhos e folhas de árvores se enroscavam nas paredes e a grama era escassa, o chão quase só de terra batida. A poucos metros adiante, Eliah viu uma construção acinzentada que revelava a verdadeira face do local: um presídio dentro da instituição. O clima lá dentro era terrível, com luzes em tons púrpura, ar gelado, celas pequenas e muitos guardas armados rodeando. As portas destravavam com leitura de retina e com a voz dos vigilantes.

Eliah foi levado para um dos andares mais altos. Ouviu berros de desespero pelos corredores. Passou por algumas salas com aquários e máquinas que pareciam criados para torturar até extrair o último resquício de sanidade de um indivíduo. Foi jogado em uma solitária. As luzes ficaram mais intensas, de forma perturbadora. Um leve ruído era emitido por saídas de som; depois de uns dez minutos, aquilo já o estava deixando louco.

— Esse lugar vai te ensinar como as coisas funcionam, seu babaca! — esbravejou o guarda que havia empurrado o rapaz para dentro da cela.

Sua mente foi carregada pelo ruído intermitente. Queria pensar em Hanna, mas só o que lhe vinha à mente era inquietação. Depois de algumas horas, não sabia mensurar há quanto tempo estava ali, e imagens confusas surgiram em flashes diante dos seus olhos. Uma delas, que ele não soube explicar de onde tinha vindo, foi a do santinho de São Benedito que sua irmã deixava na mesa de cabeceira. Até que o cansaço bateu, o estresse chegou ao limite e Eliah desmaiou de sono.

Foi acordado com um eletrochoque na manhã seguinte, ainda preso pela camisa de contenção. Levaram-no até um galpão com os outros que tinham chegado com ele e os deixaram de pé para serem analisados. Um cara alto, com olhos amarelados e cabelo platinado, apareceu, e Eliah reconheceu o homem do sobretudo escarlate. Ele então se deu conta de que era um Cybergenizado. Nenhum deles jamais tinha pisado em Obambo.

O Cygen caminhou observando cada um dos prisioneiros. Aqui e ali parava, pegava no rosto de algum deles e olhava profundamente em seus olhos, com desdém.

— Pobres coitados. Não reconhecem como suas próprias condições de existência são nocivas para o futuro grandioso do Distrito. A jornada de cada um aqui será em prol da própria civilidade. Os que puderem sairão menos degenerados, mas não compactuamos com a crueldade que é assistir impassivelmente à multiplicação de desgraçados que vêm ao mundo para sofrer o calvário de uma cegueira causada pelo que chamam de fé, de culto a entidades primitivas.

Antes de chegar a Eliah, o Cygen do sobretudo segurou o rosto de uma prisioneira que fez força com a cabeça para a frente, acertando-a na altura do peito do inquisidor.

— Essa vai ser a primeira — disse ele, sem trair qualquer irritação na voz. — Seus instintos mais grosseiros não conseguem ser contidos senão pela total subjugação de sua consciência. Preparem a máquina. Depois eu avalio os outros.

Enquanto preparavam o equipamento, desativaram a camisa de contenção da prisioneira para o procedimento de esterilização. Os olhos dela cruzaram com os de Eliah. Seus lábios esboçaram as mesmas palavras que ela tinha direcionado a ele no Barracão:

— O que tu fez comigo?

A visão que o rapaz teve de Beca lhe causou angústia. Ele se sentia responsável por vê-la naquela situação. Seus lindos cachos foram puxados por um dos guardas enquanto outro apontava um laser para cortá-los.

De volta a uma cela sem ruídos nem luzes, Eliah quebrou o silêncio com os soluços de um choro que não conseguiu conter. Sua única resposta emocional para situações como aquela era o ódio, e ele explodiu em fúria. As lágrimas caíam enquanto ele tentava esbravejar contra tudo o que acontecia.

— Filhos da puta! — soltou, com a voz abafada pela máscara.

Eliah nem percebeu a intensidade da dor crescer em seu punho e, com uma potência que o surpreendeu, de repente conseguiu romper os braceletes magnéticos e desarmar a camisa de contenção. Então, pôde ver brilhar o receptáculo cravado pela irmã.

— Hanna, tu é muito mais esperta do que eu pensava — disse para si mesmo. — Como será que funciona essa merda aqui?

Tentou esfregar o receptáculo com a outra mão, depois bateu o punho contra a parede para ver se surtia algum efeito. Nada funcionou, mas isso chamou a atenção de um dos guardas, que correu até a cela, abriu a porta e bateu com o rifle em seu rosto. Desta vez, o sangue jorrou, espalhando-se pelo chão. O cheiro de cimento encharcado com suor e sangue trouxe a memória das vielas de Obambo.

— Vou dar um fim em você, aberração! — gritou, cheio de ódio.

As gotas de sangue lançadas ao chão formaram uma pequena poça diante dos olhos de Eliah. Ele voltou a enxergar São Benedito como um chamado que trouxe a resposta para ativar o dispositivo em seu punho.

— Obia, é isso!

# O DESPERTAR DA IA MANDINGA

No submundo de Obambo, os garotos se acostumavam a rodar por aí exibindo armas, motos e carros como símbolos de poder. Sentiam-se especiais por isso. A própria comunidade os enxergava de outra forma, com um misto de medo e respeito. Para conseguir aquele tipo de atenção, alguns eram capazes de qualquer coisa. Era assim que muitos começavam no crime: invadindo barracos e galpões da vizinhança para roubar equipamentos, armando emboscadas, desafiando os caras que faziam parte de algum bando, como o dos mecânicos de Zero. Os moleques viviam nesse jogo de sobrevivência, o único caminho para uma vida mais confortável naquele lugar.

Eliah só começara a abrir os olhos para outras possibilidades quando encontrou Hanna, mas, como qualquer moleque do morro, nunca prestara muita atenção ao fato de que a garota tinha suas próprias ideias e ambições. Ela sempre fora fascinada pela tecnologia do Distrito. Seu primeiro dispositivo computacional portátil viera da casa do último patrão de sua mãe, na região industrial de Nagast. Imáni vira o homem jogar o dispositivo fora e pedira autorização para dá-lo à filha.

— Se ela for capaz de usar esse tipo de sistema operacional, pode ficar — duvidou, arrogante, o dono da casa, que não passava de um operário.

Para surpresa dele, a menina se deu muito bem com a tecnologia, e o homem começou a deixar a conexão aberta para ela utilizar, acreditando que com isso fazia uma caridade intelectual. Infelizmente, mesmo com uma conexão com a rede de Nagast, nenhuma pessoa nascida em Obambo tinha credenciais para acessar os principais serviços digitais. Hanna precisou descobrir fontes alternativas na velharrede usada em Obambo e começou a burlar os sistemas, e foi assim que encontrou, pela primeira vez, registros sobre os hackers mitológicos, os chamados malungos. Sempre que acessava algo proibido no Distrito, sentia que poderia usar a informação para ajudar sua mãe. Na maior parte do tempo, a garota tentava conseguir mais criptocréditos e evitar que Imáni precisasse fazer tantas horas extras.

Agora, Hanna sabia que aquelas informações que pesquisara por tanto tempo podiam ser vitais para ajudar a resgatar seu irmão da Liga de Higiene Mental. No auge de seu desespero, ela instalara um receptáculo no braço dele antes mesmo de terminar de decodificar o código de acesso. Não tinha certeza do efeito que aquele item teria, mas resolveu que precisava de um golpe de fé.

Depois que seu irmão foi levado pela força policial, Hanna correu para o dispositivo computacional. Projetou a tela em uma parede do barraco e começou a escrever em uma linguagem de programação obsoleta, criada dois séculos antes pelos malungos, jovens de uma favela que não existia mais, o Morro Clemente. A menina sabia que havia duas maneiras de ativar os receptáculos: pela linguagem dos Orisis, que só os sacerdotes conheciam, ou pela programação dos antigos malungos. Ela tinha passado meses estudando aquela programação no fórum de seu game preferido, com a ajuda de um tipo de mentor. Não fazia ideia de quem eram nem de como viviam os hackers do Morro Clemente, mas tinha certeza de que um nível de segurança tão difícil de quebrar só podia esconder algo poderoso o suficiente para botar medo nos chefões da Liga de Higiene Mental. Sua suspeita envolvia uma entidade, uma Inteligência Artificial conhecida na rede como Mandinga.

Abriu os códigos e observou cada linha com atenção. Muitos caracteres estavam quebrados, era a mesma coisa que lia noite após noite sem entender. A diferença agora era sua motivação: estava correndo contra o tempo para resgatar Eliah. Dessa vez, a garota usava seu coração e sua alma para interpretar a linguagem dos malungos. Os códigos passavam por seus olhos, que represavam lágrimas. "Não posso desistir", pensava, lutando contra as próprias emoções, que a empurravam para o desalento.

Resistiu com as emoções à flor da pele, sentindo-se entorpecida. Foi nesse estágio de consciência que caracteres ocultos, aos poucos, começaram a se completar em sua mente. A linguagem dos malungos não era apenas um amontoado de códigos. Era visceral, exigia um ímpeto sentimental para que seus segredos se revelassem. Foi assim que a menina decodificou a senha para acessar as informações do receptáculo.

A seguinte mensagem surgiu na tela: "Identidade confirmada. Bem-vinda, malungo".

O feito deveria ser celebrado por toda a Nagast. Ela havia acabado de desenterrar um conhecimento histórico, mas a sociedade não costumava celebrar quando uma realização como aquela vinha da periferia. Hanna agora tinha acesso a informações codificadas havia séculos. Com elas, confirmou sua suspeita. Estava ali, incompleta, a Inteligência Artificial Mandinga.

— Não brinca comigo, caramba. Cês não me desapontaram, malungos. Botei fé nessa Mandinga.

Toda a garotada que acessava as bordas da rede dos malungos já tinha ouvido falar da Mandinga, uma IA construída com base num espírito incorporado pela tecnologia, com uma linguagem de programação baseada em códigos divinos. Hanna saltou da cama, foi até a pequena geladeira, pegou um energético, colocou os fones de ouvido e deixou o trap rolando. Agora precisava reconstruir alguns códigos e atualizar outros para então transferir a IA para o receptáculo que deixara com Eliah. Aquilo poderia salvá-lo, já que a Mandinga tinha protegido os pivetes da periferia das forças de guerra quando foram perseguidos.

As horas foram passando, e Hanna nem se deu conta de que a noite havia chegado. Sua angústia alimentou a obstinação. Encontrou na velharrede uma vasta literatura sobre a IA Mandinga. A maior parte continha teorias e previsões, mas o material a ajudava a interpretar os códigos. Para se concentrar, tentou afastar qualquer pensamento sobre o paradeiro do irmão, mas algumas memórias insistiam em perturbá-la.

Ela se lembrou da primeira vez que Eliah voltou da caçada com um novo dispositivo computacional. Hanna ainda estava insegura com a situação. Sabia que ele era seu irmão, mas não sentia que era de verdade. Enxergava-o como um dos caras que a mãe sempre evitava na calçada, um arruaceiro. Ele havia deixado um pouco de comida para ela e dito:

— Fica aqui no barraco, tá legal?

Sua primeira reação foi sentir ódio. Como alguém podia deixar uma pré-adolescente sozinha em casa só com um colchão velho para dormir e um pouco de comida enlatada? Eliah sentiu o desconforto no olhar dela. Depois viu o celular velho, de tela trincada, que ela carregava.

— Cê curte esses bagulho tecnológico, né?

Hanna assentiu com a cabeça, mas fechou a cara e colocou os fones de ouvido. Acordou no meio da madrugada com um estardalhaço na porta, alguém trombando e se escorando pelas paredes. Abriu os olhos se preparando para o pior, e deparou com Eliah machucado por um tiro de raspão.

— O que rolou? Onde tu tava? — perguntou, enquanto encharcava um pano com água e sabão para limpar os ferimentos.

— Eu precisava trazer um presente pra ti. Valeu a pena.

Eliah apontou para a mochila, de onde Hanna tirou um dispositivo portátil de última geração com projeção de tela e o teclado em 3D que ela nunca mais parou de usar.

A memória de Hanna foi interrompida pelo toque do celular, que ela atendeu pensando ser alguém conhecido. Ninguém respondeu, e Hanna desligou. Depois de tudo o que acontecera, era melhor ficar esperta e procurar um lugar seguro para ficar. Teve a impressão de que estava sendo vigiada, mas precisava terminar aquele código. Varou a noite até que a Mandinga estivesse completa.

"É isso, acho que terminei. Agora preciso conectá-la com o receptáculo para invocar a IA", pensou. Pegou o conector do chip que implantara em Eliah e escaneou pelo dispositivo computacional. Precisava colocar uma imagem que o irmão pudesse reconhecer, ou ele se assustaria quando a IA fosse ativada. Andou com os olhos por toda a extensão do barraco até visualizar o santinho de São Benedito que deixava no canto da cama. Então sorriu, sabendo o que deveria fazer.

Assim que clicou em "transferir Inteligência Artificial Mandinga para receptáculo", sentiu o cansaço bater e a visão ficar turva. O telefone voltou a tocar, mas ela não resistiu e adormeceu.

# A LINHA TÊNUE ENTRE INIMIGOS E ALIADOS

— Controla essa miséria de Obambo, mantém eles na linha, ou o próximo no camburão vai ser você. Tem gente lá no Distrito que vai ficar feliz em ver sua cara numa cela.

Zero encarou o capitão da força policial, cruzou os braços e ficou parado, impassível, até ele entrar em seu carro e sair das fronteiras de Obambo. Junto com ele, os drones tecnogriots seguiram para fora da favela. Dois irmãos abutres se aproximaram.

— Por que tu deixa eles te tratarem assim, Zero? Vamo furar esses caras, porra.

— Cês tão acelerando demais as coisas. É por isso que sou eu que mando aqui. Esses filhos da puta vão receber o troco contado em bala. Não viram o que rolou aqui? Olha o sangue nas calçadas, carai. Quem é que vai empilhar e enterrar aquela gente morta lá?

Sem pensar muito, tomado pelo ódio, desferiu um soco na cara do capanga que estava mais perto, e o cara caiu no chão. O outro ficou apenas olhando, assustado, embora conhecesse os rompantes do chefe. Tentou apaziguar.

— Tá certo, Zero. Que merda, meu. Relaxa.

— Eu vou relaxar, irmão, quando a gente não precisar mais sacrificar nossa Família pra evitar mais chacina. A gente perde os parceiros enquanto o pessoal do Distrito dá risada vendo vocês abrirem valas em Obambo. — Zero esticou a mão para ajudar o comparsa que tinha derrubado a se levantar.

— Foi um golpe ter que entregar o Eliah, mano. O cara era firmeza, nunca deu vacilo com a gente — disse o rapaz que ele tinha atingido, verificando se algum osso tinha se quebrado com o golpe.

— Não vai ficar assim. Cês sabem do que tô falando agora. Chama a rapaziada pra atividade. Passa a mensagem pra todo mundo, que é hora da festa.

Os abutres se conectaram com os outros mecânicos do Zero, e logo um carro apareceu para buscá-los. Eles aceleraram pelas vielas de Obambo, atravessaram entulhos e foram para o morro mais alto da comunidade. O local era conhecido como Pico da Lua, porque terminava num penhasco com uma vista assombrosa. Zero desembarcou justo quando outro carro se aproximou e parou na frente dele. Ele abriu a porta para uma garota alta, cujo batom verde se destacava em contraste com a pele de ébano com tons de dourado.

— Dá as ordens, Misty. Cadê o GPS dos canalha? — perguntou Zero.

Misty puxou uma maleta de seu carro e falou:

— Fiz o que tu pediu. Invadi o sistema deles e deixei um único camburão rodando igual barata tonta no morro. Eles nem devem ter percebido que as tropas a serviço da Liga de Higiene Mental já foram embora. — Ela abriu a maleta, que tinha uma tela na parte interior, e mostrou para os amigos a rota de um veículo que se aproximava.

Misty era uma figura misteriosa para os mecânicos. Nunca estava entre os caras no dia a dia, mas todos sabiam que o chefe cuidava da garota. Vestia as melhores roupas, carregava os melhores equipamentos, coisas que Zero não fazia nem pelas amantes preferidas; era como se fosse da família — uma família de verdade, não a do esquema. Sua discrição se justificava pela função que Misty cumpria na organização: ela era espiã, capaz de rastrear qualquer vestígio de informação na velharrede e encontrar qualquer pessoa escondida em Obambo. Quando estava por perto, era sinal de problema — no caso, para os inimigos do líder dos mecânicos.

— Entendi, eles tão sozinhos. Mas o que rola depois que a gente finalizar o serviço?

— Sem estresse, Zero. Quando a gente conseguir os chips de identificação, vou embaralhar as informações no banco de dados da central. Vou transformar eles em fantasmas na rede.

— E a gente transforma eles em fantasma do lado de cá, haha. Cadê meu brinquedo, rapaziada? — perguntou o chefe, e um dos mecânicos lhe trouxe um lança-granadas meio enferrujado.

— Caralho, molecada. Corro o risco de explodir apertando o gatilho desse lixo de lançador.

Os mecânicos se esconderam nos barracos do Pico da Lua. Zero se posicionou atrás de uma pedra na ponta do penhasco. Minutos depois, um blindado da força policial subiu a estrada. Eles aguardaram o melhor momento para o ataque. Dentro do veículo, os soldados estavam aflitos. Não era comum, mas geralmente, quando um grupo se perdia no morro após operações de repreensão, não voltava intacto para Nagast. Graças à invasão de Misty no sistema, eles podiam escutar todas as conversas captadas no veículo.

— Capitão, o sinal está melhorando aqui. Vamos continuar subindo, a gente precisa buscar comunicação para sair desse inferno.

— Mete marcha, soldado, e fica esperto na estra... — O blindado passou por um buraco que deu um tranco e assustou todo mundo. — ... da. Controla essa direção, caramba, não podemos parar aqui! Que sinal é esse no painel?

— Acho que o pinote deixou o nosso sistema confuso. Ele acha que foi atacado.

— Preparar armas, agora! Em posição, não é simulação, porra!

— Licença, capitão. Não encontro sinal de perigo, senhor.

— Então aprende uma coisa, soldado. Aqui em Obambo não existe sinal de perigo. Se algo soa como emboscada, pode ter certeza que é emboscada.

Mal ele terminou de falar, uma granada explodiu em uma das laterais do blindado. O veículo continuou intacto, porém tombou de lado, deixando o vidro frontal na direção dos mecânicos, de modo que os soldados viram quando o bando começou a disparar sem piedade. Zero tomou impulso nas costas de um dos abutres, que lhe serviu de apoio, para se lançar até o topo do veículo. Caminhou sobre o vidro blindado na lateral, fixou o olhar e identificou a patente mais alta no interior do carro, um capitão.

— Cadê o abridor dessa lata? O tempo tá passando, parceiro. Misty, coordena os caras.

— Ainda tô bloqueando a comunicação. Tá limpo, Zero.

— Quero ver trabalho. Vamos mostrar pra esses porcos quem manda aqui na quebrada.

Os mecânicos pegaram seus equipamentos para desmontar a blindagem. Alguns começaram a arrancar as rodas, enquanto outro abria a porta principal com uma solda a laser.

— O que foi? Tá ficando quentinho aí, né? Se vocês abrirem a porta e saírem numa boa, a gente resolve essa parada aqui. O que acham? — Zero pisava forte na lataria do blindado enquanto falava.

Dentro do veículo, os homens usavam os capacetes ciclopes e as armaduras de combate. Estavam apertados, com pouco oxigênio e sendo queimados pela solda. A única saída era a porta lateral, e, como só dava para passar um por vez, eles perderiam vantagem estratégica se entrassem em conflito.

— Conheço esse malandro — disse o capitão ao ver o rosto de Zero. — Ele faz negócios com alguns dos nossos lá no Distrito. Vai ficar tudo bem, homens. Vamos sair para negociar, e depois a gente volta com uma centena de homens pra estraçalhar cada osso desse neguinho.

O capitão retirou o capacete e pediu à equipe que repetisse o gesto. Depois, deu sinal de que iria abrir a porta. Zero desceu da janela e pediu a todos que se afastassem. Oito homens desceram do blindado com as mãos levantadas.

— Sei quem você é. Alguns caras lá do Distrito falam seu nome. Quer dizer, Zero, né? Não sei se isso é um nome mesmo.

— Cês têm muita ideia sobre quem a gente é, né? — Zero se aproximou e encarou o capitão, que se apequenou.

— Deixa meus homens em paz, só dá a direção pra gente sair desse lugar. A gente deixa o que vocês quiserem.

— Que bom, tu quer negociar — disse Zero, abrindo um sorriso de deboche que seus comparsas logo reconheceram. — Só que hoje as coisas tão meio caras, saca. A gente vai ficar com seu carro e suas armaduras... Ah, peraí. Lembrei que tô precisando de armas novas. Não sei se reparou, mas a granada tava meio velha.

— Você é louco! — reagiu o capitão, claramente insultado. — Sabe que não vamos deixar nossas armas com esse bando de favelados. Vocês nem iam saber destravar a tecnologia do Distrito.

Zero olhou para Misty, que andou até um dos homens. Ela tocou seu ombro e abriu o compartimento de emparelhamento escondido na armadura. Pegou um conector e o ligou à sua maleta.

— O código que usei ainda precisa de atualização, foi baseado em versões antigas dessa tua armadura. Vou adorar programar usando um sistema mais atual. Posso levar, Zero?

— Se essa vadia chegar perto de outro soldado, não vamos mais negociar — rosnou o chefe da força policial.

— Tão vendo o que eu falo? Essa gente do Distrito se acha pra caralho. Os caras aqui tão cercados, a gente bloqueou os comunicadores. Todas as tropas de filhos da puta já vazaram do morro, e mesmo assim cês acham que têm poder de negociação. Tu é um merda, capitão.

O bando de Zero atirou para o alto e depois fechou o cerco com seus rifles nos homens encurralados. O capitão entendeu a situação e pediu a todos que abandonassem suas armaduras. Quando terminaram, eles se organizaram para sair a pé de Obambo.

— Só diz onde fica a saída. Sei que vão se arrepender, e é melhor se prepararem, porque vai ter retaliação.

— Faço questão de levar vocês até a saída — disse Zero.

Eles desceram o pico por alguns minutos. Um cheiro forte de carniça tomou o ar.

— Que porra é essa? O que vocês fazem nessa favela que fede tanto? — perguntou um soldado.

— Tu sabe fazer a pergunta certa na hora certa, né, soldado? — Zero deu mais alguns passos e parou. Quando os outros o seguiram, viram dezenas de corpos empilhados. Uma vala coletiva. — Isso aqui é a conta que vocês deixaram pra nós nessa última manobra. A gente chama de chacina. Tá ligado? Me diz uma coisa, capitão, quem é que vai alimentar os filhos dessas mães? Seu blindado vai pagar a comida pra garotada que ficou órfã hoje?

— A gente não tem nada com isso. Nossa equipe estava em outra missão.

— Eu já sabia. No fim, cês não passam de covardes — disse Zero, em tom de desdém. — Apaga todo mundo, pessoal. Misty, pega o chip de identificação. Abutres, cês levam a blindagem pros nossos carros depois.

O som dos tiros afastou os bichos que rodeavam a carniça. Zero sabia que essas mortes não apagariam o que havia acontecido pouco antes em Obambo, mas, para ele, aquilo era revigorante. Ele nunca tinha deixado de ser aquele garoto em busca de vingança, só esperando o momento certo.

Misty, que após pegar o chip havia se afastado para checar uma informação, voltou a se aproximar com um olhar preocupado que Zero reconhecia de longe.

— Preciso te mostrar uma coisa. É sobre aquele projeto da velharrede.

— A gente fala depois — disse o chefe, se afastando. — Resolver essas tretas me dá uma canseira, vou relaxar e tomar alguma coi…

— Alguém despertou aquela Inteligência Artificial Mandinga.

Zero parou e se voltou na direção dela, surpreso:

— Céloka. Não fala uma fita dessas aqui, porra!

— Tô ligada, Zero. Esses caras não sabem do que a gente tá falando. Podemos trocar uma ideia agora?

— Demorou, mas não aqui. Vem comigo.

Misty o seguiu em silêncio até um galpão que ficava perto do pico. A moça se lembrava de ter passado ali na frente algumas vezes, mas o lugar nunca atraíra particularmente a sua atenção. Os dois escanearam suas tatuagens, e a porta de aço se abriu.

— Quanta máquina maluca, meu Deus. — Os olhos dela brilhavam. — Olha essas rodas. Tu tá escondendo esse ouro aqui, mano.

— Haha, esqueci que nunca te trouxe na garagem. É onde guardo meus motores mais potentes, e é também meu QG de guerra. Nem aqueles blindados conseguem derrubar essas vigas de aço, é tipo um cofre. Não posso dar bobeira, tá ligada? Chega aqui no corredor, vamo pro meu lugar favorito.

Eles passaram por uma porta reforçada e encontraram uma sala com vários monitores ligados a câmeras da zona de fronteira com o Distrito.

— Meus contatos na Força Policial liberam o sinal dessas câmeras, e eu fico sabendo quando tem operação chegando na área. Sincroniza seus dispositivos aqui e me mostra aí o que tá rolando.

Misty acessou a velharrede e esperou a reação do chefe. Não havia dúvida, alguém havia liberado a chave dos antigos malungos.

— Ainda não sei quem foi, mas a pessoa deixou as portas de acesso abertas. Comecei a vasculhar para encontrar a outra parte dos códigos que eu precisava pra montar a IA Mandinga, e foi quando saquei que tinham sido alterados e tirados de lá.

— E se esses arquivos nunca estiveram lá? Como que tu saberia isso?

— Pensei nisso também, se liga. É que coloquei um rastreador na rede pra buscar algum vestígio da IA com a parte do código que a gente distribuiu pra garotada. Deu match com um dispositivo aqui de Obambo, mas o sinal foi enviado direto pro Distrito.

— Filhos da puta. Tem um X9 aqui na comunidade?

— Pode ser, mas fica tranquilo que a gente não foi descoberto.

— Então só tem uma coisa pra fazer.

— Haha, eu sabia que te conhecia assim. Tudo nosso, parceiro, vamos atrair esse malandro aqui pra garagem.

— Daqui ele não sai. Pode pá!

# A REALIDADE FORA DE TAMIRAT

A pirâmide de Moss flutuava na região do cemitério dos Deuses. Ao norte, por muito tempo ela conseguira enxergar toda a área do Primeiro Círculo do Distrito, a mais nobre. Ao sul, conforme lembrava, ficava a vista distante do litoral e, por outro ângulo, as estátuas titânicas dos ancestrais — havia orixás e santos católicos representados. No passado, ela podia avistar todas as principais movimentações da população. Houve uma época em que vivia cercada de acólitos, sacerdotes e iniciados nas religiões de Nagast. Agora, vivia solitária, num exílio permanente que se intensificara desde que lhe fora acometida a maldição da cegueira, passando a ver somente vultos da paisagem que antes lhe era tão familiar. Seu único visitante desde o começo do exílio fora Eliah, que a despertara de um jeito que ela não esperava.

Moss desconfiava que fora abandonada pelos Deuses por conta da criação dos artefatos que conectavam os espíritos ancestrais com dispositivos tecnológicos. Ela sabia que a tecnologia dos receptáculos tinha sido capaz de libertar seu povo do plano maligno que o governo da região central desenvolvera para encarcerar a população pobre. Grandes coisas tinham sido feitas com essa tecnologia. A anciã ainda se lembrava dos dias em que seu povo marchara em direção às grandes torres de vigilância sem que nenhum drone, robô ou máquina fosse capaz de superar suas habilidades.

Enquanto pensava sobre aqueles tempos, Moss pegou e observou sua tradicional máscara de leão, com os circuitos elétricos desenhando símbolos em Orisi. Ela se lembrava de como os olhos pareciam emanar fogo dos espíritos.

Deixou a máscara escorregar por seus dedos e a guardou em segurança. Por muito tempo, acreditara que seu povo tinha perdido seus poderes e sua conexão com o mundo dos ancestrais como um castigo sobre a população do Distrito, mas agora era hora de buscar novas respostas. E ela sabia exatamente onde.

A anciã pegou um cajado, com animais selvagens entalhados em toda a extensão e penas de pássaro enfeitando uma cabaça no cume, e andou até a sala de transporte, onde escolheu uma cápsula para descer até o cemitério dos Deuses.

Era uma viagem rápida. Quando tocou o chão, tecnogriots a cercaram. Moss imaginou que eles teriam reconhecido sua identidade, mas que naquele momento, sem que tivesse tentado acessar nenhum prédio, ela não representava perigo. Os Cygens a haviam deixado em paz por tempo demais durante seu exílio em Tamirat. Certamente acreditavam que ela não teria mais qualquer força para retomar o poder.

— Podem avisar seu líder que meu exílio chegou ao fim e logo teremos uma boa conversa.

Moss enxergava apenas vultos em uma neblina branca, espessa. Ela puxava da memória a configuração das ruas. Pouca coisa tinha mudado no meio século desde que se isolara, mas era nítido para ela que o fluxo do transporte ficara maior. Ela ouvia o barulho dos carros trafegando em alta velocidade e dos monociclos carregando gente pelas calçadas largas. Passou dois dedos sobre um símbolo de chave kemética em seu braço, e a tatuagem brilhou com um azul metálico.

— Parece que meus códigos ainda funcionam por aqui.

Um monociclo se aproximou e parou ao seu lado. Ela reconheceu o som do veículo e percebeu sua sombra se aproximando. Subiu no monociclo apoiando-se em seu cajado e deu a coordenada por voz:

— Me leve até a Árvore dos Dois Mundos.

— Prepare-se para uma longa viagem. Podemos cortar caminho pelo subterrâneo; aceita a nova rota? — questionou a máquina.

— Vamos pelo subterrâneo.

Moss não era vista sem sua máscara tribal havia séculos. Muitas pessoas acreditavam que ela fosse um tipo de deidade ou filha direta de um orixá que descera do Orum. Ninguém a reconheceu no percurso, apenas os tecnogriots, que continuavam acompanhando o trajeto. Uma hora depois, ela chegou à estação próxima à grande árvore. A porta se abriu e ela saiu no trem, onde outro monociclo a esperava.

Ali, no Primeiro Círculo do Distrito, cada quadra só podia ser acessada por veículos com permissões especiais. Moss percebeu que suas marcas estavam sendo escaneadas, mas não conseguia identificar por quem.

"Desde quando esta região se tornou tão restrita? Aprimoraram a tecnologia de identificação, mas é impossível retirar a autorização de uma das fundadoras de Nagast", pensou. Apesar de enxergar apenas vultos, Moss percebeu nebulosos contornos de homens e mulheres com armaduras cibernéticas pesadas. Veículos blindados que pareciam tanques não eram mais que sombras grosseiras aos olhos da anciã. Um militar estranhou aquela senhora rodando sem ser importunada pelo sistema de segurança e bradou:

— Parada aí, velha! Como conseguiu autorização para entrar nessa área? Você não é Cygen. — A anciã preta de dreads platinados não tinha mesmo nada de Cygen, aqueles seres grandes de olhos amarelados e pele branca.

— Só estou seguindo meu caminho — respondeu ela, sem demonstrar emoção. — Estive muito tempo longe, e por isso você não deve me conhecer.

O homem ativou a energia de sua pistola e ordenou:

— É melhor se identificar. Você tem autorização da Liga para andar por aí com essas tatuagens? Anda, é melhor abrir o bico, sua aberração.

Moss não se preocupou. Agora que sabia que seus registros na cidade estavam intactos, ela também tinha noção da hierarquia necessária para acessá-los. Longe daquele ou de qualquer outro militar dentro do Distrito. Desviou a rota e seguiu em frente.

— Neutralizar alvo anônimo! — gritou o homem.

Os soldados que estavam por perto formaram um círculo em torno do monociclo que seguia para a Árvore dos Dois Mundos, mas, quando apontaram suas armas, elas foram desativadas pelo sistema de segurança. A mensagem "Ataque não autorizado" apareceu simultaneamente em todos os visores e nos displays das pistolas. Os griots foram desativados também.

— Tenente... — balbuciou um dos homens. — Essa velha... é Moss. Dá uma olhada nos registros que compartilhei.

Nenhum deles conseguia ler as informações no sistema, não tinham autorização de acesso. Exatamente como

Moss previra, eles sabiam que apenas autoridades do alto escalão poderiam acessar aquele nível de privacidade das informações.

— Não disseram que ela estava morta? Caralho, soldado! Deixa ela passar.

Quando abriram caminho, Moss parou em frente a um arranha-céu que conhecia bem. Era um prédio enorme em todas as dimensões, uma espécie de obelisco cilíndrico com galhos que saíam e entravam pelas paredes. O topo do prédio parecia afastar as nuvens, e grandes cabos se entrelaçavam pelo caminho, carregando uma quantidade tão exorbitante de dados que a estrutura inteira parecia soltar faíscas, com as marcas triangulares dos cabos que brilhavam enquanto transmitiam as informações para os servidores dos andares.

Moss tocou no dispositivo da entrada e ouviu a identificação do prédio, mas estranhou o nome. As coisas tinham mudado muito. A Árvore dos Dois Mundos estava, agora, sob controle do Conselho Cygen.

"Com meus códigos, ainda tenho acesso aos elevadores", pensou a anciã ao se aproximar deles. "Parece que o Conselho Cygen assumiu os bancos de dados do Distrito. Não devo ter problema para chegar ao subterrâneo." Ela sabia que acessar aquele prédio ativaria um alerta para o Conselho, mas não tinha alternativa. Agora era contar com o tempo o seu favor.

Minutos depois, Moss estava num dos andares subterrâneos do prédio. A cada dez metros, havia uma porta com checagem de segurança. Várias marcas na pele eram necessárias para chegar à raiz da Árvore, e Moss tinha todas. Passou pela última entrada e deparou com um grande tronco de dimensões gigantes, com vários cabos conectados a pequenas raízes que saíam pelos lados, ligados por símbolos antigos que brilhavam. Os dados atravessavam para servidores que circundavam a sala como se os códigos corressem pelas paredes.

— Apesar de meus olhos não enxergarem sua beleza, tenho a memória e reconheço o poder que emana de ti — disse Moss em voz alta, sabendo que nenhum humano a ouvia. — Todas as memórias do passado e do futuro em um só lugar. Isso não pode ficar nas mãos de qualquer pessoa. Meus medos me fizeram abandonar minhas obrigações, mas agora é hora de retornar.

Moss colocou as mãos sobre duas marcas no grande tronco e escreveu no ar os símbolos Orisi, ativando uma passagem mística que se energizou no centro da sala. Ela sentiu a energia alcançar seu corpo, e sua mente foi tomada por um êxtase divino que a colocou em estado de transe. Manteve os pensamentos fixos na presença que encontrara no sonho com Eliah. "Naquela noite, não estávamos sozinhos. Aquele sonho inteiro foi uma mensagem, ou uma armadilha, e eu vou descobrir de quem."

Então, ela atravessou o portal. Sentiu a mente se elevar, como se estivesse fora de seu corpo. Diante de seus olhos, tudo continuava como uma neblina espessa, mas ela sabia que do outro lado não estaria mais na realidade dos homens.

"Há quanto tempo não piso neste lugar... Ainda sinto as mesmas presenças, mas não enxergo os ancestrais que governavam este mundo."

A neblina começou a se dissipar no chão, e uma serpente gigantesca rastejou vagarosamente na direção de seus pés. Moss deu dois passos para trás, pegou seu cajado e se ajoelhou, reconhecendo o animal pelo som.

— Lebé! — A anciã estendeu a mão e deixou a serpente se enrolar em seu corpo. Seus olhos pareciam cristais brilhantes e transparentes, sua pele era preta como a noite. — Seja os meus olhos e me guie por essas terras que não posso ver.

A serpente voltou para o chão. Ela era um antigo guia daquele mundo, com uma sabedoria tão vasta quanto sua ganância. Sempre negociara com os vivos e os sacerdotes que chegavam até ela. Fora assim que conhecera Moss e desenvolvera uma cumplicidade respeitosa com a anciã.

— Você sumiu por muito tempo. — A voz da serpente sibilava com seu chocalho. — Os Deuses ficaram curiosos com seu retorno.

— Acreditei que eles tinham deixado meu povo e fiquei aprisionada em minha própria vergonha. Agora estou aqui para encontrar a origem da minha cegueira. Eu senti a presença de Asanbosam em uma visão recente. Foi quando percebi que estava sob seu jugo, que precisa ser quebrado.

— Suas invenções, os receptáculos, alteraram a ordem das coisas, Moss. Os Deuses viram uma sombra antiga crescer sobre os habitantes do Distrito quando eles conectaram a Árvore dos Dois Mundos a seus dispositivos computacionais e tentaram controlar a energia dos espíritos com sua tecnologia. Isso abriu uma brecha para que criaturas malignas daqui influenciassem Nagast. Temo que seja essa sombra que esteja te oprimindo com um tipo de maldição. Ela já derrotou xamãs e médiuns poderosos, absorvendo seus poderes e sua fé. Posso te levar até onde ela se esconde, mas se prepare, pois a sombra ficou muito poderosa. Você, pelo contrário, está fragilizada, e talvez seus poderes não sejam capazes de enfrentá-la.

— Se for esse o meu destino, e se, de alguma forma, isso vier a restaurar o equilíbrio entre os mundos... irei cumpri-lo.

A serpente voltou a rastejar, dessa vez mais vagarosamente, para que Moss pudesse acompanhá-la. Elas andaram por horas, até que chegaram a uma mata densa, cheia de espinhos.

— Não se machuque, anciã. Estes espinhos deixam feridas duradouras e profundas na alma dos mortais.

O caminho ficou mais difícil. Moss sentia os pés pesados por conta das folhas molhadas e do solo barrento criando resistência. A serpente parou alguns metros depois de uma árvore sem folhas.

— Atrás desta árvore existe uma passagem. Ela a levará direto para o confronto que deseja. Daqui em diante, você estará sozinha. Tenho meus próprios afazeres com os Deuses.

Moss agradeceu a Lebé, que se esgueirou pela lama até sumir, e foi tateando em busca da entrada do outro lado da árvore. Quando a localizou, desceu pelo buraco estreito e acabou em uma caverna iluminada por uma pequena tocha. O fogo dissipava a neblina de seus olhos e ela conseguia ver a luminosidade. Ao pé da fogueira, Moss percebeu algumas cabaças. Passou a mão sobre elas e sentiu em uma delas as letras de seu nome escrito na língua dos antigos.

— Foi com esse feitiço que me cegou, criatura maligna — disse em voz alta.

Agarrou a cabaça e a arremessou no fogo místico que iluminava a caverna. No mesmo instante, sua visão se restaurou por completo. Moss pôde enxergar com clareza cada detalhe da caverna, como as marcas de garras afiadas entalhadas pelas paredes. Outras imagens surgiram diante de seus olhos, não apenas aquelas que a cercavam de fato.

As primeiras imagens que preencheram sua memória foram as do grande ritual de fundação do Distrito, duzentos anos antes. Moss se viu erguendo seu cajado, dançando e pedindo bênçãos aos céus enquanto invocava espíritos ancestrais para se tornarem protetores de seu povo por meio da Árvore dos Dois Mundos. Tudo aquilo já lhe era bem familiar, exceto um detalhe que só ficou evidente naquele momento: junto aos efeitos mágicos de Orisi, os chips que conectavam os sacerdotes ao mundo dos ancestrais se iluminaram como ouro, revelando pequenas rachaduras místicas no tecido que separava os dois mundos. Então, ela notou olhos sinistros à espreita, como se tentassem atravessar as pequenas rachaduras. No momento em que a Árvore foi estabelecida, os olhos atravessaram junto com os espíritos protetores. Moss reconheceu, pela íris com um corte no centro, o feiticeiro conhecido como Asanbosam, entidade maligna que se alimentava da energia e do sangue dos seres vivos.

"Ele está aqui!", entendeu a anciã. Voltou a se concentrar na caverna e ouviu a criatura se esgueirar no topo. Parecia um corpo imenso se arrastando na caverna. Suas garras riscavam as pedras e seus olhos, inconfundíveis, eram capazes de congelar a alma de quem, sem querer, olhasse dentro deles.

— Na primeira vez que vi sua imagem, achei que você parecia uma das grandes rainhas deste mundo — disse o bruxo com sua voz rouca, profunda. — Achei que fosse mais esperta, também. Atravessar o portal para o reino dos ancestrais até a minha morada foi um grande sinal de ignorância, muito maior do que passar tantos anos sem perceber a extensão dos meus feitiços sobre a sua existência. Esta caverna será o seu fim. Eu passarei o resto da eternidade consumindo a vida dos habitantes do Distrito.

O bruxo sabia que estava em vantagem na escuridão de sua caverna. Ele se aproximou de Moss, cercando-a enquanto se movimentava para confundi-la em relação à sua localização. Ela não expressou medo, buscando responder suas provocações à altura.

— Você é uma criatura ardilosa. Conseguiu se esquivar não apenas de mim, mas dos protetores que invoquei para habitar o mundo dos homens.

— Tive um cuidado especial com cada um deles. Derrotei todos os que encontrei e me alimentei de seus poderes. Eles conheciam bem as forças místicas e os atributos mortais, mas não entendiam nada da tecnologia que você criou com os receptáculos.

— Deixe Nagast em paz. Não quero mais interferir na harmonia entre nossos mundos. Não tenho nada contra a sua existência. Busco apenas a liberdade do meu povo. Você sabe que sua presença no mundo dos vivos significa caos e devastação.

Asanbosam deu uma gargalhada e falou:

— Você passou muito, mas muito tempo distante dessa realidade. O equilíbrio não pode mais ser restaurado. Eu me tornei parte do seu mundo e logo serei todo ele.

Moss bateu com o cajado no solo e invocou um ritual Orisi, criando uma esfera luminosa de proteção que se ergueu até atingir o topo da caverna, revelando a face do feiticeiro. Ele tinha cabelos vermelho-ferrugem, dentes de ferro e garras pontudas nas mãos. Seus membros eram tortos, e a escuridão preenchia toda a extensão do globo ocular. Estava agarrado ao teto pelos pés, mas saltou para cima da anciã e foi rebatido pela blindagem mágica criada pelo cajado.

— Está me subestimando, Asanbosam. Meu exílio não apagou minha memória. Ainda carrego o conhecimento sobre os poderes místicos e os rituais deste mundo.

O feiticeiro grunhiu com o ódio de mil homens até romper a proteção criada por Moss. Ela não resistiu e precipitou-se para trás.

— Minha casa será a morada eterna da sua alma. Vou adorar assimilar seus poderes, assim como fiz com todos os outros. Não existe ninguém capaz de romper o meu domínio sobre o seu mundo — disse a criatura.

Asanbosam saltou novamente em direção a Moss e cravou os dentes em seus ombros frágeis de mulher idosa. Urrando de dor, ela conseguiu retirar uma das penas de seu cajado e a lançou no ar, usando magia para fazer com que se transformasse em uma lâmina. Moss o golpeou no braço com a lâmina e, em seguida, lhe deu uma pancada com o corpo do cajado.

"Não vou suportar outro ataque desses", ela pensou, "mas vou selar esta caverna para que nenhum de nós consiga escapar." Mais uma vez, Moss ativou sua magia de blindagem. Enquanto Asanbosam se recompunha, ela parou diante da única passagem de saída da caverna, pegou o punhal, que ainda tinha o sangue do monstro, e começou a riscar no chão um ritual para trancá-lo ali com ela.

— Não temo a morte, feiticeiro. Se eu morrer aqui, enterrarei seu espírito comigo na escuridão desta caverna.

O monstro voltou a grunhir. Sua magia de ódio colocou Moss de joelhos, mas desta vez ela estava mais preparada e conseguiu segurar a blindagem. A criatura saltava de um lado para o outro, suas garras afiadas quase tocando o rosto de Moss. Chegava cada vez mais perto, até que conseguiu quebrar a proteção novamente e abrir um ferimento no rosto da anciã.

Asanbosam golpeou a velha dezenas de vezes. Sua energia atingiu o peito de Moss, arremessando-a para fora da caverna. Ela caiu muito ferida, sem forças para se levantar. Viu o feiticeiro se aproximar, sorrindo, com seus dentes de ferro reluzindo.

— Um ser pequeno como você sabe que seu feitiço não pode durar pela eternidade, nem sequer por algumas semanas ou meses. Mas se tem uma coisa que aprendi com os vivos é que estão sempre dispostos a correr riscos quando encontram algo que vale a pena. Sei que você está aqui apenas para me atrasar, para preparar o caminho para aquele garoto que invocou a sua pirâmide, Tamirat. Nada do que fez escapou dos meus olhos e ouvidos enquanto você estava sob meu feitiço.

Moss agonizava no chão enquanto ouvia as palavras e os passos da criatura que se aproximava.

— Diga-me, qual é o nome dele? Do Último Ancestral, da quarta divindade que foi invocada como protetora da sua terra, mas que se perdeu no tempo e só encarnou neste século. Fiquei em dúvida se aquele espírito tinha valor, mas sua ousadia acabou de revelar que sim. Assim que terminar contigo, vou caçá-lo em Obambo e terei a alma do jovem nas minhas mãos, para assimilar seus poderes e perpetuar meu domínio sobre Nagast.

Asanbosam saltou novamente para cima de Moss, mas ela havia desaparecido. As folhas da mata fechada balançaram ao longe, formando o caminho de uma serpente ligeira.

— Lebé, sua maldita!

A serpente era rápida demais até para o feiticeiro monstruoso.

# BENTO, O CYBERCAPOEIRISTA

Quando a Liga de Higiene Mental proibiu cultos e rituais religiosos, em toda a Obambo surgiram traficantes de obia, tatuagens temporárias que simulavam o transe divino, davam sensação de êxtase aos usuários e eram ativadas com uma gota de sangue. O transe artificial ferrava o cérebro dos usuários. A maior parte se tornava viciada rapidamente, e, quando o efeito passava, as pessoas eram tomadas por um medo absurdo, um sentimento de vazio e de quase morte. Com muito tempo de uso, os viciados se sentiam de fato mortos, corrompidos na alma. A droga, é claro, tinha sido criada no Distrito. Uma comunidade que nem água tinha para todo mundo, como Obambo, nunca conseguiria tecnologia para testes com drogas neurológicas como aquela. Eliah chegara a experimentar a droga, como tantos de seus colegas do crime, mas fora afastado por Zero quando ele enxergou no garoto um mecânico em potencial para seu esquema. Quem usa obia nunca esquece, era o que todos diziam, e ele, de fato, ainda se lembrava de como ativar a tatuagem.

Ainda na cela do presídio da Liga de Higiene Mental, caído no chão em frente ao guarda que batera com a arma em sua boca, Eliah sentiu o sangue escorrendo de seus lábios até o piso. Pelo comunicador, enquanto mirava o rosto do prisioneiro com o rifle, o homem pediu que enviassem uma nova camisa de contenção. Eliah lambuzou as duas mãos com o próprio sangue, até que parecessem descarnadas. Cerrou o punho que estava com o receptáculo e, com a outra mão, apertou o dispositivo. Fez uma pressão enorme e se concentrou para tentar absorver qualquer fluxo de energia. O aparelho esquentou gradativamente, e ele manteve a pressão. "Está acontecendo."

As palavras místicas voltaram a aparecer no ar. O sistema digital da cela começou a falhar, e as luzes se apagaram exatamente quando os guardas partiram para cima dele. Eliah ficou agachado e viu a energia que se projetava para fora do receptáculo formar a figura de um homem encapuzado que rodopiava em posição de luta. Um a um, os guardas foram arremessados contra a parede por golpes poderosos de capoeira: queixadas se iniciavam em gingas e terminavam com a perna acertando mortalmente os oponentes; marteladas seguiam-se, acertando de forma circular com a canela e encerrando com meias-luas que desciam com velocidade e potência. Quando todos estavam desmaiados, a figura que o protegera tirou o capuz. Em sua cabeça lisa, havia inscrições na língua mística, que se destacavam na pele retinta por um brilho dourado.

— Aê, caralho. Sei lá o que a Hanna botou nesse negócio aqui, mas mandou bem demais. Aquela mina é um gênio.

— Uma Inteligência Mandinga — respondeu o outro.

— Uma o quê? — estranhou Eliah.

— Sou uma Inteligência Artificial Mandinga, recuperada e enviada aqui por Hanna. Sou capaz de navegar por memórias no mundo dos espíritos e me conectar com as redes de dispositivos computacionais deste mundo. Me chame de Bento. Estou agora vinculado a você, meus dons se fortalecem com sua fé.

— Tu tá falando desses golpes? Que foi esse lance aí?

— Uma lendária arte da defesa do povo preto neste mundo, a capoeira. Ela já livrou seus antepassados do cativeiro na escravização e agora vai tirar você deste lugar. Não temos muito tempo. Você precisa ficar por perto. Eu só consigo me projetar onde você estiver, por conta do receptáculo no seu punho.

Eliah pegou o rifle de um dos guardas que estavam no chão. Bento acessou os mapas do prédio e identificou a saída mais próxima.

— Se liga, Bento. A gente não pode sair daqui sem encontrar uma amiga minha. Ela deve tá na sala do lado, foi onde vi ela da última vez.

— O sistema de segurança mostra a presença de quatro pessoas na sala — disse Bento, aproximando-se da saída. Ele se movia como um fantasma digital, numa espécie de teletransporte; era possível ver sua imagem se desfazendo e se juntando como por magnetismo a cada passo.

Eliah limpou o rosto, respirou com calma e recompôs sua energia. Caminhou até a sala ao lado. Espiou pela janela e viu quatro homens cercando uma mesa de experimento onde estava Beca, amarrada e conectada a cabos. Eles deslocaram o corpo desacordado da garota para uma maca, e o homem de sobretudo escarlate segurou a cabeça dela enquanto a levavam para um corredor no fundo da sala.

— Como abro essa porcaria? — sussurrou Eliah. Bento soltou uma faísca que atingiu a fechadura e destravou a porta. Pego de surpresa, Eliah entrou já puxando o gatilho. — Se afastem dela, seus arrombados!

Os guardas mal tiveram tempo de reagir quando Bento entrou com movimentos perfeitos, golpeando a nuca e as pernas de cada um deles. Foi tudo muito rápido. Ao terminar, ele parou ao lado da mesa e colocou a mão sobre Beca, já sem nenhum sinal vital.

— Era sua amiga?

— A gente se beijou no meio de um rolê. Tive uma visão que ela ia morrer. Foi muito real, mas não vou deixar essa fita acontecer. Bora levar ela com a gente.

— Não vai dar, Eliah. Estaríamos apenas carregando um corpo.

— Tá doido, seu porra, que ideia torta é essa? Vamo pegar ela aí — disse Eliah, mas uma lágrima já escorria por seu rosto.

— Meus pêsames, irmão. Não podemos fazer mais nada.

— Não, caralho, não fala uma merda dessas. Ela não tem nada a ver com essa história. Trouxeram ela pra cá por minha causa. — O rapaz se aproximou e fechou os olhos da garota com a mão. — Ela não podia morrer por minha causa, cara.

Bento percebeu que os sistemas de segurança tinham sido ativados e que um grupo de guardas bem armados procurava por eles dentro do prédio.

— Vamos sair daqui. As coisas vão ficar feias. Tem mais guardas chegando.

— Como é que vou deixar ela aqui, mano? Ela tem família, tá ligado? Não dá. — Eliah tocou os lábios de Beca, e uma lágrima escorreu e caiu sobre o rosto dela. Uma dezena de homens se aproximava com escopetas sônicas, rifles e granadas de choque.

— Não vou conseguir te proteger, Eliah, corre! Se te atingirem, nós dois morremos juntos. — Bento viu o jovem estático, mas percebeu que seu espírito estava diferente. Podia sentir a energia aprisionada dentro do garoto.

A visão de Eliah escureceu, e ele voltou a ver a cena que testemunhara quando beijou Beca. As vozes e os tambores que estavam no salão voltaram a encher seu peito. Ele não tinha sido capaz de protegê-la naquela ocasião nem conseguia fazer isso agora. Seu coração foi tomado por um rugido de leão que fez estremecer seu espírito. Quando voltou a si, a sala estava trancada e todos os guardas estavam caídos.

— As armas deles foram desativadas, Eliah.

O rapaz respirou fundo para recobrar a razão.

— Temos que ir, preciso encontrar Hanna. Obrigado por isso.

— Não me agradeça, eles foram desarmados por você — respondeu Bento.

— Como assim, pô? Não tô sacando.

— Você acabou de sair de um transe. Palavras e símbolos Orisi surgiram ao seu redor enquanto você guiava a magia de um jeito que só oráculos e médiuns poderosos são capazes de fazer — disse Bento, e aguardou alguma reação de Eliah, que não veio. Ele continuou: — No passado, conheci pessoas que invocavam Orisi, médiuns e sacerdotisas que dedicavam a vida aos estudos das linguagens ancestrais. Eles formavam uma casta ritualística que transmitia conhecimentos e poder de geração a geração. Com a modernidade, a maior parte das pessoas abandonou esse poder para se apropriar de tecnologias digitais. Quando o Massacre dos Últimos Santos aconteceu, já eram poucos os invocadores, pois esse tipo de conexão estava praticamente extinto.

Bento sorriu e concluiu:

— Mas você, Eliah... Você é um invocador de Orisi. — Bento fez uma reverência, abaixando a cabeça, com o punho cerrado no peito. Entendeu que aquele jovem era predestinado como os antigos reis e médiuns do passado.

— Sério, tu quer jogar essa de conhecimento divino pra cima de mim, agora? Vamo sair logo daqui, mano.

Os dois seguiram pelo corredor dos fundos do laboratório. Bento conseguia rastrear a movimentação dos seguranças para que se esquivassem deles. Decidiam-se por um caminho com poucos guardas e desciam o sarrafo nos caras, que mal tinham chance contra os golpes ligeiros do cybercapoeirista. Ele gingava sobre os oponentes, caindo com os pés sobre suas cabeças ou arrastando seus tornozelos com uma força que fazia rachar as camadas mais finas das armaduras. Avançava sobre deles com a ira dos antigos capoeiristas. Eliah não escondia a satisfação em ver o outro lutar.

— Seria foda se todo mundo de Obambo lutasse assim. A gente ia expulsar qualquer tropa que tentasse subir nos morros.

— Essa arte não está totalmente apagada. Existe um pessoal nos reinos do Norte que ainda pratica. Se conseguirmos sair vivos da área distrital, um dia te levo lá.

Quando Bento terminou de falar, o alarme do presídio disparou.

— Melhor guardar a energia, essa fuga vai ser difícil.

— Não existiu um dia tranquilo pra mim nesses últimos anos. Toda noite saí de casa sem saber se ia voltar. Fuga difícil é a cama que eu preparo toda noite pra dormir.

Eliah percebeu que estava dando um sorriso discreto, como nas noites em que era perseguido e voltava para a favela carregando um carro para Zero.

O sistema de segurança havia desligado os elevadores. Bento invadiu o display deles e abriu uma das portas.

— Entra logo, eles vão perceber que estou no sistema.

— A IA Mandinga programou o elevador até o térreo, para a saída principal, mas o trajeto foi interrompido bem no penúltimo andar dos pisos inferiores.

— O que tá rolando, parça? Acelera isso, caramba! — apressou Eliah, preocupado.

— Alguma coisa está drenando minha energia... Não vou conseguir.

A porta do elevador se abriu em um salão circular. Em cada canto do salão, havia uma redoma com seis grandes crânios diferentes e uma pintura clássica no solo que traçava a evolução das espécies até a chegada dos Cybergenizados.

— Se esconde em algum lugar, Eliah. Eu quase fui assimilado pelos dispositivos computacionais, então vou precisar de um tempo pra corrigir minha programação. Uns minutos, apenas. — Bento mal tinha terminado de falar quando desapareceu, e o receptáculo carregado por Eliah se apagou.

O rapaz caminhou pelo salão e ouviu passos se aproximando. Escorou-se atrás de uma pilastra e segurou firme o rifle, com o dedo engatilhado. Os homens vasculharam a entrada. Ele conseguia ouvir cada uma de suas palavras:

— Vamos acabar com a vida daquele desgraçado e da raça dele no Distrito. Impossível que essa gente tenha ativado os elevadores. Ele deve estar escondido com os ratos nos pisos inferiores.

# PALAVRAS INTELIGENTES DE UMA SERPENTE

Lebé arrastava Moss para longe da caverna de Asanbosam. A grande serpente era mais veloz que qualquer ser vivo conhecido. A anciã estava muito ferida, as garras do feiticeiro tinham feito um estrago grande em seu corpo, e, no mundo dos ancestrais, qualquer um que tivesse um corpo mortal poderia sangrar sem chance de retorno.

— Pensei que você estivesse longe.

— Me desculpe, Moss. Como disse, há muito tempo não a vejo por aqui. Não quero desrespeitá-la, mas as coisas mudaram, e, sem muita prática, oferendas e conexão com os Deuses, eu sabia que você não estava em pé de igualdade com o bruxo. Fiquei por perto. Me chamam de rasteira, e não é à toa. Quis devolver um favor feito por uma velha amiga.

As duas estavam paradas perto de um penhasco; o som de uma cachoeira distante ecoava pelas rochas. A anciã escorou-se no cajado para se sentar numa das pedras, sofrendo de dor pelos golpes de Asanbosam.

— Sim, foi há muito tempo, Lebé — comentou. As imagens voltaram à sua memória como se tivessem acabado de acontecer: a serpente estava presa sob uma pedra gigante deixada por uma raposa que passara a vida a persegui-la. Com um feitiço, Moss libertara Lebé da pedra e a ajudara a enganar a raposa, que acabou caindo na própria armadilha. — Espero que aquele bicho tenha deixado você em paz.

Moss estava tão fraca que as palavras saíram quase como um sussurro. Lebé percebeu e retomou o caminho.

— Guarde seu fôlego. Asanbosam vai voltar a te procurar em breve. Você precisa estar preparada. — A serpente levou a amiga para a beira de um lago e mergulhou seu corpo na beirada. — A água deste lugar carrega bênçãos capazes de curar todas as dores da alma, mas seu corpo ainda precisa se recuperar entre os vivos.

— Obrigada, Lebé. Estou me sentindo melhor, mas não estarei à altura dos poderes daquele bruxo tão cedo. Aquela neblina que me cegava tomou conta de toda a extensão do Distrito. Ele espalhou o medo e o caos entre as pessoas para manipulá-las. Apoiou os Cygens, que perseguiram padres adeptos do sincretismo, ialorixás, babalorixás e toda sorte de iniciados. Eles foram alvos do monstro. Cada sacerdote morto se tornou uma oferenda, um sacrifício que fortalecia os poderes de Asanbosam. Ele é um bruxo vampírico, isso é o que ele sempre fez, mas agora está agindo em escala muito maior. Tudo aconteceu debaixo dos meus olhos, enquanto eu achava que era tudo sobre mim, que os Deuses haviam *me* abandonado, que eu deveria desaparecer para as coisas voltarem ao normal.

Lebé se ergueu como se estivesse preparando um bote e parou na altura do rosto de Moss, olhando diretamente para a amiga. Alguns pássaros cruzaram o céu, fugindo do bruxo que ainda procurava suas presas.

— Você é uma velha arrogante até mesmo na culpa — riu a serpente. — Asanbosam tem uma origem muito mais antiga do que você imagina. Já enganou reis e destruiu cidades inteiras. Não coloque esse peso sobre você. Alguns mortais têm essa mania de procurar a culpa, se esquecendo de que sofrem pelas ações de coisas que nunca vão controlar.

— Até que suas palavras soam inteligentes para uma serpente.

Ambas riram dessa vez. Moss levantou-se com dificuldade do riacho, e seu semblante voltou a ficar preocupado.

— Lebé, antes de eu voltar, vou precisar de um grande favor seu.

— Pense bem no que vai pedir. Você sabe muito bem que não é esperto ficar devendo favores a criaturas deste mundo.

— Não tenho escolha. Preciso despertar o espírito de um ancestral adormecido em Nagast, e preciso fazer isso antes que o bruxo o encontre.

— Curioso. A grande e poderosa Moss deposita sua fé em poderes desconhecidos em vez de tentar construir alguma outra engenhoca para dominar seus próprios poderes.

A anciã ignorou a provocação e continuou:

— Dois séculos atrás, quando abrimos o portal com a Árvore dos Dois Mundos, os sacerdotes de Nagast se reuniram para invocar a presença dos Deuses como protetores de nosso Distrito.

— Todos aqui conhecem essa história — respondeu a serpente. — A Árvore abriu caminhos para muitos espíritos se conectarem com os homens, inclusive Asanbosam.

— Então você deve se lembrar de que um dos protetores não desceu nem incorporou homem nem mulher durante todo esse tempo. No começo, acreditei que tivesse recusado minha oferenda. Depois, imaginei que tivesse recebido nosso convite como uma ofensa e o devolvido em forma de maldição; afinal, a natureza dessas divindades é difícil de ser interpretada pelos vivos. Agora que a sombra do bruxo percorre toda a extensão de Nagast e nos mantém nas trevas espirituais, a presença desse ancestral se tornou uma luz que pode equilibrar todas as coisas. — Moss fez uma pausa. — Quero dizer que encontrei o Último Ancestral protetor do nosso povo. É um mecânico, um garoto. Ele está correndo um perigo maior do que é capaz de entender por enquanto, mas é a chave para restaurar a história e a grandiosidade de Nagast.

Lebé não parecia impressionada.

— A ansiedade sempre foi um traço da sua personalidade, Moss. Você cria todos esses dispositivos de circuitos e aço porque não aceita o ritmo natural das coisas. Se esse garoto que você diz for mesmo o Último Ancestral, pode passar mais de uma vida sem acordar para essa realidade. Se for da vontade dos Deuses, ele não vai despertar nesta vida.

— Não temos mais tempo, Lebé. Posso sentir daqui as coisas em desconformidade. O poder de Asanbosam está crescendo e interferindo na harmonia deste mundo. Preciso despertar o espírito protetor no garoto. Os Deuses vão nos agradecer, e então poderei lhe retribuir esse favor.

— Se acredita nisso, não esquecerei suas palavras — disse Lebé. — Conheço um jeito de ajudar. Existe uma vila de almas perdidas, muito antiga, no portal entre nossos mundos. O caminho até lá é um vasto deserto de areia cinzenta, a ventania gelada atrapalha a visão, e uma magia impenetrável confunde a mente de quem tenta se aproximar. A Senhora daquela vila tem poderes sobre os vivos e os mortos, não segue nenhuma regra de nossos mundos, e em muitos casos é capaz de quebrá-las completamente.

— É uma Senhora da Encruzilhada. Não existem garantias quando se pactua com uma entidade dessas.

Moss conhecia algumas almas que comandavam as encruzilhadas, por isso sabia que visitar pessoalmente uma delas significava realizar uma viagem sem volta. Só que ela estava disposta a fazer o impossível para salvar Nagast. As duas se afastaram do lago e voltaram ao final do penhasco.

— Confie em mim. Vi muitos espíritos perdidos na direção daquela vila. Aprendi o caminho pois gosto de saber todas as trilhas que me são possíveis aqui.

A serpente se enrolou em Moss, segurando-a com firmeza, e mergulhou no penhasco, precipitando-se com a anciã por centenas de metros escuridão adentro. Atravessaram um portal aberto por Lebé e caíram nas areias da encruzilhada. Por muito tempo percorreram o deserto, encontrando crânios de homens e de feras espalhados pelo caminho. A travessia pareceu levar uma eternidade, mas enfim chegaram à vila.

— Meu favor acaba aqui, já me intrometi demais nas questões dos vivos. — Lebé fez menção de se afastar, mas antes entregou o próprio chocalho a Moss para que a anciã pudesse invocar a Senhora da Encruzilhada.

Cada som daquele lugar era sinistro, o chão era pegajoso. Todas as casas de madeira, cheias de lodo, estavam com as portas fechadas com cadeados enormes. Moss balançou o chocalho de Lebé e caminhou. Um crocitar surgiu acima da fundadora de Nagast.

— Vim até esta encruzilhada para te encontrar, Senhora.

A anciã parou e viu passar sobre sua cabeça um corvo gigante de três olhos. Tinha manchas brancas e vermelhas na face, garras afiadas como pedra polida e penas disformes, e aterrissou bem no caminho dela.

— Você não está perdida. Conheço almas perdidas, e a sua, apesar de fraca, sabe muito bem o que veio buscar. Sinto pelo seu cheiro — disse a ave.

Moss contou sobre Asanbosam e pediu ajuda para despertar os poderes de Eliah. A Senhora da Encruzilhada era imprevisível. Naquele momento, poderia ter capturado a anciã para sua coleção de almas, mas entendeu que era bom ter alguém de olho naquele bruxo.

— Eu tinha certeza de que você era especial. Vamos fazer um pacto: eu a ajudo com o seu garoto. O preço é justo, bem justo; esse tipo de magia vai contra todas as ordens naturais. Você vai deixar aqui um pedaço da sua alma, dentro de uma cabaça. Assim, mesmo que Asanbosam te vença, não poderá te consumir, pois você já será minha e, depois que você perder a mortalidade, virá trabalhar como minha assistente.

Moss aceitou o pacto, tamanho era o sentimento de culpa que carregava por ter permanecido no exílio enquanto Asanbosam dominava o mundo com sua força do mal. O acordo foi selado com uma nova marca em seu pescoço: o símbolo do corvo manchado. A Senhora da Encruzilhada voou até desaparecer no céu nublado. Minutos depois, voltou com uma pérola brilhando na ponta do bico e a entregou à anciã.

— Nesta pedra você encontrará o poder necessário para despertar qualquer espírito adormecido. Agora vou levá-la de volta a Tamirat, sua casa.

O corvo bateu as asas e invocou um portal para o mundo dos homens. Segundos depois, a senhora estava de volta à vista colossal de sua pirâmide sobre o cemitério dos Deuses. Ela sentiu o peso do cansaço em suas pernas e as feridas nos braços. A luta contra Asanbosam a debilitara muito, e ela sabia que a criatura se movia com rapidez. Olhou na direção norte, onde, além das construções majestosas do primeiro círculo de Nagast, era possível ver a agitação na Árvore dos Dois Mundos. As energias sombrias que desciam pelos cabos e galhos enunciavam o perigo. "O bruxo e os Cygens agora sabem que estou ativa. Logo estarei na mira de todas as câmeras e de todos os tecnogriots da região."

Moss precisava deixar Tamirat e encontrar outro refúgio. Ela se dirigiu ao laboratório da pirâmide e colocou a pérola mística sobre a mesa. Com a ajuda de scanners e dispositivos computacionais quânticos, implantou em si mesma um chip de dados. Era pequeno o suficiente para esconder em um bolso.

A única forma de passar despercebida pelo sistema do Distrito era fazer de conta que era um deles. Moss deitou-se em uma câmara e colocou sua máscara receptáculo. A tampa de vidro da câmara se fechou e acendeu luzes com inscrições ritualísticas e cânticos de proteção. A consciência de Moss se conectou com todos os drones do Distrito. Ela conseguia enxergar cada habitante e escutar tudo o que acontecia e, assim, soube que um degenerado de Obambo havia fugido da sede da Liga de Higiene Mental. Os tecnogriots vasculhavam as redondezas com a visão que atravessava paredes. Eles não demoraram a rastrear Eliah, escondido atrás de uma pilastra no salão da evolução na Liga. "Preciso chegar logo a ele", pensou Moss, e atraiu um dos tecnogriots até Tamirat.

O drone entrou pelo topo da pirâmide e desceu ao laboratório, onde encontrou o chip com a energia da pérola entregue pela Senhora das Encruzilhadas.

# DECIFRANDO A FACE DE ROHA

Hanna acordou apreensiva, sentindo-se vigiada. Desconfiou que alguém pudesse ter rastreado suas ações na velharrede, mas não tinha ideia de onde poderia se esconder. Eliah era o único em quem ela confiava. Depois que vira Zero entregando o irmão aos soldados da Liga de Higiene Mental, teve certeza de que seria uma péssima ideia pedir refúgio ao ex-chefe dele. Então se lembrou de uma figura misteriosa que existia nos fóruns de games, um perfil que dizia ser aliado de quem pudesse encontrá-lo. Fez login, acessou as salas de chat e deixou mensagens nos servidores em busca de ajuda. Estava tão ansiosa que não se deu conta de que tinha deixado mensagens demais — acabou derrubada do jogo por prática de spam.

Minutos depois, seu celular emitiu uma luz vermelha. Ela pegou o dispositivo para checar a mensagem e o aparelho projetou a informação. Era uma palavra com símbolos estranhos e caracteres incompletos. Para qualquer mente comum de Obambo, seria um código malicioso ou um erro do sistema operacional, mas aquela pequena hacker sabia muito bem o significado oculto dos símbolos. Era o código de programação da velharrede, o mesmo que Hanna usara para acessar a Inteligência Artificial Mandinga.

Era evidente que a escolha da linguagem para a comunicação também significava que alguém sabia que ela acessara a Inteligência Mandinga. A garota não teve escolha senão seguir adiante com a mensagem. Abriu um monitor de código e começou a reorganizar as letras. *Roha*, ela leu, e quase caiu sentada na cama.

— Caramba, mensagem de Roha! — falou em voz alta. Durante todos aqueles anos, ela nunca mais tinha se comunicado com ela.

Roha era a tal personagem misteriosa do game no qual Hanna passava horas. Ela aparecera logo na primeira vez que a menina quebrara a segurança da rede de Nagast. Dissera que várias pessoas usavam truques para conseguir vantagens no jogo e que havia um fórum secreto na velharrede, cujos caminhos secretos — que permitiam acessar todo tipo de negociações ilícitas — ela revelou para Hanna. Ali era possível comprar obia, adquirir armas e negociar peças e dispositivos que vinham do Distrito. Com um pouco mais de curiosidade e coragem, também dava para encontrar registros das religiões antigas, histórias e relatos sobre os rebeldes que lutaram por anos a fio após o Massacre dos Últimos Santos. Foi assim que a menina começou seu envolvimento com códigos antigos, receptáculos e a Mandinga. Enquanto Eliah caçava e trabalhava para Zero, em diversos momentos Hanna usou o fórum para trocar com anônimos peças dos equipamentos que recebia do irmão. Eles enviavam drones com as encomendas para postos secretos de troca nas ruas de Obambo. As mensagens que recebera de Roha a instigaram a recolher informações sobre os malungos e fragmentos de receptáculos ao longo dos anos.

Mesmo aparecendo sem rosto no jogo, mesmo sem contatar qualquer jogador fora dos servidores, Roha era uma grande mentora para todos, que a respeitavam e tinham até certo medo do que ela seria capaz de fazer, já que ninguém sabia quem comandava aquele perfil.

Hanna andou de um lado para o outro, aflita. De repente, ouviu tiros atravessarem as paredes finas do barraco. "Fiquei sozinha nesse inferno", pensou. Voltou para o dispositivo computacional para quebrar a única regra dos servidores ocultos da velharrede: não rastrear Roha. "As coisas mudaram, foi ela quem entrou em contato." Obviamente, a pessoa por trás daquela mensagem também deveria estar tentando rastrear Hanna.

O primeiro passo foi fácil. Existia uma porta aberta na rede de onde a mensagem viera. Dava para se comunicar, e ela arriscou: "*Achei que você não enviava mensagens fora do jogo*", digitou. Fechou o mensageiro e se perguntou se receberia resposta. Os tiros lá fora aumentaram, e ela se escondeu debaixo da cama, como o irmão ensinara. O celular apitou com uma notificação.

"*Então foi você quem decodificou e ativou a Mandinga? Onde ela está agora?*" Só restava mentir. Hanna respondeu que estava com ela, mas que não era seguro falar a respeito. "*Traga para mim, posso te ajudar. Te mando a localização*", respondeu Roha. O convite parecia arriscado, mas, se Roha fora receptiva no jogo, talvez pudesse mantê-la segura até as coisas melhorarem em Obambo. Não era prudente passar os dias sozinha enquanto novos conflitos podiam surgir entre a comunidade e as forças policiais.

"Dane-se, vou nessa", pensou Hanna. Colocou alguns dispositivos na mochila, travou o GPS na rota enviada por Roha e espreitou pela janela. Estava tranquilo até demais, e poderia ser a única chance de sair de casa. Ela correu para a viela que atravessava os fundos do barraco, que parecia um túnel com tantos outros barracos aglutinados. Era difícil Hanna não chamar atenção com seu estilo. A jaqueta com linhas verdes e azuis harmonizava com os cabelos coloridos; ela gostava das roupas que ganhava do irmão, mas entendia quando ele recomendava que não ficasse andando sozinha por ali.

Nas ruas, junto com a sujeira e o mofo, estavam alguns viciados em obia. Eles pareciam zumbis procurando nas vielas algo que pudessem roubar para trocar por créditos do Distrito. "Eliah disse para ficar longe desses caras, mas parecem só um bando de lerdos jogados pelo chão." Um deles, que não parecia drogado, encarou a garota de forma hostil. Ela segurou a mochila, abaixou a cabeça e apertou o passo. Ele se levantou e tirou uma lâmina do bolso.

— Ei, pequena. Pera, quero uma informação.

Hanna olhou para trás e começou a correr. Era ágil, driblava pedras e caixotes caídos, empurrava portas e dobrava esquinas conforme as ruas se estreitavam e subiam o morro. Poucas pessoas andavam por aquele caminho, e o maior movimento era quando os moradores retornavam para suas casas, à noite. Naquele momento, ainda pela manhã, estava tudo vazio, e, apesar da luz do dia, alguns trechos eram tão estreitos que ficavam escuros.

Ela transferiu a informação do GPS para sua pulseira digital e verificou que ainda estava na direção certa. "Tomara que eu não precise voltar por esse caminho depois, esse bando de zumbis não vai largar do meu pé", pensou, então um puxão violento arrancou seu ar. Era o rapaz da lâmina.

— Pequena, a gente sabe todos os caminhos aqui. Vem cá, mostra o que tu tem, se for interessante, te deixo passar. — O olhar dissoluto daquele errante deu a entender que não era apenas um assaltante. Observava as curvas da menina de forma asquerosa e tocava sua cintura enquanto erguia a lâmina com a outra mão, na direção do seu pescoço.

— Pode levar, moço, toma. Usa meu celular, toma os anéis pra acessar os comandos remotos.

— Que bom. Tu agora tá sendo esperta, posso cuidar bem de ti. Deixa ver isso.

Ele colocou os dispositivos nas mãos e encostou a menina em um beco.

— O que eu faço com isso?

— Você? Toma essa... Seu cretino! — Hanna passou a mão pela pulseira e ativou a carga de choque para os anéis que ele agora usava nos dedos. O cara sentiu a carga transpassar seu corpo e caiu desmaiado. — Pequena modificação de segurança. Nunca mexa com uma garota que entende de códigos, seu pervertido.

Depois do susto, ela acelerou ainda mais o passo até o endereço enviado por Roha, um grande galpão sem janelas. "Segurança de ponta, eu devia ter imaginado", pensou. Já que estava lá, decidiu ir até o final, mas não sem tomar suas próprias medidas de segurança. Hanna tirou da mochila um minidrone que montara com peças de tecnogriots destroçados e o ativou para sobrevoar o galpão. "Se tiver alguém lá dentro, consigo captar com essa coisa."

O aparelho sobrevoou o entorno do galpão e não identificou nenhum movimento, mas descobriu uma entrada lateral pela qual ela conseguiria se infiltrar. O drone pousou sobre a entrada e se conectou com a porta. Hanna deu um sorriso. Tinha aprendido essa nos games: entrar pela porta principal era pedir para ser eliminada.

Depois que o minidrone desbloqueou a segurança, a garota entrou. Tentou fazer o mínimo de barulho. O lugar parecia vazio. "Será que Roha me atraiu para uma cilada?" Os corredores eram largos e cheios de monitores, e ela circulou para ver se encontrava uma porta. Foi parar num grande galpão cheio de carros possantes, do tipo que nunca tinha visto ao vivo, apenas nas propagandas que recebia quando invadia a conexão do Distrito. "Só máquina violenta aqui, Eliah ia adorar. Talvez ele tenha trazido alguma."

Um segundo de descuido e a menina ouviu passos na direção do galpão, o que a fez saltar para trás de um carro. Então sentiu um leve toque no ombro. Virou o rosto e viu outra garota negra, pele retinta, cabelo quase raspado, batom verde combinando com as lentes digitais que brilhavam.

— Sabia que tu ia vir, idiota. — Ela chutou as costas de Hanna, lançando-a com violência ao chão. Depois sacou uma pistola. — Fica na tua, mina. Vamo levá um papo e vai ficar tudo bem. Ok?

— Você é Roha? — perguntou Hanna, levantando-se devagar, com as mãos bem à vista para que a outra não tivesse o ímpeto de disparar.

— Roha é minha *char*, só existe no game. Quem faz as perguntas aqui sou eu. Não vacila, linda. Não tô a fim de sujar a garagem hoje. Você, quem é?

Outra voz respondeu, ao longe:

— Hanna? — Era Zero, cuja voz a garota conhecia bem. Ele se aproximou. — Suave, Misty, abaixa a arma. Ela é a irmãzinha do Eliah, nosso melhor caçador, tá ligada?

— Tu entregou meu irmão, seu babaca! Tá entregando gente da comunidade pra polícia do Distrito. Tu não passa de um pedaço de merda. Não fico aqui nem mais um segundo.

— Tá louca, mina, se emociona não. Se tu ouviu meu nome, sabe que ninguém fala assim comigo e fica vivo pra contar história. Baixa a bola aí, Misty. — Zero deu sinal para a comparsa deixar a outra passar.

— Foi ela que enviou a Mandinga.

— Tem certeza aí dessa ideia?

— Sim, olha o celular dela.

Zero segurou os braços de Hanna, apertou de leve, e ela entendeu que estava encurralada.

— Não tô sabendo de nada desses papos — reagiu a garota. — Só achei que ia encontrar uma amiga aqui. Me esquece, pô.

Zero pegou o celular da mão dela e jogou para Misty, que abriu aplicativos e apontou para a tela, mostrando a mensagem: "Localização da IA, Distrito de Nagast". Zero voltou a olhar para a irmã de Eliah:

— É isso, porra. Hanna, o bagulho vai ficar sério. Tu vem comigo. Vamos levar ela, Misty.

Hanna ficou aflita. Sabia do que ele era capaz.

Zero a levou para uma sala de controle, com imagens de câmeras de tecnogriots que apontavam para as fronteiras de Obambo, e a jogou em uma cadeira no canto.

— Fica de olho nela, já volto.

Saiu acelerado pela porta. Misty apontou a pistola para a garota.

— Até que tu foi ousada, conseguiu decifrar o código dos antigos malungos.

— Não foi fácil, mas trabalhei todo dia um pouco nisso. Meu irmão me trazia tecnologia de ponta, da última vez trouxe um processador de IA. Daí o Zero traiu ele, como vai fazer com qualquer uma de nós.

Hanna tentava observar as câmeras, mas Misty atrapalhava a visão dela, encostada num dos painéis com a postura despreocupada.

— Que comédia. Tu tá começando nessa história agora, eu sou cria dela. Fui a primeira recrutada pelo cara, a gente criou Roha pra achar gente como você. Agora resta saber se tu vai abraçar a missão ou dar pra trás.

— Desculpa, Misty; ouvi teu nome. Cada um faz a sua missão. Eu não quero essa vida do crime, olha onde isso colocou o Eliah.

Zero voltou à sala com um machado de guerra cravejado com pérolas e chips eletrônicos. Era um artefato curioso, diferente de tudo que Hanna já tinha visto em Obambo. Ele olhou para ambas e interrompeu a conversa:

— Isso não tem nada a ver com crime. As caçadas deram pra gente a oportunidade de fazer algo maior. Tu já ouviu sobre a minha origem, Hanna, todo mundo de Obambo já ouviu. Sobre como sobrevivi a uma chacina no terreiro. Acharam que eu tinha esquecido tudo e virado um revoltado, mas canalizei meu ódio pra algo maior que eu mesmo.

— Isso é um receptáculo? — Hanna perguntou, já sabendo a resposta. — Parece muito antigo, do tempo dos malungos.

— Tá por dentro mesmo, Hanna. Saca, quero dar prejuízo grande praquela gente asquerosa do Distrito. Eles tratam a gente tipo lixo, jogaram a gente nesse buraco e matam que nem barata. Mas a gente precisa ficar ligado, não dá pra bater de frente. Quantos dos nossos já morreram aí pagando de corajosos? Não passa da Fronteira. Eu tô há muito tempo procurando os vestígios dos antigos malungos. — Zero passou a mão no machado, acariciando-o. — Esse receptáculo aqui eu achei na ruína da Basílica. Cresci ouvindo Tia Cida falar dos guerreiros que lutaram com Moss pra conquistar a porra toda. Só que a velha sumiu, e agora eu tô aqui, fazendo do meu jeito, com as minhas mãos.

— Se tu se preocupa tanto assim, por que entregou Eliah?

— Não é fácil, caralho. Tu é novinha ainda. Não viu tanto sangue quanto eu. Às vezes a gente faz acordo, eles levam alguém pra resolver os B.O. que criam por lá e deixam os outros em paz.

— Filho da puta.

— Me chama do que quiser. Eu garanto o equilíbrio com a polícia do Distrito e a comunidade, nem que pra isso precise sujar as mãos. Só que eles não tão ligados que tão cavando a própria cova. Porque a gente vai afundar aquela merda toda, vamo levar o caos pra Nagast.

— *Vamos*? — Hanna levantou a sobrancelha, desconfiada.

— Sim, vamo. O plano é invadir a base de dados de Nagast, tacar um vírus pra apagar o registro de todos os distritenses. Recomeçar do zero a sociedade, redistribuir o acesso aos espaços, acabar com a hierarquia racial...

— Saquei. Se não tem registro, ninguém sabe quem mora no Distrito e quem mora em Obambo. A gente se mistura e acaba com a favela.

— É o lance, Hanna. Eu só tinha a ideia, então trombei na Misty, que trabalha há anos nesse vírus. Ela é gênio, lançou a ideia de achar gente nesse game aí que cês curtem.

Hanna olhou para Misty e pensou por uns segundos que aquilo fazia sentido. Imaginou que poderia tirar algum proveito.

— Vocês querem a Inteligência Artificial Mandinga. Acho que a gente pode trabalhar junto.

Misty avançou e pegou o machado que Zero lhe estendia. Era pesado para ela. Olhou para Hanna e disse:

— Com a Mandinga, a gente pode reativar esses receptáculos e acessar os poderes dos ancestrais contidos neles. Diz aí, como cê pode ajudar se mandou a Mandinga pra fora de Obambo?

— Quando terminei o código, usei um receptáculo que consegui aqui em Obambo e conectei a Mandinga. Só tem um jeito de resgatar a IA agora.

— Tu é ligeira mesmo.

— Como assim? — Misty não tinha entendido o sorriso nos lábios de Hanna.

— O único jeito de resgatar a IA Mandinga é resgatando Eliah.

# DESPERTAR DE UM ESPÍRITO ANCESTRAL

— Porra, Bento, sai desse bracelete logo, cara. Vai dá ruim se eu ficar aqui muito tempo — disse Eliah, ainda atrás da pilastra no salão da evolução, o rifle engatilhado nas mãos.

O receptáculo começou a se energizar vagarosamente. Eliah sentiu um arrepio no corpo, como um mau presságio. Virou-se e viu uma garra voando em sua direção. Ela acertou a pilastra, arrancando um pedaço do concreto.

— Estender a sua vida insignificante é uma atitude vil e egoísta — vociferou uma voz. Eliah reconheceu quem havia lançado a garra, presa por uma corrente à sua manopla. Era o Cygen de sobretudo escarlate. — Submeta-se e serei benevolente contigo, rapaz. Ninguém mais precisa sofrer e receber a semente que reduz suas capacidades mentais e físicas. Você é um câncer para o Distrito, você e todos os outros médiuns que ainda possam surgir.

— Que porra de médium cê tá falando? — estranhou Eliah, e saltou até outra pilastra, esquivando-se dos golpes. — Toda essa besteira que vocês inventaram só serve pra punir a galera de Obambo. Tu matou a Beca, seu filho da puta! Não vai ficar barato essa porra.

Eliah apertou o gatilho como se pudesse estrangular seu algoz com os dedos. As balas do rifle se espalharam pelo salão, quebraram as redomas que protegiam os crânios e estouraram vários deles. O Cygen ativou um escudo elétrico em sua manopla e se manteve intacto bem no centro dele, sobre a pintura no chão que representava a fusão da humanidade com as máquinas.

A raiva incendiou o coração de Eliah. Ele foi tomado por uma aura que brilhou ao seu redor e energizou seu receptáculo. As palavras em Orisi se espalharam ao seu redor. Ele ouviu o som de coturnos batendo no chão e se voltou a tempo apenas de ver alguns homens marchando até o centro do salão. Eles jogavam bombas elétricas e de fumaça enquanto encurralavam o jovem, mas foram pegos de surpresa pelos golpes avassaladores de Bento, que despertou bem naquele momento, descendo a porrada nos militares que chegavam para reforçar a guarda local.

A ginga do cybercapoeirista afastou a fumaça e seus golpes quebraram os escudos de alguns soldados, mas eles não paravam de chegar em pequenos grupos. Eliah meteu coronhada em quem conseguiu. Depois trocou seu rifle, que já estava sem munição, por uma arma de bombas de choque que pegou de um dos homens caídos.

— Tu sabe fazer essas entradas que a gente curte, Bento.

— Amigo, eu tinha certeza que seu espírito era poderoso, ele me regenerou. Mantenha as tropas afastadas que vou dar conta do líder da Liga, aquele que eles chamam de Matteo.

Granadas elétricas voaram até a entrada do salão; mais soldados se aproximavam. Eliah, escondido pelo que sobrara de uma das esculturas de crânio gigantes, recolheu algumas armas dos feridos e liberou rajadas de balas e de choque no combate.

— Querem guerra, brincaram com o cara errado, seus vacilão — disse, e se levantou para mirar e acertar no peito de cada um que surgia pela porta. Recarregava a munição com precisão, depois arremessava granadas de fumaça para atrasar quem conseguia avançar. Ele usava qualquer munição que estivesse ao seu alcance.

Matteo correu na direção de Eliah e voltou a arremessar as garras. Bento preparou o golpe e as arremessou de volta girando o corpo. Elas ficaram presas na parede, e ele se projetou com velocidade, acertando as costas do líder da Liga com os dois pés. O Cygen foi precipitado ao solo e bateu o rosto numa pedra, abrindo um corte. Sem dar chance para o outro se levantar, Bento golpeou por todos os lados aquele ser arrogante.

— Esse é o único diálogo possível com racistas. Vou fazer cê beijar meu pé e lavar ele com seu sangue, maldito.

Matteo se protegia como podia do espancamento. Colocou as mãos sobre a cabeça e puxou as garras de volta para a manopla. Já estava coberto de hematomas pelo rosto, a boca cortada por uma bicuda que Bento tinha desferido em seus lábios.

— Chega! Já suportei demais sua presença aqui. Pensei que vocês estivessem extintos.

Enquanto Bento preparava o golpe para atingir outros soldados que se aproximavam, Matteo sacou um dispositivo ocular e o colocou sobre o rosto. Moveu os dedos e uma tela se projetou à sua frente; ele selecionou códigos e reorganizou as energias da manopla. Quando Bento preparava um rabo de arraia, Matteo se virou e rasgou sua perna com as garras, que, dessa vez, se aprofundaram na Mandinga.

— Bento! — gritou Eliah ao ver de relance a cena, enquanto ainda afastava alguns guardas, trocando tiros. No milésimo de segundo em que se distraiu, não viu a granada sônica que aterrissou ao seu lado e acabou lançado pela explosão.

— Foram anos de combate com os mais poderosos sacerdotes de Nagast. Eles usavam os mesmos artefatos e se conectavam com poderes espirituais maiores que esses que vocês exibem — disse Matteo, levantando-se, cambaleante e ensanguentado. Andou em direção a Bento, que permanecia no chão. — Um a um, foram caindo perante a tecnologia implantada por nós, Cybergenizados, neste Distrito. Nós somos a evolução humana em plena harmonia com as máquinas e os dispositivos computacionais. Nossos cérebros pensam como processadores, e nós podemos sentir e tocar cada máquina para transferir dados sem necessidade de nenhum artefato primitivo, inclusive o que chamam de fé. Nós somos a salvação da espécie, porque não precisamos dos Deuses. Somos as nossas próprias divindades e, como tais, desenvolvemos artefatos capazes de aniquilar qualquer vestígio da conexão com os chamados ancestrais, espíritos mortos e sem valor que foram afastados por nós aqui do Distrito.

Bento por fim conseguiu se levantar e partiu para cima daquele cientista eugenista. Sua força estava se esvaindo, e ele percebeu que arrefecia a cada golpe. Eliah, que tinha ficado zonzo com a explosão, abriu os olhos e viu Matteo segurando Bento pelo pescoço.

— Nós vencemos todos os xamãs, magos, ifás, babalorixás e ialorixás que existiam neste lugar e expulsamos aqueles que se recusaram a obedecer à nova ordem para aquela favela decrépita que chamam de Obambo.

Bento estava imóvel, prensado na parede por uma das mãos de Matteo, enquanto a outra cravava as garras em seu rosto, perfurando-o todo a partir do olho direito.

O cybercapoeirista começou a desaparecer. Foi quando vários soldados entraram e imobilizaram bruscamente Eliah. Junto a eles, entraram vários drones mirando na cabeça do rapaz. A Inteligência Artificial Mandinga olhou apreensiva para a cena, tentando ler os acontecimentos nos poucos segundos que lhe restavam antes de ser desativada.

— Moss... — Foi a última palavra antes de o receptáculo ser completamente desativado e Bento desaparecer. As garras do Cygen atravessaram a figura do guerreiro e ficaram cravadas na parede atrás dele.

Matteo estava desfigurado. Deu alguns passos para trás, mancando. Seus homens entraram no salão com uma esfera nas mãos.

— Quantos exabytes ela carrega? — perguntou aos guardas.

— São duzentos exabytes de informações processadas na rede, senhor.

— Vai servir. — Matteo começou a absorver as informações daquele dispositivo de memória. Os Cygens se alimentavam de dados gerados por todos os habitantes e máquinas de Nagast, alguns especialmente eficazes para regeneração celular. O chefe da Liga não escondia o orgulho de ser uma conexão perfeita com dispositivos computacionais. — Essa porção de dados é suficiente para me curar. Viu só? — continuou, voltando-se para Eliah. — Viu quanto vocês são inferiores, seres em contínuo estado de degeneração celular e mental? Vou pôr fim à sua angústia agora, criatura.

"Não dá pra vencer essas aberrações", pensou o rapaz, aprisionado pelos guardas e cercado pelos tecnogriots. "Moss. Por que Bento falou essa merda de nome agora?" Eliah sentiu-se fraco e fechou os olhos. De repente, sentiu uma presença familiar. Abriu os olhos em busca da origem daquela sensação. Um zumbido. Enfim entendeu o significado.

— Moss! — gritou.

Os drones entraram, atirando nos guardas ao redor. Um deles parou em frente a Eliah, mirou o laser e começou a talhar no ombro do rapaz um símbolo cerimonial Orisi. Depois, o laser se tornou uma luz quente, que passou a transmitir os dados criptografados da pérola mística entregue pela Senhora da Encruzilhada a Moss. Era a chave necessária para despertar o espírito ancestral de Eliah.

— Ataquem os drones! — ordenou Matteo. Era tarde. Eliah tinha perdido a consciência novamente.

Eliah abriu os olhos na escuridão de uma caverna e ouviu o toque de tambores. Entendeu que não estava mais no mundo dos humanos. Sua respiração era curta, e ele sentia o cheiro da carne e do sangue dos animais ao redor. Correu para longe da escuridão e se viu em um deserto. Ventava muito, e estava gelado de um jeito que lhe causava dores até nos ossos. Caminhou, perdido, até que o sol se ergueu sobre sua cabeça. Ele aqueceu o corpo e trouxe a sensação de vida para seu coração, brilhando forte. Quando tentou seguir no caminho de onde o sol despontava, Eliah percebeu que estava em um corpo de leão. Rugiu. E foi ouvido por todo o deserto. Voltou a correr e viu uma única sombra sob o sol. Era a figura de Moss, só que bem mais jovem, com seus colares circulares no pescoço, a máscara ritualística adaptada com fios de ouro e circuitos elétricos.

— É hora de conhecer seu destino, meu amigo. Faz séculos que chamei seu nome. Desculpe por invocá-lo dessa maneira, mas agora você é o único capaz de proteger nosso Distrito. Aceite seu destino como Último Ancestral de Nagast.

Moss sorriu para o leão e passou a mão em sua cabeça.

Quando Eliah abriu os olhos novamente, não sentia mais cansaço, dor ou medo. Entendeu quem era quando sua alma acordou. Em sua mente, foi como se tivesse feito uma viagem através dos milênios. Lembrou-se da língua ritualística sagrada, Orisi, assistiu a guerras sangrentas contra exércitos que dominavam seu povo, enxergou navios carregando corpos e sombras para o litoral, encontrou conselheiros de extrema sabedoria e rainhas que lideraram duras batalhas. Viu-se no centro de todas as memórias, imponente como um rei, revivendo batalhas ao longo de eras e guiando guerreiros com armas que evoluíam a cada vida e inimigos que se tornavam mais cruéis. Aprendeu com suas conquistas e derrotas. Eram memórias demais para se concentrar, elas atravessaram sua mente como um relâmpago.

Seu espírito despertou em uma explosão, um rugido que invocou a luz dos mil sóis do deserto e devastou todo o prédio da Liga de Higiene Mental.

A explosão destruiu as paredes, estilhaçou os dispositivos computacionais e aniquilou os soldados. Só restaram escombros — e um dos tecnogriots controlados por Moss, que conversava com ele por meio de sua conexão espiritual.

— Vou te encontrar, Moss.

— Você precisa se esconder, Eliah. Existe uma sombra te perseguindo. Essa criatura quer consumir seus poderes e, se o encontrar agora, é o que vai acontecer. Pode levar um bom tempo para sua mente e seu corpo se acostumarem com as revelações do seu espírito. O conhecimento sobre as dádivas de seus poderes virá aos poucos. Enquanto isso, a criatura segue aliada ao Conselho Cygen, que controla Nagast e tem acesso a toda a tecnologia disponível. A Liga de Higiene Mental era um dos principais braços criados para manter o regime racial vigente, e você a destruiu. Os Cybergenizados nunca experimentaram o sabor de uma derrota como essa. Vão responder com forte repressão.

— Precisamos defender Obambo. E Hanna.

— Proteja-se, garoto. Se Asanbosam te encontrar, não é só Obambo que vai sofrer. Vou atravessar a Fronteira e te encontro na comunidade.

# INVASORES NO DISTRITO

Na garagem de Zero, horas antes da explosão na Liga de Higiene Mental, Zero, Misty e Hanna discutiam como resgatar Eliah, sem desconfiar da jornada espiritual que ele vivia.

— Caralho, Zero. Como a gente vai invadir aquela porcaria? Vamos precisar de mais gente e mais tempo pra esse rolê.

— Tudo o que a gente não tem, Misty, porra. A gente precisa correr. Quanto mais tempo o cara ficar preso lá, menor a chance de sair vivo. Aqueles Cygens são pouca ideia pra gente, odeiam humanos. Ainda mais pretos e nascidos em Obambo.

Hanna interrompeu os dois:

— Rastreei a localização. Está mais fraca, mas tenho certeza. É ele.

A garota projetou a localização com o dispositivo computacional da sala de controle. Ela já estava mais tranquila e descansada depois do susto de encontrar Misty e Zero ao ir atrás de Roha.

— Beleza, novinha. Pega essa aí, Misty, e manda pros nossos aliados no Distrito.

— Vai entregar pra polícia do Distrito? — perguntou Hanna, já se arrependendo de ter acreditado em Zero depois do que ele tinha feito com seu irmão.

— Tá tirando, Hanna? Não confio naqueles cretinos. Tô falando de outros aliados, uma hora tu vai conhecer. Tem gente lá do Distrito que passa informações valiosas.

É importante que eles fiquem ainda nas sombras. São fantasmas, ninguém nunca viu. E se pá continuam assim, no sigilo. Eles vão monitorar o Eliah de perto. Agora sobe lá naquele carro. Você também, Misty — disse ele, apontando para um dos veículos no galpão. — Já tô pegando a chave.

— O carro esportivo? Haha... Hanna, aperta esse cinto que o Zero tá querendo voar — disse Misty.

A comparsa de Zero sentou-se no banco do carona, pegou uma tatuagem de créditos e aplicou no pulso. Ela agia como se já estivesse por dentro de tudo. Zero assumiu a direção e Hanna sentou no banco de trás — e apertou o cinto.

O motor começou a roncar bem alto. Zero acelerava e deixava o pneu queimar, a fumaça subia. Ele aumentou o volume do rádio para curtir as batidas. A adrenalina subiu com o ritmo frenético da música.

— Prepara aí, galera. Vamo buscar aquele malandro — disse Zero. — Se alguém embaçar nosso lado, a gente passa por cima. Hanna, tu é boa nesses códigos dos antigos, vai ser útil. Fica viva, haha.

Os portões da garagem se abriram; o carro cantou pneu e saiu pelo chão de terra batida de Obambo. Zero pegou o caminho das vias laterais da favela. Não dava para ver nenhum barraco dali, a estrada tinha ficado pedregosa. Ele derrapava de maneira perigosa nas curvas e corria feroz nas retas. Horas depois, eles se aproximaram da Fronteira. Os guardas estavam reunidos em tropas.

— O que tá rolando ali, Zero? — Misty se ajeitou no banco do carro e ficou apreensiva.

— Tá estranho mesmo. Só ficam uns dois ou três guardas por quilômetro, mas parece que tão se juntando ali. Acessa aí as câmeras, Misty.

A hacker começou a fazer a busca e ficou em choque.

— Puta que o pariu, mano. Olha essa cena!

Zero desacelerou enquanto ela jogava a cena no painel do carro. Uma onda de choque avermelhada descia da Árvore dos Dois Mundos enquanto uma tempestade com trovões se formava nas nuvens escuras e os homens que estavam no topo da torre sofriam com um tormento cerebral. Nas telas, seus rostos passaram a se multiplicar e, por frações de segundo, eles pareciam seres desfigurados; depois voltavam ao normal.

— Sinistro, Misty. Parece que alguma coisa doida tá querendo passar pra cá. Consegue saber o que é isso?

— Sem chance, Zero.

Seguros na própria ignorância, Zero, Misty e Hanna não tinham noção de que aquelas imagens eram o rastro do bruxo Asanbosam, que, desde o encontro com Moss, movia-se com fúria tentando atravessar a Árvore dos Dois Mundos até o Distrito, vasculhando cada centímetro conectado para encontrar Eliah.

— Posso ver como tu acessa? — perguntou Hanna para Misty, enquanto uma ideia começava a se formar na sua cabeça. — Eu consegui um griot, aquele que usei pra acessar o teu galpão. Descobri que eles operam numa frequência em que podem parear ou buscar a localização uns dos outros. Dependendo do teu sistema, consigo ativar o pareamento.

Misty fez um gesto para Hanna ir em frente e começou a mexer no dispositivo.

— Pronto, mas não vai demorar muito até o sistema deles expulsar a gente da rede.

— A treta parece grande, Zero — disse Misty, observando as coordenadas enviadas pelo Distrito, que não pareciam fazer sentido. — Essas coisas tão programadas para atacar um lugar chamado Tamirat.

— Esse nome não me é estranho. Tamirat... De onde conheço isso? — Zero pensou por alguns segundos, e a imagem se formou na sua cabeça. — É aquela coisa voadora, não é? A pirâmide da anciã desaparecida, a Moss.

— Mas como isso interfere no plano de resgate? — estranhou Hanna.

— Não tenho ideia. Tem uma cara que ninguém tem notícia da Moss. Vai ver os caras resolveram acordar a múmia — disse Zero, desacelerando.

Estavam chegando perto da grande cerca e das muralhas entre Obambo e o Distrito. O carro foi abordado antes que pudessem chegar mais perto. Um guarda se aproximou com violência.

— Mão na cabeça, desçam dessa porra de veículo agora!

O guarda arrancou Zero do carro, enquanto os outros lhe apontavam a mira a laser. Ele continuou:

— Você tá louco de aparecer por aqui. Quem você tá pensando que é, seu bosta? Ninguém sai desse buraco de Obambo. Levem esse otário pro abate, agora. Bora!

Os guardas da Fronteira puxaram as meninas de seus bancos e as lançaram ao chão.

— Paradas, ou vamos estragar esses rostinhos! — elas ouviram de um deles, mas continuaram olhando para o chão.

Antes que mais homens chegassem para carregar Zero, um vigilante saiu da torre, acenando.

— Calma, recruta. As coisas são mais complexas aqui do que vocês aprendem lá na academia.

— Capitão — disse o guarda que tinha arrancado Zero do carro —, esse meliante estava achando que podia atravessar a Fronteira.

— Escaneia o cara antes, recruta. Você não sabe se é dos nossos informantes. Tem um monte por lá. Esses pretos não têm lealdade.

Zero, cercado por homens armados e encostado no portão, levantou o rosto e encarou todos que estavam conversando. O recruta lhe deu um soco e mandou virar os olhos. Ele manteve o olhar, agora com uma gota de sangue escorrendo da pálpebra. Tentando não deixar clara sua má vontade, o guarda escaneou as tatuagens do piloto e levou a informação ao capitão:

— Não tem nada sobre ele no sistema.

O oficial olhou os dados com interesse. Aproximou-se do refém e pediu aos guardas que o ajudassem a se levantar.

— Já ouvi histórias sobre você, Zero. Nunca tive interesse em saber como era essa sua cara, feia como a de todos os seus amigos.

— Se tu me conhece, sabe que a gente tem um trato aqui. Sem guerra na Fronteira, eu mantenho o pessoal quieto. Agora segura os teus e aprende a tratar direito as garotas — rosnou Zero.

O capitão fez um aceno para que os outros soltassem Hanna e Misty, e as duas voltaram para o carro após um sinal de Zero. Então, o oficial disse:

— Escuta, não quero saber porra nenhuma do que você está tramando. Deve ser um assalto dos grandes, ou você mandava um dos seus ladrõezinhos. Então… — O oficial coçou a barba grisalha e tirou um chip do bolso — segura isso. Coloca uma boa quantia de criptocrédito e traz aqui pra eu registrar quando voltar. Senão, vou deixar aquele recruta arrastar você pra fossa e vamos fazer uma festa com essas duas biscates aí.

O oficial deu sinal para abrirem os portões. Hanna estava em choque. Nunca tinha passado por uma abordagem assim, a ponto de acreditar que ia morrer. "Esses caras não tão nem aí. Eles tratam a gente como lixo", ela pensou, e no fundo conseguiu entender o propósito de Zero. Misty era mais vida louca, Hanna pensou, ao mesmo tempo que a outra hacker, percebendo seu temor, tocou sua mão.

— Já passou, Hanna. Esses babacas vão ter o que merecem. A gente lida com eles o tempo todo. Não deixa isso entrar na tua cabeça, tá? Dá uma olhada aí, vê se a gente ainda consegue rastrear teu irmão.

O carro continuava acelerado, voando baixo. O Distrito era gigantesco, entre a Fronteira e o prédio da Liga ainda gastariam algumas horas. Eles conseguiam ver ao longe uma nuvem avermelhada circulando o que acreditavam ser a Árvore dos Dois Mundos.

— Quando a gente passar da Basílica de São Jorge, vamo precisar esconder esse carro — refletiu Zero, calculando os passos seguintes. — Tudo aqui é monitorado, rastreado e registrado nesses bancos de dados. Se a gente marcar tôca, vão descobrir que a gente é de Obambo, e aí tamo fodido. Não tenho nem ideia com a polícia de dentro da Fronteira.

Quando desceram do veículo, Hanna ficou impressionada com a beleza do lugar: construções exorbitantes, prédios altíssimos, ruas largas e bem iluminadas. Embora tivesse sido criada na região industrial do Distrito, ela nunca tinha visitado a área nobre. Observou praças com espelhos-d'água como nunca tinha visto. Foi graças a um desses espelhos que ela se deu conta de que, mesmo escondendo as tatuagens e driblando os scanners, ainda existia algo neles que destoava do lugar: o tom da pele, que ficava mais em destaque sem os cosméticos do povo do Distrito, e o cabelo.

— A gente não vai passar batido — disse, por fim, alcançando Zero e Misty, de quem acabara se distanciando quando parou para se olhar no espelho-d'água.

— Encana não. Esse zé-povinho tem medo da gente, são uns otário. É só ficar na nossa, manter o foco, que ninguém vai nem chegar perto. Mas, se vierem os Cygens, aí vai dar problema — disse Zero. — Eles são tipo a elite por aqui, mandam em tudo, e quem tem juízo obedece. São uns caras bizarros.

— Igual àquele que levou meu irmão... Aquele do olho amarelo, pra quem tu entregou o Eliah.

Zero ignorou a provocação.

— Aquele é o Matteo, é dos piores que tem. É o chefe da Liga. O cara é um lunático racista. Tô doidão pra estragar a cara dele. O puto é poderoso, tem influência em todo lugar, caçou todos os últimos sacerdotes escondidos em Obambo. Eles criaram aquele projeto, o Novo Monte, pra manter a galera no cabresto. Até aquela Liga que eles bancam é pra parecer que são os mocinhos, só que a gente ouve histórias de lá. A pessoa vai tratar um machucado e ninguém mais tem notícia.

O grupo apertou o passo. Carros e monociclos passavam por eles, que sentiam os olhares de transeuntes estranhando sua presença ali, mas não chegaram a ser incomodados. Zero cobriu a cabeça com o capuz de sua camisa de seda sintética, embora isso não ajudasse a deixar seu visual mais discreto. As garotas seguiam atrás. Hanna não tinha tatuagens de Obambo, mas estava consciente de como seu cabelo esvoaçante destoava do padrão.

— Dá pra ver daqui o prédio da Liga. Parece um casarão antigo, porta de madeira, portões de aço. Que sinistro. — Misty sentiu um arrepio e reduziu o passo. — Hanna, tenta contatar a Mandinga que tu programou. Vou tentar invadir o sistema de segurança deles enquanto o Zero entra em ação.

— Como ele vai fazer?

Zero, que parecia disperso em seus pensamentos enquanto caminhava à frente, voltou-se para as duas:

— Eu? Haha. Vou pela porta da frente, meter porrada e fazer barulho. Pelo que sei, a IA Mandinga é poderosa, e só precisamos de uma pequena distração pra ajudar ela a encontrar a saída. Como tá o sinal aí?

— Parece que... desligou? — Hanna parou e começou a buscar sinal para seu dispositivo computacional de pulso.

— Como assim? Deixa eu ver, Hanna... — Misty pegou o braço da garota e confirmou. — O sinal desapareceu mesmo.

Antes que Zero conseguisse se aproximar das duas, o chão estremeceu. A vibração passou como uma onda pelo solo, pessoas correram para fora dos prédios, dois carros que passavam em frente à Liga se chocaram. Os guardas da porta correram para dentro, sem perceber que as paredes estavam rachando. Numa fração de segundo, um raio de luz subiu do telhado e depois explodiu, devastando toda a área ao redor.

Escombros voaram por centenas de metros. Misty se agachou atrás de um carro estacionado. Zero saltou para tentar proteger Hanna, que não se abaixou e, sem raciocinar direito, fez menção de caminhar na direção do prédio.

— Eliah... Eliaaaaaaah!

Quando a nuvem de poeira finalmente baixou, Zero e Misty estavam agachados, mas não Hanna, que tinha permanecido em pé, mas não tinha nem um arranhão. Tudo ao redor estava amassado, quebrado ou tinha sido arremessado para longe, mas Hanna parecia protegida pelos Deuses. Suas lágrimas escorriam. A construção toda tinha ido abaixo, sem chance de haver sobreviventes. Tecnogriots se aproximaram, e Misty tirou seu dispositivo computacional do bolso. A tela estava quebrada, mas ela conseguiu enxergar a mensagem no display com o protocolo de emergência e a suspeita de ataque terrorista.

— Vem, Hanna, precisamos sair agora.

Zero a pegou no colo enquanto ela, em choque, continuava chorando, pensando no irmão enterrado naquela explosão e naquele monte de entulho.

# A RUÍNA DE TAMIRAT

Ao acessar os drones para salvar Eliah, Moss sabia que colocava seu próprio refúgio no centro do ataque de Nagast. Não demorou muito e outros tecnogriots, agora comandados pelos Cygens, invadiram a pirâmide, cujas defesas haviam caído quando Moss revelara sua localização. Em busca da anciã, eles causavam destruição por todos os salões que percorriam em Tamirat. O alarme soava, e o sistema de segurança parecia confuso.

Assim como o cemitério dos Deuses, a ilha-pirâmide Tamirat flutuava havia tanto tempo sobre Nagast que acabara incorporada à paisagem. Nos primeiros anos do exílio de Moss, drones de exploração chegaram a ser enviados para vasculhar o local, mas não conseguiram acessá-lo. O Conselho Cygen acreditava que a anciã poderia estar lá dentro, mas não tinha como verificar. A hipótese de explodir Tamirat foi estudada em mais de uma ocasião, mas para isso seria necessário um ataque de grandes proporções, o que causaria danos ao território de Nagast. A pirâmide passou apenas a ser monitorada, reluzindo com as estrelas e parecendo inofensiva, sem vida.

A partir do momento em que o retorno da Oráculo se tornara uma realidade, porém, e que ela mostrava estar ativamente interferindo em Nagast, a coisa mudava de figura. Aliados de Asanbosam, os Cygens reuniram toda a sua artilharia aérea para devastar a pirâmide e capturar a anciã.

Moss saiu da câmara de controle segurando a máscara.

— Sinto sua presença, Asanbosam. Você não consegue mais se esconder de mim.

Moss ainda estava enfraquecida, mas sentia-se segura em Tamirat, fortaleza que construíra séculos antes para governar e proteger os segredos de Nagast. O lugar concentrava toda a tecnologia capaz de acessar os poderes místicos. A anciã movia as mãos gerando painéis magnéticos, desenhando símbolos Orisi, criando campos que atraíam e explodiam os tecnogriots que se aproximavam. Enquanto se movia, as marcas em seu corpo brilhavam, alinhando-se com os símbolos das paredes e dos dispositivos computacionais. Ela se conectava perfeitamente com o ambiente, o que a deixava em larga vantagem, mesmo reconhecendo que estava fraca.

Da larga janela, ela tinha a visão da tempestade sobrenatural na Árvore dos Dois Mundos. "Se o bruxo terminar de atravessar, só Eliah será capaz de impedi-lo de controlar o Distrito. Preciso sair daqui e encontrá-lo em Obambo." Moss ergueu os braços e bateu com os pés no chão, um de cada vez. Uma onda de choque rodeou os tecnogriots e desligou uma dezena deles, mas outros continuaram chegando, como uma torrente de besouros eletrônicos. A anciã segurou uma semente e a amassou com a mão enquanto dava passos cadenciados, que geravam ondas elétricas. Quando parou, bateu palmas, e uma nébula magnética se espalhou.

— Nenhum de vocês passará por aqui.

Todos os tecnogriots que passavam pelas defesas da fortaleza começaram a entrar em rota de colisão entre si. As máquinas eram numerosas demais, chegavam de todos os lados. Moss daria conta dos tecnogriots, mas não esperava o que viria na sequência: aeronaves de guerra. Percebeu, assustada, que os Cygens tinham fabricado armas ainda mais letais durante seu exílio. Aquelas eram máquinas de extermínio. Os tiros estouraram as paredes, destroçaram as janelas e entraram no salão. Uma das aeronaves ativou a turbina para afastar a nuvem magnética e reativou os tecnogriots. Tamirat começou a ruir.

Moss ativou um ritual Orisi tocando algumas das várias tatuagens do corpo. Quando estava terminando, os canhões dispararam em sua direção, mas as rajadas sônicas foram direto para o chão. A anciã tinha ficado translúcida, antes de várias cópias suas começarem a surgir no salão. Os griots, desorientados, dispararam para todos os lados, acertando uns aos outros.

Longe das ilusões, a verdadeira senhora estava no salão dos veículos, embarcando em um transporte de fuga. Abriu as escotilhas e decolou, com a ideia de se esconder entre as nuvens. O disfarce no salão, no entanto, foi efetivo por pouco tempo, com as cópias de Moss sumindo uma a uma. Antes de ela alcançar a estratosfera, os veículos de guerra começaram a persegui-la. Quando estava passando pelos escombros que tinham restado da Liga de Higiene Mental, o veículo acabou sendo atingido por uma das rajadas. Moss desligou todos os sistemas e se preparou para a queda.

— Que os Deuses se lembrem de mim e cuidem do povo deste Distrito.

Moss esperava um sinal da encruzilhada. Imaginou que a partir dali viveria eternamente como uma mensageira do corvo colecionador de almas perdidas e que seu legado como fundadora estaria à mercê do sucesso ou do fracasso de Eliah. A anciã tinha vivido tempo demais reunindo conhecimento sobre os ancestrais e seus Deuses, e ainda assim não era capaz de prever com exatidão os planos oriundos do Orum.

Enquanto se precipitava, Moss olhava para tudo o que ajudara a construir: os grandes arcos do primeiro círculo, a construção colossal do centro de governo e a Árvore dos Dois Mundos, que, envolta na tempestade, começava a se espalhar pelo céu de Nagast. A cada relâmpago, ela sentia a sombra de Asanbosam atravessando para o mundo dos homens. Ela colocou os controles no modo manual e tentou direcionar o veículo para um pequeno lago que criava um espelho-d'água. Segurou-se na cápsula e se preparou para o impacto. No centro do lago, percebeu uma figura familiar: um corvo de três olhos bebendo água.

— Veio me buscar pessoalmente, Senhora da Encruzilhada? — perguntou Moss, amargurada.

Era como se a entidade estivesse espreitando sua morte. Um frio atravessou seu pescoço, trazendo junto a resposta, que ela ouviu em sua mente.

"Você é especial para mim e para divindades poderosas que decidiram te preservar nessa jornada contra Asanbosam. Elas não querem que você morra agora. Estou aqui só para transmitir essa mensagem. Você ganhou uma nova chance para restaurar a harmonia de Nagast. Quando aterrissar, encontrará pessoas que irão ajudá-la. Não estrague tudo como fez com os malungos."

A nave aguentou o baque, mas estilhaços amassaram toda a lateral e acertaram o corpo debilitado da fundadora do Distrito. O corvo não estava mais à vista em lugar algum.

A queda abriu uma cratera no lago, e a escotilha se abriu antes que a cápsula fosse inundada. Moss cambaleou até a borda do lago e se deixou cair no chão. Quando ergueu o olhar para verificar onde estava, viu, em meio à poeira levantada pela queda, uma adolescente observando-a, assustada com a cena que acabara de testemunhar. A garota tinha a pele retinta e o cabelo volumoso, e Moss imaginou que ela não podia ser daquela região. Um homem com símbolos antigos tatuados pelo corpo veio se aproximando, carregando uma pistola.

— Hanna, cê tá bem? — disse ele em voz alta.

Foi a vez de Moss arregalar os olhos, lembrando-se das palavras do corvo:

— Hanna... você é a irmã do Eliah!

A poeira começou a se dissipar, Hanna estava chocada com aquela mulher que tinha caído dos céus e conhecia seu irmão. Moss era a primeira mulher negra e idosa em quem o grupo tinha esbarrado desde que chegara a Nagast. Seu traje estava rasgado pelos estilhaços, e suas tatuagens, com símbolos que apenas os antigos usavam no corpo, eram bastantes visíveis. Cada um desses detalhes fez Hanna reconhecer naquela figura alguém que precisava de ajuda e esconderijo tanto quanto Zero, Misty e ela.

— Cê conhece o Eliah? Onde ele tá?

— Aqui não é um bom lugar para essa conversa — respondeu Moss.

Zero pegou no pulso da garota, num gesto para afastá-la daquela desconhecida. Misty se aproximou, já com ideias de rotas para despistar os drones no meio do tumulto, quando Hanna interrompeu:

— Essa mulher conhece o Eliah. A gente não pode deixar ela aqui sozinha.

— É ela ou é nóis — reagiu Zero. — Tentar abraçar todo mundo que aparecer vai custar caro.

Entre as gotas de chuva que ficavam pesadas iniciando uma tempestade, surgiam mais aeronaves de guerra, voltando a rastrear seu alvo no meio daquela destruição.

Zero tentou puxar Hanna dali, mas a garota se esquivou, irritada com o senso de sobrevivência egoísta do outro.

— Porra, cê nunca vai deixar de ser um capacho desses policiais corruptos da Fronteira. O que isso já fez por Obambo? Só atrasou o nosso extermínio. Mas os corpos ainda tão lá, a opressão ainda tá lá, a sujeira, a porcaria toda, ainda é a gente. Olha bem pra sua frente. Se essa velha consegue criar todo esse ruído, talvez ela tenha o que a gente precisa pra ferrar esses babacas do lado de cá da Fronteira.

— Sem tempo, novinha. Estão enviando alerta de terrorismo pra todo o Distrito.

A chuva torrencial escorria pelos ombros de Zero. Ele observou o lago por um momento, agora com as águas turvas por causa da chuva e dos estilhaços, e a anciã, que tinha se afastado e andava na beira da água, pensativa. "Velha alucinada, o que tu fez pra estarem atrás de você?", pensou. Zero e os outros nem se deram conta quando uma aeronave, voando silenciosa na direção dela, disparou, mas não tiveram como não ver que de debaixo dos pés de Moss saiu uma luz, moldando a água como um escudo tão rígido que fez a bala desviar.

— Caralho, cara. Que truque foi esse? Nunca vi isso! — surpreendeu-se Misty.

— Você é a anciã que criou Nagast, porra! — disse Zero, enfim percebendo que aquela só poderia ser Moss. — Vem com a gente, vamos te tirar daqui.

A anciã se voltou para ele sem desfazer o escudo de água.

— Rapaz, não preciso da sua proteção. É mais seguro lutar sozinha.

Moss ainda tinha dificuldade de contar com o apoio dos jovens, mesmo sabendo que isso era um desígnio de Orum e um aviso da Senhora da Encruzilhada. Parte disso era medo de repetir a história que vivera com os malungos, que acabaram massacrados pelos Cygens depois que ela perdeu contato com o grupo.

— Não queremos proteger nada, tia. Muito pelo contrário, vamos preparar o ataque. — Os olhos de Zero eram familiares para ela. Continham o mesmo fogo dos primeiros guerreiros malungos que a haviam ajudado na conquista e na proteção do Distrito, quando o lugar ainda se chamava Tamuiá. — Vem com a gente. Cê tem que me dizer onde tá o Eliah.

— Vou com vocês — decidiu Moss por fim. — Mas qual é o plano?

— Só tem um jeito de sair dessa: ficando invisível. Misty, cê trouxe nosso esquema?

A hacker tirou da bolsa um aparelho detonador. Procurou um conector de eletricidade na praça e ativou o dispositivo.

— Dez segundos pro colapso. Vamos correr.

Todos seguiram Zero em direção ao carro que tinham escondido a quarteirões dali. O aparelho instalado por Misty passou a se alimentar de toda a eletricidade da região, o que fez monociclos e luminosos se desligarem. No final da contagem regressiva, o aparelho disparou um pulso eletromagnético que repeliu momentaneamente os tecnogriots que voltavam a se aproximar.

— Isso não vai pará-los — disse Moss.

— Não é a intenção, se liga. Consegui entrar na frequência que envia ordens pra essas máquinas, e agora…

— Cê apaga a nossa imagem dos sistemas de rastreio. E eles não conseguem mais localizar a gente. — Hanna não conseguiu evitar um sorriso com a rapidez de raciocínio da colega. — Isso é o que eu esperaria de Roha.

— Valeu, garota. Aprimorei umas coisinhas que também peguei de você — respondeu Misty com uma piscadela. — Não vai durar, só o suficiente pra gente chegar no carro.

Moss ficou um pouco para trás na corrida. Zero havia deixado o carro em um dos estacionamentos subterrâneos do Distrito. Ele digitou o código de identificação e localizou a esteira que iria encontrar o veículo.

— Seu carro tem um registro do Distrito, é isso?

— Eu sei dar meus pulos, senhora. Entra aí e aperta o cinto. Bora fazer os drones comer poeira.

O escapamento roncou com a explosão do motor. Zero desviava dos carros à frente como um louco no volante. Saltou da avenida principal para dentro do antigo Sambódromo. O asfalto estava ruim, mas o caminho era livre; ninguém atravessava aquela região desde que os Cybergenizados haviam começado a controlar o Distrito e feito vigorar leis rígidas contra qualquer expressão religiosa, procissão ou festa que promovesse as tradições ancestrais.

Do centro da avenida, era possível ver a imponência da Basílica de São Jorge, suas torres e estátuas depredadas pelo tempo e por ações da Liga de Higiene Mental.

— Tem alguém lá em cima. Olha! — Misty apontou, ao ver uma pessoa correndo pelo telhado da Basílica.

— É o Eliah! — Hanna reconheceu só de bater os olhos. — Para esse carro, cara. Olha lá!

— Não dá, Hanna. Daqui a pouco os caras tão na nossa cola. Tem certeza que é o Eli? — perguntou Zero, olhando de relance para o telhado, sem poder tirar os olhos do caminho. — Tá muito longe pra saber.

Moss, que vinha se segurando no banco, balançando de um lado para o outro com o sacolejo, pousou a mão no braço de Hanna para acalmá-la.

— Não se preocupe com ele. Ele tem a própria jornada a trilhar. A gente vai se encontrar em Obambo. Se conseguir chegar lá a salvo.

Depois de algumas horas na estrada, nenhum griot ou aeronave conseguia mais encontrar o rastro da anciã. Na Fronteira, como de costume, eles foram parados pelos guardas. Zero antecipou-se e disse que tinha uma entrega para o capitão. Deixaram-nos passar assim que receberam o chip com os criptocréditos prometidos.

— Foi bom fazer negócio com você — disse o oficial ao receber o dispositivo. — Mas não se acostuma: uma hora dessas, subo o morro pra colocar vocês no eixo. Lembrar que vocês são o lixo que ninguém quer no Distrito.

— Garanto te receber pessoalmente, pode contar.

— Some daqui com esses vagabundos antes que eu mude de ideia. Anda, caralho.

O capitão virou as costas, conectou o chip em seu computador de pulso e transferiu o dinheiro para seu registro enquanto eles seguiam viagem.

No carro, Moss balançou a cabeça, olhando para Zero com tristeza.

— Na minha época, não se negociava com essa gente.

— Esses filhos da puta só existem porque tu se enfiou lá naquela pirâmide enquanto nosso povo era escorraçado pra favela — reagiu Zero, irritado com o comentário. — Sua omissão é a mãe dessa canalhice toda.

As palavras bateram forte na consciência da anciã. Ela sabia que precisava resgatar não apenas a harmonia do povo, mas também sua confiança, se tinha planos de liderar Nagast novamente. Zero não se contentou com o silêncio dela.

— Qual é a sua? Como é que cê vai ajudar a gente a derrubar essa segregação do Distrito?

— Precisamos dar conta da arte na qual os espíritos do passado e as pessoas do presente se aprimoraram por milênios: a sobrevivência. Vamos precisar disso para o que está por vir: seres místicos que há eras influenciam as decisões dos Cygens e dos homens e agora viraram seus olhos para o retorno do Último Ancestral invocado para proteger nosso Distrito.

— Já ouvi esses papos quando era moleque. Parei de acreditar neles quando meteram uma bala na cabeça da ialorixá que me criou — disse Zero, com raiva. — Nenhum ancestral veio pra evitar que eles matassem crianças e velhos, nem ajudou as mulheres que morreram de fome nessa favela.

— É um mistério a localização dos protetores que invocamos na fundação de Nagast. Temo que possam ter sucumbido pelas garras de Asanbosam, assim como eu caí em sua maldição. Quando rompi o feitiço que me cegava, não fui capaz de confrontá-lo como igual, quase morri. Fugi para Tamirat e me perseguiram. — Moss fez uma pausa, refletindo. — A essa altura, o bruxo já atravessou para o nosso mundo. Ele comandou os tecnogriots contra mim e vai iniciar uma ofensiva para devastar Obambo.

— Obambo? É aqui que tá esse Último Ancestral?

— A essa altura, deve estar voltando para cá.

Hanna se virou para Moss, ligando os pontos das coisas que ela dizia.

— Fala sério, não pode ser! Tá me dizendo que o Eliah… meu irmão? — A garota caiu na risada. Parecia estar debochando de Moss, mas no fundo estava feliz com aquela promessa, ainda que parecesse loucura, do retorno do irmão. — Deve ser zoeira. Ele não acredita em nada do que tu acabou de falar, esses papos de Deuses e espíritos antigos.

— Vamo pro papo reto agora, galera — interrompeu Zero, impaciente. — Mesmo se esse Saboza… É isso, tia?

— Asanbosam.

— Tá, mesmo que essa coisa aí seja de verdade, na última vez que mandaram as forças militares pra Obambo, a gente enterrou uma galera. Cês tá ligado, sobe o monte que dá pra sentir ainda o fedor das valas. Então a gente precisa de artilharia pesada pra segurar qualquer coisa que atravessar a Fronteira. Misty — continuou ele enquanto pensava nos próximos passos —, entra lá no game, reúne a garotada que tem os dons pra coisa. Hackear griot, desconectar carros, essas fitas todas aí. Vou trocar umas ideias com a malandragem. Se é pra bater de frente, só eles vão segurar essa com a gente.

# COM AS ARMAS DE JORGE

"Malandro, que sensação doida. É como se eu tivesse acordado de um sonho bizarro. Lembro coisas que não vivi, não nesse tempo nem com esse corpo. Porra, essas fitas são reais, esse lance de espíritos. Posso sentir eles agora, tem milhares por aqui. Eu não tava doido quando rolou aquela parada com a Beca e sonhei com a Moss."

Eliah ainda estava no Distrito, tentando descobrir um jeito de voltar para Obambo. Viu aeronaves voando em direção a Tamirat e se perguntou o que seriam, mas voltou a se concentrar em seu problema. Demoraria dias se fosse a pé, e destravar um carro para voltar para casa não seria nenhuma novidade para ele. Decidiu esperar a noite chegar para entrar em ação.

Ele caminhou até as ruínas abandonadas da Basílica de São Jorge. Ninguém mais frequentava o lugar. As portas frontais estavam lacradas havia anos com travas magnéticas e a inscrição da Liga de Higiene Mental. Tentou forçá-las, mas eram duras demais para qualquer ser humano. Por fim, encontrou uma janela frouxa, um vitral com a imagem de Santa Ifigênia. Moveu as laterais até conseguir arrancá-la.

— Já é!

Saltou para dentro da basílica e deu de frente com uma abóbada esplendorosa, com uma grande pintura de um cavaleiro empunhando a lança e cercado por um exército. Na cena ilustrada em arte sacra, a figura do homem era imponente, e vários dos guerreiros que o atacavam tinham sido arremessados ao chão por golpes de lança. No centro do salão, havia um altar com armas muito empoeiradas, entre elas um escudo e uma espada.

"Já vi esse lugar antes, certeza. Eu já vi essas coisas."

Eliah segurou o escudo e sentiu uma força poderosa emanar do metal. Um ritual de Orisi apareceu ao seu redor, e desta vez ele percebeu o que acontecia: era uma invocação. Sentiu vultos se levantando, centenas de almas que passeavam e cultuavam o santo guerreiro. Elas dançavam, espalhavam incensos, acendiam velas e simulavam batalhas com facas e espadas. Uma das almas andou em direção ao jovem, fixando o olhar nele. "Acho que ela pode me ver", desconfiou. Deixou o pesado escudo no chão, ao lado do altar, e se afastou. Os espíritos se dissiparam no ar. Então, ficou livre para vasculhar a Basílica. Encontrou estátuas antigas, oferendas deixadas por fiéis havia séculos, peças enferrujadas de metal e latão.

Eliah voltou para o salão principal e notou outra sombra na porta. Um calafrio atravessou sua espinha, e ele decifrou o que o angustiava. A Basílica de São Jorge era o cenário da visão em que presenciara a morte de Beca. Por uma fração de segundo, ele duvidou que houvesse mesmo uma sombra, até que ela falou:

— Pensei que seria mais difícil te encontrar, só que você é um arruaceiro. Despertar espíritos adormecidos foi como soltar foguetes. Quebrou o silêncio deste Distrito.

Quando a sombra se moveu, Eliah pôde ver que partes de seu corpo não eram membros humanos, mas feitas de peças mecânicas. Parecia um androide.

Os cientistas de Nagast haviam abandonado aquela tecnologia fazia tempo, quando perceberam que as peças eletrônicas eram agressivas para o corpo a ponto de necrosar os órgãos. Havia, porém, um último interessado em explorar os limites da humanidade, forçando a conexão da mente com as placas de controle: Inpu, um dos espíritos antigos invocados por Moss que acabaram se rebelando contra o Distrito.

Inpu dominava as artes milenares da necromancia, da mumificação e da vida pós-morte. Fazia experimentos com o próprio corpo. A dor se tornara propulsora de suas ideias, e assim ele deixou de zelar pelo tratado com Nagast e acabou corrompido por uma sombra desconhecida. Tornou-se uma marionete dela, um dos espíritos chamados de abadom pelos antigos.

— Quem é você? — perguntou Eliah. Ele conseguia sentir a energia pesada daquela presença.

— Sou aquele que vai colocá-lo em um túmulo e guiá-lo para o além — respondeu a figura.

Então, dois enormes chacais robóticos surgiram nas portas e correram na direção do garoto de Obambo. Eliah deu um salto em direção à escadaria e correu para o telhado da Basílica.

A escada parecia não terminar, e os chacais não se cansavam. Eles tinham olhos brilhantes, dentes de aço afiados e garras que fincavam nas paredes, saltando de um lado a outro, obstinados em perseguir sua presa.

"Cadê algum espírito pra me ajudar nessa hora?", pensou Eliah, arfante. Assim que subiu o último degrau e saltou para o telhado, viu um carro acelerar no Sambódromo vazio, ao longe, e se lembrou de quando ele mesmo guiava por ali. Nunca poderia imaginar que sua irmã estivesse por perto. Olhou para o bracelete em seu punho e tentou invocar Bento, mas nada aconteceu.

As duas feras de aço estouraram o alçapão e alcançaram o telhado. Correram para atacar o garoto, que estava próximo à estátua de Jorge da Capadócia. Da escultura, só haviam restado o torso do guerreiro, os ombros e os braços segurando uma lança de latão.

"É hora de testar se restou alguma coisa de Jorge aqui", pensou Eliah, e saltou, agarrando o cabo da lança e fazendo uma invocação Orisi. Foi como um trovão. O rapaz entrou em transe, e a figura do poderoso guerreiro com lança, espada e escudo encarou os chacais, a ponta de latão afiada atravessando seus corpos robóticos em golpes ligeiros.

Tudo aconteceu muito rápido. De volta a si, Eliah viu os robôs estraçalhados no telhado, com os circuitos expostos, soltando faíscas e divididos ao meio. "Esses poderes ficam maiores com um receptáculo real", pensou. Tentou voltar pela escada, mas, assim que pisou no primeiro degrau, Inpu o puxou pelo pescoço e o jogou de volta lá embaixo.

— Você destruiu meus chacais, maldito! — rosnou o abadom.

De perto, Eliah percebeu que Inpu tinha o corpo de uma mulher negra. Estava bastante ferido, o pescoço parecia costurado no capacete, que era totalmente digital, circundado por hieróglifos eletrônicos em um formato que o fazia lembrar um lobo com uma máscara egípcia. O toque de Inpu lhe pareceu familiar. Ele tinha uma ideia de quem seria aquele corpo, mas se esforçou para afastar aquela sensação.

"Ela morreu há alguns dias, no prédio da Liga."

— Te conheço?

— Nossas almas nunca se cruzaram, mas você deve

ter boas memórias desta minha hospedeira. — O capacete de lobo se abriu, exibindo o rosto de Beca.

— Beca... não! O que tu fez com ela? — As emoções de Eliah se confundiam. Ele sentia repulsa, medo e ira. Ainda se julgava responsável pela morte da garota.

— O que faço melhor: preparei o corpo dela para servir a almas poderosas. O seu vai para uma entidade especial, o novo mestre de Nagast: Asanbosam.

Inpu pisou com força sobre o corpo de Eliah. O rapaz sentiu sua carne se deteriorar, e suas tatuagens começaram a perder a forma. Então, olhou por cima do ombro e viu o altar com as armas de Jorge. Esticou os braços enquanto aguentava a dor infligida pelo abadom. Seus dedos tocaram o escudo que estava ali do lado, no chão. "Era disso que eu precisava", pensou, antes de fechar os olhos, concentrar-se no poder da arma e pedir proteção aos espíritos, que voltaram a encher o salão. Eles golpearam Inpu com facas e punhais, até que ele não conseguiu mais se levantar.

Eliah respirou fundo, reunindo as forças que haviam sobrado. "Preciso voltar logo para Obambo. Se esse tipo de entidade faz parte da guerra que Moss anunciou, vai dar ruim demais até pra bandidagem e as armas pesadas deles." A tristeza tocou seu coração quando reparou no corpo de Beca profanado pela tecnologia de Inpu. "Vou enterrá-la com decência aqui nessa basílica. Talvez ela possa encontrar um pouco de paz e me perdoar. Aquele beijo trouxe uma maldição que acaba agora."

# AS CABEÇAS DO CRIME EM OBAMBO

Zero reuniu em sua garagem todas as Cabeças de Obambo — era assim que eram chamados os chefões, que odiavam aqueles encontros. Era sempre a oportunidade de começar uma guerra ou uma retaliação, já que cada um comandava um esquema na comunidade, e às vezes o esquema de um atrapalhava o de outro.

Keisha era a principal fornecedora de armas da bandidagem. Ninguém sabia como ela conseguia, mas tinha coisa pesada, como pistolas militares, coletes magnéticos e canhões de granada de choque. Tudo antigo, parecia até que ela recolhia do ferro-velho do Distrito. Ainda assim, era o melhor que eles tinham por ali, isso quando não conseguiam roubar alguma carga direto da polícia, o que não dava nem para tentar sem o aval de todas as Cabeças. Sempre dava merda. Zero era o que mais quebrava essa regra, e quem sofria com a violência da vingança que se seguia era toda a Obambo. O chefe dos mecânicos, porém, conseguia o silêncio de quem precisasse, já que era essencial para todos: ele irrigava o sistema com a grana que conseguia desviar do povo de Nagast com o negócio de carros com registros modificados.

Bezerra era o único Cabeça que não pertencia à bandidagem. O que ele fazia era conseguir água. Encontrava poços naturais, desviava canos do litoral e organizava a distribuição para a favela. Ele percebera que precisava de proteção e saiu bancando o que conseguisse em troca do serviço. Acabou se tornando um traficante de água, elemento que só não era mais essencial do que os criptocréditos.

O único inconveniente ali era o Barba. Ele era quem distribuía a obia, as tatuagens que causavam transes artificiais e comiam o cérebro, transformando o pessoal da comunidade em corpos desalmados ambulantes. O cara era a canalhice em pessoa, não estava nem aí para Obambo. Não sentiria nenhuma culpa em ver toda a molecada espumando de droga se isso fosse fazê-lo ser aceito pela elite de Nagast.

— É melhor não me fazer perder meu tempo, malandro — disse o traficante de obia. — Qual é a ideia aqui?

— Fica na boa aí, Barba — respondeu Zero. — É uma parada séria. Eu sei que você quer mais é que Obambo queime enchendo o rabo com a sua porcaria de droga. Agora o lance é outro. Tô falando da maior guerra que a gente já viu aqui.

— Maior que as tretas que a gente já enfrenta só de respirar nessa porra? — Bezerra levantou-se da mesa e olhou o cenário pela janela. O chão árido, um oceano de barracos amontoados, lixo eletrônico e esgoto correndo.

— Esse é o papo, tô com o Bezerra — disse Keisha, por fim. — A gente já tem coisas demais com que lidar. Por que a gente ia precisar se envolver em mais uma guerra? Só pra ver nossos esquemas enfraquecidos numa batalha que não vai dar nóis?

Antes que os ânimos se inflamassem e todos começassem a falar ao mesmo tempo, Zero projetou na mesa as imagens que Misty recolhera quando estavam em Nagast.

Algumas eram das câmeras da Árvore dos Dois Mundos, nas quais apareciam guardas ensandecidos de dor por algum tipo de possessão. Outras mostravam a explosão do prédio da Liga de Higiene Mental e a aeronave de Moss caindo no lago enquanto era perseguida por naves de guerra. Ficaram todos em silêncio.

— Botam fé agora? — questionou Zero, olhando bem nos olhos de cada um. — É um bagulho grande, nem é desse mundo. Uma criatura tenebrosa tá atravessando nosso mundo, e ela vem procurar a presa dela entre nós. Não vai sobrar ninguém se a gente não se preparar pra pancadaria.

Os olhos de todos se arregalaram. Bezerra foi o primeiro a se dobrar:

— Caralho, meu. Explica isso, mano.

— Eu também achava que esses papos de criaturas e mundos eram só coisas dos antigos, mas aí rolaram uns troços... — começou Zero.

— Contigo também? Porque agora tô juntando aqui as peças com uma doidera que aconteceu ontem — interrompeu Keisha, e trocou a projeção de Zero por outras imagens. Nelas, dois de seus homens entravam num estado de aparente delírio e trocavam tiros com os comparsas depois de lançar granadas nos porões de armas dela. Acabaram sendo abatidos. Em outras imagens, dava para ver que seus olhos estavam escuros, mas com símbolos estranhos na íris, como tatuagens. — Achei que tavam doidões, só. Foi como se alguém tivesse hackeado o cérebro deles e programado um ataque no meu arsenal.

Zero pediu o arquivo e o transferiu para Misty.

— Mostra pra anciã. Vê se ela reconhece alguma coisa.

Minutos depois, ele recebeu a resposta de Moss e contou para as Cabeças de Obambo:

— Se liga, gata. Esse negócio nos olhos deles é o sinal do bruxo que atravessou a Árvore dos Dois Mundos e tá vindo pra Obambo. O nome dele é Asanbosam.

— Céloko, cara, contando história de bruxo agora. — Bezerra, que já estava amedrontado, ficou perturbado com a ideia de que poderia ser dominado por uma criatura de outro mundo. — Como é que esse filho da puta tá invadindo a cabeça da galera assim?

— Sei lá, Bezerra. O fato é que as únicas pessoas que podem enfrentar essa criatura tão aqui em Obambo. Pelo que entendi, ele vai mandar geral pra cá. Cada um de nós já trocou tiro com algum guarda de Nagast. Eles não precisam de muita motivação pra aparecer aqui e promover uma chacina, mas dessa vez vai ser diferente. O ódio que eles têm nos olhos não é mais humano, o bagulho vai ficar insano, saca? A gente vai precisar trabalhar junto, deixar as desavenças de lado, até com o zé droguinha ali, pra salvar todo mundo. Depois, a gente divide de novo o que sobrar.

A essa altura, Bezerra já tinha baixado a guarda, como os outros, mas foi Keisha quem tomou a iniciativa de falar:

— Demorou. Conta comigo, então. O que eu puder ajudar, dá um salve. Não quero ver outros dos meus tentando destruir nossas armas.

— Pode ficar comigo essa noite, Keisha. Dou uma protegida legal em tu. — Barba sorriu com safadeza.

— Nem que tu fosse o último ser vivo dessa favela — respondeu a mulher, com desdém. — Qual é a tua, Barba, vai somar ou ficar de babaquice?

— Sem tempo pra vacilo, irmão — interferiu Zero. — Se não for somar, a gente vai passar o carro em cima. É tempo de guerra, tá ligado? Nada pessoal.

O chefe dos mecânicos pegou num armário uma espingarda pesada com engrenagens douradas e chegou perto do traficante. Os outros viraram as costas, concordando com a ameaça. Barba levantou as mãos em sinal de paz:

— Fechou, é nóis, irmão. O que tu vai precisar de mim?

— Por enquanto, só fica ligeiro na comunicação pra dar suporte pra gente. Arma, informação, o que tiver. Vamo organizar as defesas e planejar quando o ataque chegar.

As Cabeças tinham concordado em proteger Obambo, mas estava claro que ainda havia muita tensão entre elas. Mesmo numa situação de vida ou morte, era difícil saber com quem contar. Era mais fácil cada um correr pra garantir o seu lado e desaparecer. Depois que o traficante saiu, Bezerra falou:

— O Barba vai dar pra trás, cê sabe, né?

— Eu nunca acreditei nele.

— E cê vai deixar ele no grupo?

— A gente não tem escolha, velho. Qual de nós não tá louco pra se dar bem aqui? É a ordem natural das coisas. Bora seguir e, na hora que a treta rolar, vamo ver quem tem palavra e quem é rato.

# OS OLHOS E AS GARRAS DE UM JAGUAR

Hanna e Misty acabaram desenvolvendo uma cumplicidade. Mesmo quando não estavam conversando, elas se reconheciam como duas garotas pretas com inteligência para programar coisas que a maior parte dos caras de Obambo nem sabia que existiam. Além do mais, compartilhavam do sentimento de serem as únicas meninas no meio de um bando de caras malucos fissurados por suas próprias armas e querendo resolver tudo na porrada. Apenas trocando olhares, forjaram um pacto e entenderam que estariam sempre perto para apoiar uma à outra.

Elas estavam na garagem de Zero, monitorando a Fronteira pelas câmeras e vasculhando a velharrede em busca de informações para usar contra Asanbosam.

— Fico bolada toda vez que leio algo sobre os malungos — disse Misty, tentando desanuviar um pouco no meio de tanta pesquisa. — É muito doido imaginar que um bando de hacker, que na época devia fazer tudo na encolha, deixou registros que até hoje ajudam a gente.

— Adoro esse nome, malungos. Que tipo de gente escolhe um nome assim? — respondeu Hanna, achando graça. — Já sei, homens de séculos atrás. Se a gente for juntar um grupo novo, vai ter que ter um nome mais maneiro, né?

— É o que tô falando, cê tá malandra. Bora pensar em algo melhor. O Zero me falou umas histórias que a ialorixá dele contava. Tinha uma de uma onça-pintada, que o povo do litoral chamava de yaguareté-abá. Diz que ela tinha o poder de causar eclipses, apagando o dia e deixando todo mundo apavorado.

— Sinistro — disse Hanna, refletindo sobre o que a outra acabara de dizer.

— Acho que esse é o espírito da coisa — continuou Misty. — Quando a guerra acabar e o plano de Zero for concluído, a gente vai conseguir apagar todo o servidor de Nagast. Imagina o medo daqueles playboys quando todo o sistema que eles construíram for desativado. Tudo o que eles sabem se perdendo, nomes e histórias da família desaparecendo, títulos e credenciais de autorização especial destruídas, dinheiro saindo das contas deles…

— Isso vai ser massa demais.

— A gente vai estar em pé de igualdade. Os distritenses vão cair pro mesmo nível dos obambos, e a gente cresce no rolê. A gente é especialista em viver com nada. Mas diz aí: que tal juntar uma galera pra trabalhar nisso com a gente? Já que tu gostou desse lance de onça, a gente pode chamar nosso grupo de Jaguar.

— Amei. É nóis, Misty!

— Vamo recrutar o pessoal dos games. Vou agilizar a ideia enquanto cê fica aí no sistema. Vê o que consegue atualizar, melhorar, ou o que dá pra aproveitar com a tecnologia Mandinga. Se cê conseguiu ativar uma vez, consegue de novo.

Hanna passou o dia na velharrede, tentando descobrir como aproveitar os códigos da Inteligência Artificial

Mandinga sem usar um receptáculo para conectá-la a alguém.

— Quando Eliah voltar, talvez eu consiga resgatar aquela IA que deixei com ele — disse para si mesma. Levou um susto ao ouvir uma voz em resposta:

— Então foi você que trouxe o Bento de volta?

Moss tinha entrado na sala, silenciosa.

— Você está melhor? — quis saber a garota, observando, curiosa, os passos lentos da anciã.

— Meu confronto com Asanbosam deixou marcas que talvez não se curem nessa vida, mas estou bem mais disposta, minha jovem. Ver você se empenhando em reconstruir essa tecnologia que os malungos criaram me dá esperança.

Embora soubesse algumas coisas sobre os malungos, Hanna não fazia ideia da extensão do trabalho da anciã como mentora do antigo grupo de hackers do morro. Moss tinha ensinado as primeiras linhas de códigos para a criançada que cresceu e desenvolveu uma resistência digital contra a hegemonia dos dispositivos computacionais centrais do Distrito. Por conta disso, a anciã entendia cada ação de Hanna no computador.

— Onde eles estão agora? Esses malungos? — A lógica da menina era boa. Se Moss estava viva fazia tanto tempo, era possível que algum descendente dos malungos ainda existisse.

— A maior parte dos descendentes deles foi perseguida pelos Cybergenizados. — A anciã suspirou. — As leis que censuraram as religiões e as tradições os afastaram do Distrito que tinham lutado tanto para conquistar. É possível que alguns tenham se escondido nos reinos do Norte, nas terras do Candomblé, mas sinto que ainda deve ter vestígios deles escondidos em Nagast.

— É difícil sacar todo esse lance de ancestralidade, poderes e coisas de bruxos que tenho ouvido nos últimos dias.

— Não são poderes, são dádivas — explicou a anciã, sentando-se ao lado de Hanna, com ar cansado. — Os espíritos de guerreiras que nos deixaram e de reis que viveram no passado concedem essas dádivas. Os receptáculos que criei, com chips, serviam como catalisadores e amplificavam esses dons, porém deixavam um rastro capaz de fazê-los ser encontrados por criaturas mal-intencionadas no mundo dos ancestrais.

— Saquei, Moss. A Mandinga é parte dessa tecnologia que une os dois mundos. Com o código desses receptáculos, daria pra buscar vestígios deles aqui em Obambo ou em Nagast.

Moss exibiu uma tatuagem em seu pescoço.

— Esses são os dados mais completos da minha criação. O código-fonte que é capaz de amplificar poderes da fé, uma linguagem mística e tecnológica completa. Com eles, você pode decodificar e anexar as informações no sistema de busca. Mas nenhum algoritmo comum pode interpretá-lo. Você precisa de uma IA específica, criada para entender os dois mundos, então isso só vai funcionar quando você conseguir reativar Bento ou qualquer outra Mandinga.

Hanna escaneou as informações para seu dispositivo.

— Deixa comigo. Esses códigos antigos dos malungos tão ficando cada vez mais fáceis pra mim.

A garota começou o trabalho imediatamente, enquanto Moss acompanhava com atenção. Hanna estava empolgada com todos os sistemas, dispositivos computacionais e servidores que Zero concentrava em sua garagem. Ela nunca tinha visto um aparato daqueles em

Obambo, e por um momento pensou como seria bacana se todos tivessem acesso àquelas tecnologias na favela, mas concluiu que não faria sentido dar processadores quânticos a pessoas que não tinham nem água encanada. "O pessoal iria vender essas coisas pra pagar as contas. Eu faria isso e Eliah também, é foda."

Seu pensamento foi interrompido por um alarme. Cães começaram a latir nas ruas, o que deixou o barulho ainda mais insuportável.

— Vou meter bala pra calar a boca desses vira-latas. — Zero surgiu irritado, com sua pistola de balas eletrificadas. — O que tá rolando aí, Hanna? O que é esse alarme?

— Ainda não sei, cara. A Misty não deixou exatamente um manual. Não conheço tudo da garagem ainda. Deve ser alguma quebra de segurança. Tenho que achar a câmera certa.

Quem acabou chegando com a explicação foi Misty, que, de volta à garagem, assumiu o dispositivo computacional, encontrou a origem do alarme e projetou na mesa uma imagem. Um carro policial cortava o deserto, sozinho, em direção a Obambo.

— A guerra já começou, vamo agilizar aê! — disse a hacker.

— Pera lá. Esses babacas não têm a moral de aparecer aqui sozinhos — disse Zero. — A gente tem uns pactos, mas eles sabem que se precisar a gente se vinga. Se tiver alguém fardado nesse carro, não volta. É um veículo pequeno, não tá pronto pro combate.

— Esse é um dos veículos de patrulha do Distrito. Eles não ficam na Fronteira — disse Moss, refletindo sobre o significado daquilo. — Não é bom sinal. Asanbosam já tomou o controle de todos os sistemas de segurança em

Nagast. Não subestimem aquele bruxo, ninguém sabe o que pode sair do carro. Se preparem.

Como o carro estava a uma distância considerável, o grupo tinha tempo para armar uma defesa. Zero resolveu fazer o trabalho de campo enquanto as garotas davam apoio remoto.

O ronco do motor anunciava uma máquina potente. Os pneus derrapavam na terra, esmagando as pedras no caminho. O motorista estava obstinado, não freava, era bom no volante.

— Misty, solta a mensagem agora!

Zero estava próximo da estrada quando percebeu o veículo se aproximar. Misty, Hanna e Moss continuavam acompanhando pela projeção na garagem.

— Tu que manda. Enviando agora!

A líder do Jaguar acenou para Hanna, que buscava uma forma de parear com o sistema do carro. Hanna mandou um joinha em resposta.

Com os dispositivos computacionais pareados, Zero enviou uma mensagem: "Obambo está fechada para operação militar do Distrito. Apresente-se imediatamente, ou você não vai voltar para casa. Será abatido".

O carro não reduziu a velocidade. Quem quer que fosse o motorista, seguia firme como se não tivesse recebido o recado. Os vidros escuros impediam qualquer identificação. Zero se colocou no caminho do carro, parado a uma distância segura com seu bando de comparsas, todos apontando armas para o motorista misterioso.

— Mete bala nessas rodas, carai! — ordenou Zero para os abutres que o acompanhavam, e eles soltaram rajadas mirando os pneus. As balas ricocheteavam; mesmo não sendo um carro de batalha, era um blindado com um campo que repelia qualquer projétil na lataria.

Os caras tinham preparado armadilhas com correntes dentadas, barricadas de pedras e miras de laser. O carro se esquivava como se conhecesse cada um dos artifícios criados pelos mecânicos. Ele batia nas barricadas exatamente no ponto mais frágil, estourava o concreto e seguia. Fazia drifts de modo que os lasers acertavam a proteção na traseira do carro.

— Misty, tenta desligar essa porra aí! — berrou Zero, tenso. — Ele já tá entrando em Obambo.

— A Hanna conseguiu acessar o sistema, Zero. Vamo tombar esse filho da puta agora.

De repente, o carro apresentou uma leve alternância na força do motor. Hanna conseguiu desligar a proteção, mas não conseguiu acessar a direção do veículo. As balas começaram a machucar a lataria, e um dos pneus estourou com um tiro explosivo.

"Quem quer que esteja ali manja do volante. Vou respeitar o cara depois de acabar com a vida dele", pensou Zero, descartando as pistolas menores e empunhando um lançador de plasma. "Tava guardando esse pra uma fita mais dramática, mas se não for agora não sei quando vai ser." Cada tiro dava um tranco no carro, mas ele seguia, sempre tentando se esquivar, agora sem um dos pneus. A chuva de balas que vinha de todos os lados fez um estrago no motor, e a velocidade diminuiu. O último tiro virou o carro por completo, e o chefe dos mecânicos ergueu os braços para os comparsas cessarem o ataque.

— Aqui é nóis, vagabundo! Tá achando que vai pagar de malandro pra cima dos mecânicos da favela? Tá maluco, né não? Foi avisado, perdeu.

Quando a porta se abriu, um homem com exoesqueleto militar saiu se arrastando. Ele viu Zero se aproximar e, ainda rastejando, puxou uma pistola da armadura.

— Já era, cê caiu no meu território — disse Zero, aproximando-se do homem que estava no chão e mirando na cabeça dele com a arma. O homem não tinha como mirar de volta sem correr o risco de levar um tiro na cara. Zero se agachou e falou em voz baixa, com o rosto próximo do dele:

— Qual é a tua? O que tá rolando lá em Nagast que tão mandando gente sozinha pra morrer aqui na favela?

O militar respondeu com um soco que abriu um corte no supercílio de Zero, depois ergueu a pistola em sua direção.

— Cê é corajoso, diferente dos canalhas que a gente encontra na Fronteira — retrucou Zero. — Vou te dar uma surra antes de te deitar na rajada. Vou te ensinar como se faz.

Zero mandou um chute no peito do militar que o deixou sem ar. E estava pronto para retribuir o soco, mas interrompeu o movimento quando o outro retirou o capacete.

— Eliah... — reconheceu o chefe, estupefato. — Por que tu não disse que era você? Tu é meu aliado, porra!

— Aliado é como tu chama alguém que tu entregou pros arrombados da Liga de Higiene Mental? Vai pro inferno, seu bosta!

— Qual é, caralho? Tu sabe o que ia acontecer se eu não entregasse alguém. Aqueles cretinos iam amontoar os corpo na favela até ficar satisfeito. Tu não sabe o que é ter que se sacrificar pra salvar a comunidade, porra!

— Tá se achando herói agora? — Eliah estava fora de si. — É bem do seu ego mesmo.

— Esse é o erro da maioria das pessoas, irmão. Heróis não nascem nesse mundo quebrado. A gente é sobrevivente, outras ideias. — Zero sabia que precisava trazer Eliah de volta pro seu lado. — Vem comigo. Tu vai gostar de ver quem tá ajudando a gente.

— Não vai me dizer que tu envolveu a Hanna nessa imundície toda que tu faz?

— A parada agora é muito maior que roubar carros — disse Zero, tentando apaziguar. — Tamo falando de roubar todo o servidor de Nagast. Era um plano antigo meu e a Misty tava ajudando, mas a tua irmã é um gênio, cara. Ela que derrubou os sistemas desse carro. Eu devia ter imaginado que não tinha motorista que nem você naquele lado da Fronteira. Cê não enferruja, mano, que manobras foram essas, porra?

# O DESTINO DE ELIAH

Minutos depois, Eliah chegava à garagem onde estava o grupo. Nem bem a porta se abriu, ele viu a garota de cabelo colorido correndo para os seus braços. Acolheu-a no peito, apertou-a como se abraçasse toda a felicidade do mundo, e os dois ficaram quase um minuto ali. Não derramaram uma lágrima, só não queriam abandonar aquela sensação de segurança que encontravam apenas um no outro.

— Eu sabia que ia te encontrar de novo, mano — disse Hanna, emocionada.

— Cê sempre teve mais coração e fé que eu. A vida de bandido me endureceu, eu não me dei conta do tamanho do milagre que tava na minha frente. Minha irmãzinha manja mesmo dessas coisas todas de tecnologia. — A voz de Eliah estava cheia de orgulho.

— Era como eu me divertia, Eli! — Ela agora ria, como se esquecesse de todo o resto, e Eliah se lembrou de como ela era quando eles começaram a viver juntos.

— Mana, tua diversão me salvou. — Eliah arregaçou a manga da camisa e mostrou o receptáculo instalado pela irmã.

— Onde tá o Bento?

— O cara é foda — reagiu Eliah, empolgado, sem responder à pergunta. — Nunca vi movimentos que nem aqueles. Ele deitou uns caras na pisada, capoeira pesada. Disse que é cybercapoeirista.

— Ele foi construído com uma memória que estava na velharrede, um espírito codificado — explicou Hanna. — Isso significa que, em algum momento da nossa história, ele foi um homem como você.

— Melhor que eu, Hanna. A verdade é que agora não sei onde ele tá. Ele desapareceu lá na Liga, quando eu tava sendo atacado. Não consegui reativar mais.

Moss se aproximou, com planos de interrogar o Último Ancestral para entender as transformações que o despertar tinha causado, mas os outros queriam ouvir a história de como ele havia atraído uma patrulha para a Basílica de São Jorge e invocado os espíritos guerreiros que aprisionaram os policiais, para então conseguir ativar o traje e o veículo para atravessar a Fronteira.

— Tu é o melhor dos meus caçadores, rapá. É dos meus, ousadia. — Zero se engrandeceu com o fato de ter escolhido Eliah, entre vários garotos, para o trabalho.

— Você conseguiu acessar seus dons, as bênçãos divinas? — quis saber Moss.

— Acho que sim. Lá na Basílica, os significados vieram todos na minha cabeça, mas acho que ainda tem muito de instinto também. Eu senti a energia espiritual nas armas de Jorge, mas ainda é um negócio que me confunde. Sei lá, deve ser alguma coisa comigo.

— Não se preocupe, os dons são assim, entregues pelos espíritos e pelos Deuses na hora que eles bem querem. Precisamos nos preparar, fazer oferendas e abrir os caminhos para que você encontre suas dádivas. O espírito de um guardião ancestral se revelou em você; ele entregará memórias confusas, com informações preciosas como Orisi. Agora, você e eu somos as únicas pessoas neste Distrito capazes de falar no dialeto divino. Mas eu sou apenas uma Oráculo dos Deuses.

O seu espírito é o mais poderoso entre nós, e seus dons serão capazes de mover um exército quando chegar a hora.

— Moss… — Eliah interrompeu o discurso da anciã, com certo desgosto.

— Estou ouvindo, jovem.

— Na Basílica, eu encontrei uma criatura chamada Inpu. Foi o monstro que surgiu na minha visão da primeira vez que despertei um ritual Orisi. Ele não queria proteger Nagast, queria era encontrar um jeito de trazer Asanbosam para a vida.

Moss respirou fundo ao ouvir aquilo.

— Não esperava ouvir o nome de Inpu — disse, por fim. — Não neste momento. Inpu desapareceu há muito tempo, perdido em ideias para estender a vida, mesmo após a morte. Ele foi, por milênios, um embalsamador. É aterrador saber que caiu no domínio do bruxo.

— Não se preocupa, agora ele tá enterrado na Basílica. Escapei dele por pouco.

— Inpu não morre, querido. Ele adormece, pelo tempo que precisar para restaurar seu hospedeiro ou juntar peças para um corpo novo. Quando um espírito poderoso se rende às forças da destruição, se torna um abadom. Deve ter se somado ao exército de Asanbosam. Ele vai procurar um hospedeiro poderoso para o seu mestre, e para isso varrerá todos os cantos dessas terras.

Moss notou que agora Eliah parecia exasperado.

— Às vezes eu só queria seguir a minha vida, cuidar da Hanna — disse ele. — Agora tem toda essa questão aí, essa bosta pra resolver nas minhas costas. Eu sinto que tenho força, mas também acho tudo pesado demais.

Moss se ressentiu daquelas palavras. "A responsabilidade deveria ser minha", pensou. Sem falar mais nada, ela abaixou a cabeça e se recolheu para pensar. Hanna chegou com a outra peça do bracelete do irmão e pediu o receptáculo antes mesmo de soltar as peças que estavam encravadas no braço dele:

— Tô precisando disso. Posso ficar?

— Deve, Hanna. É teu.

Ele fez uma careta de dor quando ela puxou a peça, que estava presa profundamente no antebraço dele, e um pouco de sangue saiu dos pequenos cortes que o artefato tinha deixado. A menina estancou o sangue enrolando um pedaço de pano.

A anciã de Nagast ainda estava afastada, pensando sobre Inpu. As chances de um triunfo sobre Asanbosam diminuíam com outros espíritos poderosos sob sua influência. Depois de alguns instantes, durante os quais o silêncio dominou, ela voltou para perto de Eliah e falou:

— Garoto, me diga como está o Distrito.

— Se preparando pra uma guerra — respondeu ele sem hesitar. — Tem um alerta de terrorismo. Eles tão espalhando patrulhas por todo lado, e tem um monte de tecnogriots nas ruas, escaneando cada pessoa. Os Cybergenizados saíram dos prédios e se espalharam lá pelo Primeiro Círculo. Quando eu fugi da Basílica, vi uma movimentação na região militar. Se o plano de Asanbosam for mandar as tropas limpar a favela, a gente vai tá na merda.

— É o que ele quer que pensemos. Ele vai nos cercar, nos amedrontar e deixar que o desespero destrua cada um de nós por dentro. Não deixe isso te dominar, menino. Me diga, como está Tamirat? — perguntou Moss, sem pensar muito. — Dependendo do estado, posso trazer suas defesas para cá.

— Sua pirâmide? Ela foi derrubada. Sem chance, virou pó. — Eliah desconfiou que suas palavras tinham pegado Moss de surpresa, mas ela não expressou nenhuma reação. Como não respondeu nada, ele continuou:

— Diz uma coisa, cê acredita mesmo que a gente vai sair vivo quando esse ataque chegar a Obambo?

— Sozinhos, nunca. Precisamos de reforços. O povo dessa favela não tem condições de enfrentar as forças tenebrosas que se aproximam. Só um tipo de pessoa pode nos dar esse suporte: meu antigo grupo, os malungos.

— Tá me pilhando, Moss? Cê não disse que eles desapareceram ou coisa do tipo?

— Sim, desapareceram. Aqueles que me apoiaram na construção de Nagast se foram, abandonaram o conhecimento dos ancestrais, mas não por descuido ou desdém. Foi pela sobrevivência. Eles morreram em combate por suas famílias e pela comunidade. A ligação deles com essa terra é forte. O rugido de sua alma no prédio da Liga iluminou minha visão sobre os outros mundos. Foi então que enxerguei todos os outros que estavam aprisionados na neblina de Asanbosam. — Moss fechou os olhos, como se pudesse ver os antigos aliados em sua mente. — Eles ainda estão aqui, almas guerreiras perdidas no escuro. Sua irmã tem trabalhado em uma forma de rastrear esses receptáculos. Podemos vencer se os trouxermos para a batalha. Você será capaz de despertá-los para lutar.

Eliah não estava confortável com aquela conversa.

— Tu tem muita certeza do que diz. É isso que significa ser uma Oráculo? Porque eu ainda duvido que consigo ativar um desses artefatos sequer.

— Não é certeza, Eliah. É fé — ela concluiu.

O rapaz ficou pensativo. Estava avaliando o que responder quando eles foram interrompidos por Misty, que chegou com preocupação estampada no rosto.

— Vocês precisam ver isso aqui. Agora.

A hacker projetou no ar um painel com a imagem da Fronteira. Zero, que falava com alguém numa conexão, desligou o comunicador e se aproximou a tempo de ver dezenas de carros militares se aproximando, carregados de soldados com as mais pesadas armas de extermínio.

— Tão fechando o cerco. Não tem pra onde fugir, já era. Eles podem ficar meses ali, esperando alguém chegar pra começar o ataque — constatou o chefe dos mecânicos, pensando nos próximos passos. — Vou encontrar as Cabeças de Obambo. É hora de preparar a luta. A treta pode ser loca, mas a gente vai ser mil vezes mais loco que ela.

Antes que ele saísse para falar com os líderes da comunidade, Misty conseguiu complementar:

— Gente, não acabou. Tem ainda uma coisa estranha, uma interferência na rede. É como se alguém tivesse tentando transmitir uma mensagem. Isso tem atrapalhado as conexões com as câmeras de Nagast. Sei lá, se isso continuar assim acho que vamo perder essas imagens daqui a um tempo.

— Será que a Hanna pode te ajudar a decodificar isso? — perguntou Moss. — Afinal, ela decifrou a linguagem dos malungos.

— Deixa essa comigo, velha. Eu dou conta — Misty respondeu, sentindo uma ponta de ciúme. Ela era uma hacker habilidosa e queria ser reconhecida por isso. Só o que lhe faltava era Zero ouvir aquilo e duvidar que ela era a melhor no que fazia.

Fosse o que quer que fosse a interferência na rede, não seria algo que ela não pudesse solucionar. Fechou a projeção e saiu da sala de vigilância logo atrás de Zero, levando consigo o arquivo para decodificar a mensagem.

Moss deixou o galpão e caminhou até o ponto mais alto da favela, o Pico da Lua. De lá, pôde ver a paisagem detrás das lajes no morro e ouviu os barulhos das motos que subiam as ladeiras. Ao longe, teve um tímido vislumbre da Árvore dos Dois Mundos. As explosões não tinham sido capazes de abalar suas estruturas, e, mesmo que tivessem sido, ela absorvia dos céus o poder de autorregeneração. Naquele momento, estava silenciosa e sem nenhuma movimentação.

"Esse tipo de silêncio não é comum para a realidade dos espíritos, está mais para vazio do que para paz", refletiu. Moss fez suas oferendas aos Deuses e invocou alguns dos seus Oráculos. No transe, viu Obambo ser tomada por touros, javalis, onças e todo tipo de espíritos selvagens. A mulher sentiu naquele instante a possibilidade de restaurar a harmonia e a conexão ancestral dos dois mundos. A sensação parecia um presente dos Deuses, mas seu Oráculo logo mostrou também o outro caminho. As almas das feras desapareceram como cinzas queimadas, o fogo começou a tomar conta de tudo, a fumaça subiu com cheiro de enxofre. Crânios e ossos se acumulavam pelo chão, e no centro desses crânios havia um androide metalizado criado com um corpo Cygen.

As peças de metal machucavam a pele da criatura, mas o sangue que escorrera agora parecia endurecido. A boca se fechava com pele rasgada e aço fundido, formando uma grade, como se fosse um capacete, mas os olhos amarelados e os cabelos platinados eram capazes de congelar de medo a mais antiga dos sacerdotes de Nagast. Mesmo em forma diferente, ela conseguia reconhecer a presença.

"Asanbosam está no mundo dos vivos", entendeu.

Essa era a única explicação para as mobilizações militares se aproximando de Obambo. O bruxo já tinha homens e mulheres sob seu comando, liderava os exércitos. Aquele alarme de terrorismo tinha sido um embuste, uma justificativa para o massacre.

Moss ficou até o final da tarde no Pico da Lua, observando as lajes que desciam o morro, fazendo outras oferendas para os seus Oráculos. Antes que a noite caísse, recebeu uma mensagem de Hanna: "*Ele está aqui. Preciso da sua ajuda*".

Quando a anciã voltou para a garagem, viu Eliah com a irmã. O semblante deles não era de medo, pelo contrário. Os dois pareciam vibrar de felicidade. Ela se aproximou a tempo de ouvir o rapaz falar:

— Cê é zica, mina. Que foda. Pensei que não ia mais trombar esse maluco por aqui.

— Do que vocês estão falando? — quis saber Moss.

— Moss, olha isso! — Eliah parecia um menino com aquela empolgação na voz. — Hanna conseguiu reconstruir uma parte do Bento, a Inteligência Artificial Mandinga, e ele assumiu o controle dos servidores aqui.

— Que notícia maravilhosa! Bento pode nos ajudar a rastrear os outros malungos — disse a velha, porém seu pensamento já estava no que fazer a seguir. — Mas a presença dele ainda é pequena. Falta a conexão espiritual que dá força para sua existência e sua presença neste plano.

Eliah assentiu com a cabeça.

— Eu tentei resgatar ele, Moss, lá no Distrito mesmo. Aquele Cygen danificou o receptáculo e acho que matou a alma do Bento. Hanna conseguiu resgatar as memórias dele como uma IA normal.

— Hoje você é a única pessoa capaz de conectar um receptáculo com o mundo dos ancestrais, Eliah. Hanna — disse a anciã, sem se voltar para a garota —, devolva o receptáculo de Bento para o seu irmão. — A garota colocou o dispositivo nas mãos dele, e Moss olhou fixamente para o rapaz. — Segure e feche os olhos, eu serei sua guia. Tente se lembrar daquela sensação de quando você despertou no prédio do Distrito. Você vai sentir uma poderosa luz no seu caminho. Siga essa luz.

Moss riscou no ar um símbolo Orisi, que brilhou em cor púrpura e flutuou até entrar no peito do garoto. Lentamente, Eliah mergulhou em seus próprios pensamentos. Ele sentia que estava transcendendo do mundo dos mortais enquanto Moss cantava cânticos cadenciados com seus passos ao redor deles. Um cheiro de incenso subiu, ajudando-o a se conectar com o plano dos espíritos e atravessar para o dos ancestrais. Em meio ao cheiro de incenso, Eliah percebeu que sua respiração estava forte. Puxando o ar, notou o aroma de orvalho, de grama molhada, no meio de uma grande floresta tropical.

— Moss, estou perdido. Moss… — Sua voz sumia no meio da grande floresta.

Não havia ninguém próximo a ele. Ele escutou as folhas se agitando ao vento e pôde sentir a presença de feras que se arrastavam ao redor.

"Acalme-se, meu filho. Sou sua guia, estou contigo. Siga seus instintos e encontrará o caminho que os Deuses desenharam pra você."

Eliah continuou caminhando na floresta e avistou um palácio dourado com inscrições ge'ez. Quando se aproximou, viu que a fortaleza era protegida por guardas com grandes lanças de batalha, que apontaram na direção do garoto.

"Não se intimide, Eliah. Seu espírito tem autoridade neste palácio. A passagem estará aberta para você."

Eliah olhou os guardas nos olhos, e eles reconheceram a dinastia daquele palácio no fundo de sua íris. Então baixaram as lanças e abriram os portões. Eliah caminhou até um salão com pilastras enormes, cheio de tapetes e símbolos antigos entalhados em pedra. Quando olhou pela passagem de ar, uma abertura na parede que formava uma janela, percebeu que aquele palácio estava escavado na rocha de uma montanha sagrada. A construção magnífica, cheia de pedras preciosas, tinha um corredor que levava até um altar. Eliah viu um homem parado do outro lado do corredor.

"Ele é o juiz deste Palácio, é quase uma divindade aqui."

— O que ele quer de mim?

"Os espíritos não querem sacrifícios de sangue nem rituais de dança. Isso tudo são artefatos e símbolos do que eles realmente desejam dos mortais..."

— Eu não tenho nada a oferecer — disse Eliah, e lembrou-se de sua história, do pai que não conhecera, da mãe que nunca o acompanhara e que, no leito de morte, lhe apresentara a irmã, que se tornara a única coisa valiosa de sua vida.

Eliah atravessou o corredor e o juiz esticou as mãos, oferecendo numa delas uma chave dourada. Na outra, Eliah viu uma tigela. Pegou a chave e, olhando ao redor, notou uma porta de madeira com a fechadura no mesmo tom acobreado dela. Testou e a porta se abriu, revelando um jardim ornamentado com flores e um riacho. Antes de atravessar a porta, entendeu que deveria levar consigo também a tigela.

Eliah sentiu medo ao se aproximar das águas, que corriam com ferocidade. Suas lembranças carregavam a mesma força. Ele se lembrou da traição de Zero, da luta contra

Inpu, e enxergou o reflexo da favela de Obambo nas águas. As emoções o fizeram se sentir pesado, e ele caiu de joelhos.

"Você passou a vida dedicado à sua própria sobrevivência, no máximo à da sua irmã. A luta solitária afasta nossa consciência do conhecimento de nosso povo, é o que o mundo deseja para cada um de nós. É também o plano de Asanbosam para render cada alma de Nagast. Agora você está nos jardins do Palácio dos seus ancestrais, e eles lhe deram a chave para continuar sua dinastia neste mundo."

As águas foram se acalmando, e no reflexo delas apareceu uma estrela brilhando como o sol. O jovem afundou a tigela no riacho e a encheu com a luz da estrela. Levantou-se e olhou para a porta, de onde o juiz o observava. Lavou-se no brilho das águas.

Seus olhos se abriram no meio do ritual de Moss, que tocava seu peito com força. Os olhos dele emanavam aquela luz solar, que desceu para seus braços e energizou o receptáculo em suas mãos. As luzes começaram a piscar, e Eliah percebeu que estava de volta ao galpão, onde os dispositivos computacionais falhavam, o clima tomado por uma onda sobrenatural. Quando tudo voltou ao normal, Moss sorriu e disse:

— Pode entrar, malungo.

Antes que Eliah e Hanna conseguissem se dar conta do que ela dizia, ouviram uma voz vinda de um canto da sala:

— É bom estar de volta. — Era um homem encapuzado. Eliah conhecia a voz, que prosseguiu: — Com toda a licença, minha senhora.

O homem retirou o capuz, e Eliah reconheceu Bento. A Inteligência Artificial Mandinga abraçou o rapaz, que se emocionou. Bento continuou:

— Tem algo diferente. Não estou num receptáculo conectado ao garoto.

— Fiz umas modificações, malungo — interferiu Hanna, com um sorriso no canto da boca, orgulhosa de sua participação no processo que fora finalizado com a ajuda de Moss. — Você agora tá em toda a velharrede. Provavelmente vai conseguir se mover por esses dispositivos de Obambo. Preciso da sua ajuda pra encontrar sinais de outros receptáculos, decodificando essas informações que a Moss passou.

Ainda impactado com o transe, Eliah viu um novo símbolo Orisi tatuado nas costas de sua mão direita. "Essa é a chave da minha dinastia." Decidiu pensar com cautela. Ele sabia que Bento não tinha como acabar, sozinho, com todo o exército do Distrito e com as habilidades dos Cybergenizados, que ele conhecia por experiência própria.

— Não é hora pra ficar tão alegre, rapaziada — disse Eliah por fim. — Olha lá fora, aquele céu avermelhado e sinistro, os milicos juntando forças na Fronteira, o bicho vai pegar, tá ligado? E aí, Oráculo de Nagast, como a gente vai resolver esse bagulho? Eu ainda não tô vendo solução.

— Não se aflija ainda, garoto, estamos aqui lutando — respondeu Moss, com a voz tranquila. — Este povo é forte. Passou por provações ao longo dos milênios e se manteve forte. Não é a primeira vez que querem nosso extermínio. Você cresceu em uma comunidade criada para se autodestruir, para se matar através de violência física e mental. E o que você fez?

— Sei lá, só dei meu jeito.

— A sobrevivência é uma arte ancestral adormecida em sua alma. O mundo faz de tudo para ela ficar ali, parada, e mesmo assim ela dá sinais no dia a dia. Você está aqui, de pé, porque despertou essa arte.

Moss bateu um pé no chão com força e elevou as mãos, formando um Orisi de proteção sobre sua cabeça.

Ela caminhou em um círculo, arrastando os pés e abaixando as mãos para tocar a cabeça de cada um. A energia do Orisi acompanhou os sinais ritualísticos e se espalhou dentro do círculo desenhado pelo caminhar de Moss, abençoando, assim, todos daquele grupo.

— Agora a história não é mais sobre resistir, é sobre ultrapassar esse nível para garantir a vida, não apenas de Obambo, mas de toda a Nagast. Lutar sozinho é um ato legítimo de sobrevivência, mas, quando nos unimos às lutas de outros que têm o mesmo desejo de viver, esse ato se torna uma revolução.

— É nóis! — responderam Eliah e Hanna, subitamente animados.

Bento apenas sorriu.

Quando a euforia passou, Hanna saiu do galpão com o irmão. Eles percorreram Obambo em uma das motos de Zero, que tinha rodas largas e potência para subir morros e atravessar escadarias. A paisagem estava mais inóspita que de costume. As pessoas retiravam entulhos das ruas e montavam barricadas, muitas pedras e latas eram enfileiradas para impedir a entrada de camburões e carros de guerra. As crianças foram deslocadas com os idosos para o alto do morro. Ali à frente permaneceram a galera mais sangue no olho e os homens que trabalhavam para as Cabeças da comunidade.

Hanna e Eliah subiram pelas vielas e escalaram o telhado do barraco em que viviam. Ele era quase todo de telhas, mas havia uma laje aberta que parecia uma sacada. Hanna costumava deixar umas plantas por lá, mas nunca se lembrava de regar, e elas murchavam sempre sob o sol quente que batia ali na maior parte do dia.

— Vai ficar tenso, né, maninho?

— Eu não queria que você passasse por isso... As coisas fugiram do controle. É muito além de tudo que a gente já viveu.

— Eli, desencana, nem tudo tem que estar nas tuas costas. Cê é tudo o que eu tenho na vida desde que a mãe se foi. — Hanna chegou perto do irmão, e ele colocou as mãos nos ombros dela.

— Boto fé, Hanna. Eu achava que nunca ia ter nada pra me preocupar, e aí te conheci. Só que o bagulho não é ficar me preocupando. Aprendi muito contigo, cê me fez um cara melhor. Acho que, se não tivesse você me esperando em casa, saca, eu tava perdido por aí. Na real, foi tu que me salvou quando fez esse lance com o Bento. Cê é sinistra.

— Eu ocupei meu tempo com as coisas que você me trazia. A verdade é que a gente faz uma bela dupla — disse Hanna, e a ideia a confortou. — Mas e agora? Quero saber de você... o que a gente vai fazer? Não quero mais passar por isso, achei que você não voltava mais.

Eliah sentou-se na laje. Ao longe, o sol começava a se pôr, e os moradores de Obambo fechavam as janelas com telhas, lataria ou cortina de tecido. Alguns leds foram acesos; a paisagem meio bagunçada construía uma tela colorida que, naquele momento, apesar da tensão, trouxe uma nostalgia boa para os irmãos.

— Também achei. Sabe, não tenho nenhuma ligação com esses lances de religião, fé... Foram sempre minhas próprias mãos que fizeram tudo. Agora consigo sentir essa coisa dos espíritos, e de algum jeito isso me dá conforto. Não sei explicar direito, mas acho que é o significado daquela palavra... esperança. Entende?

A garota riu, sabendo que era difícil para o irmão externar aquele tipo de sentimento.

— Acho que isso que é a tal fé, tá ligado?

— É, deve ser — ele respondeu, e a garota sentiu que o pensamento dele já estava em outro lugar. Eliah continuou falando: — O plano da Moss pode funcionar, ela acha que a gente pode reunir a força dos receptáculos desaparecidos. Com você ajudando, eu sinto mó firmeza. É o que eu sei. Recebi dos espíritos essa chave, tenho que tentar até o fim.

— Tamo fechado, então. Vamo atrás dessas relíquias. Sei que, quando a hora chegar, você vai soltar faísca do olho de novo, fazer essas palavras brilhar aí pela sala. — Hanna deu aquela risada que fazia o irmão lembrar quanto gostava dela.

Eliah se levantou e imitou Zero: braços cruzados, cara de mau. A irmã gargalhou.

— Espero que cê não esteja me tirando — ele disse, tentando soar como o ex-chefe e deliciando-se com a risada de Hanna. Depois, parou e pensou sobre a situação, e seu semblante voltou ao normal. — Como foi esses dias com o Zero?

— Ele é meio assustador, ainda é difícil confiar. Ele tem um plano, mas, tá ligado? É como se a gente tudo fosse...

— ... só uma peça do plano dele, é isso mesmo. É como ele faz. Tem que ficar ligeira pra não ser só mais uma que ele vai descartar quando não for mais útil. Deixa sempre uma porta aberta, sacou?

— Peguei. Deixa comigo.

— Você vai precisar ficar com ele mais um tempo quando eu for atrás dos receptáculos. Vou trocar umas ideias com a Moss, ela vai ficar de olho.

# UMA VISITA AO PASSADO DE ZERO

Zero estava com as Cabeças de Obambo, que àquela altura já tinham se atualizado sobre os últimos acontecimentos e se prontificado a ajudar no que fosse necessário.

— Olha os caras cercando a gente, tá loco. — Bezerra tinha projetado um mapa, no qual planejara as trincheiras da comunidade e as barricadas.

— As comunicações tão avariadas, muita interferência. Deve ser coisa dos Cygens ou daquele bruxo que invadiu a mente dos meus homens — disse Keisha, enquanto analisava comunicadores antigos depositados sobre a mesa, a maior parte deles enferrujada ou quebrada. Selecionou alguns dos menos avariados e os estendeu para os colegas. — É mais seguro usar essa velharia aqui, radiofrequência de ondas curtas. Peguem alguns, vamo ficar em contato. Evitem a conexão com o Distrito. Não quero ter que meter bala em vocês por virarem zumbis.

— Tenho certeza que você ia adorar isso — debochou Barba.

Discordâncias à parte, todos ali tinham uma preocupação específica: proteger as crianças. Especialmente Zero, que ainda era só um pré-adolescente quando testemunhou uma das carnificinas mais violentas jamais vistas em Obambo, no terreiro de Tia Cida, e não desejava a ninguém tão jovem passar pelo mesmo.

As Cabeças precisavam pensar em rotas de fuga e em quem poderia ficar responsável pela garotada se tudo desse errado. O chefe dos mecânicos tinha esperança de que as comunidades do litoral fossem um bom destino. Sabia que aquela gente nunca entraria numa batalha pra ajudar os obambos, ainda mais contra os Cygens, mas também não deixaria crianças desamparadas se elas aparecessem precisando de ajuda.

Quando voltou à garagem, Zero foi surpreendido com a presença de Bento. Por uma fração de segundo, achou que fosse um homem, mas Misty o apresentou como a IA Mandinga. Olhando melhor, o chefe dos mecânicos percebeu, pela maneira como Bento se movia, que o corpo dele era construído por projeções com partículas.

Zero tinha passado as últimas décadas investindo em seu plano de vingança contra Nagast, que dependia em grande parte da descoberta de como ativar a Inteligência Artificial Mandinga, e de repente uma versão dela estava ali, bem na sua frente.

— Porra, é isso. Agora a gente começa a brincar contra esses filhos da puta do Distrito — disse ele a Misty. — Keisha tá com medo daquela coisa que tu falou que tá fritando o cérebro da galera, a interferência que dá em toda comunicação desde que a gente voltou de Nagast. Ela reparou também. A gente precisa criar uma barreira ou sei lá o quê. Deve ser com essa coisa sonora que a criatura invade a cabeça da galera e controla tudo.

— Tô trabalhando nisso, Zero — disse Misty, abrindo o espectrograma de um ruído recebido pela comunicação. Parecia haver códigos antigos desenhados entre as linhas. — Isso aqui não é coisa dos malungos, não tem nada com Orisi também. Desde que a gente recebeu a primeira transmissão, comecei a decodificar. Quando eu terminar, a gente vai conseguir reverter ou anular os efeitos desse som que chega pela velharrede.

Com a ajuda de Bento e as informações da máscara de Moss, Hanna tinha conseguido criar um rastreador dos antigos receptáculos e confirmou que estavam enterrados na região da Vila Tamuiá, onde séculos atrás ficava o Morro Clemente, local de origem de Moss e dos malungos.

— Eu devia imaginar que eles iam conseguir esconder os receptáculos. Tamuiá tem uma fé resistente, eles se afastaram de Nagast e se isolaram quando os Cybergenizados recriaram a Liga de Higiene Mental. Não estão integrados nos sistemas de informação do Distrito e desconfiam de todos que chegam de fora. Não vai ser fácil entrar naqueles muros e convencer os líderes a se envolver nessa batalha — disse a anciã.

— Qual é, Moss? Se essa galera é a sobra da sua comunidade, eles vão te ouvir, te dar algum valor. Vamos resolver esse lance com eles.

— Não é tão simples, Eliah. Eles se isolaram justamente depois que eu assumi Nagast. — Moss caminhou até uma janela e olhou na direção de onde estaria Tamuiá, na outra extremidade do Distrito. Eliah acompanhou a anciã, tentando imaginar como seria esse lugar que ela continuava a descrever: — Em algum momento, eles ficaram com medo. Me disseram que não deveríamos atravessar a linha dos dispositivos computacionais que interferem no mundo ancestral. Por isso abandonaram os receptáculos, e acredito que tenha restado algum ressentimento. Vai ser difícil inclusive convencer os atuais líderes de que aquelas coisas estão enterradas ali.

— Eu vou. É a única forma — disse Eliah, cerrando os punhos.

Ele olhou para a estrada no horizonte, onde faróis de veículos e drones piscavam ao longe, revelando fileiras abarrotadas de militares rumo a uma verdadeira chacina em Obambo. O jovem sabia que seria uma viagem sem volta para a sua realidade. Obambo e toda a dinâmica que ele conhecia ficariam de vez para trás quando voltasse a atravessar a Fronteira rumo ao Distrito.

— Asanbosam controla toda a Nagast — disse Moss. — Onde você estiver, ele enxergará sua sombra e ouvirá seus passos. Ele vai te perseguir.

— Ele vai tentar, mas sou ligeiro. Antes mesmo desses dons Orisi, antes dessa coisa dos espíritos, eu já era um dos melhores caçadores da comunidade. Se precisar sumir, eu sumo.

— Pode pá, Eliah, tu é pica e eu boto fé — corroborou Zero, dando um soco na mesa. — Tem que trazer esses trecos aí. Se eles forem salvar nossa comunidade, vamo pra cima. Primeiro, vamo descobrir um jeito de atravessar de novo pra Nagast, não tenho mais como facilitar. Qualquer um de nóis que aparecer perto das grades vai levar pipoco!

Bento observava a conversa enquanto identificava os receptáculos nos mapas do sistema de Hanna. Projetou no centro da sala as informações de localização e apontou para um sinal no meio de Obambo.

— Atravessar não vai ser o problema. Encontrei um jeito. Mas vai te colocar cara a cara com o bruxo.

O sinal da projeção de onde seria possível atravessar marcava os escombros do antigo terreiro da Tia Cida. Todos se aproximaram para prestar atenção ao plano. O lugar agora era só entulho, madeira, lama e um monte de ferragem. Zero ainda tinha na memória as cenas da chacina que vira acontecer ali, por isso não conseguia se concentrar direito no que Bento descrevia. Mesmo assim, resolveu guiar os parceiros até os escombros.

O grupo pegou atalhos entre barracos e esgoto aberto nas ruas e parou bem em frente ao que tinha sobrado da antiga entrada.

— Lembro daqueles arrombados entrando por essa porta. Agora é só uma lasca. Os caras desceram com sede, quebraram tudo, meteram bala. Por isso não tem como cair na ilusão, não, tem que retribuir na mesma moeda.

Os escombros cobriam vielas inteiras, formando paredes que escoravam barracos.

— Bento, tá por aí?

— Eliah, ele não consegue se materializar sem um dispositivo agora, tem que estar perto de alguma coisa do tipo. Eu tô com meu dispositivo computacional no pulso, então pelo menos ele consegue ouvir daqui e dar as coordenadas. — Hanna mantinha a comunicação com a IA Mandinga. Bento não soube descrever o que precisavam encontrar, apenas disse que um poderoso artefato estava escondido debaixo da destruição.

— Saquei. Tem certeza que é aqui mesmo? Como que a gente entra?

Zero passou as mãos pela parede, procurando algum sinal.

— No dia da chacina, eu escapei por uma das rotas de fuga que a gente tinha construído por aqui. A gente cravou o arco e a flecha de Oxóssi nas portas secretas. Essa entrada está toda tombada, vai ser impossível entrar por aí...

Zero continuou pela rua, como se seguisse uma pista. Em sua mente, reconstruía o caminho da fuga. Era uma cena que criança nenhuma deveria viver. Ele havia se arrastado depois de ser atingido por tiros nos braços e de raspão na perna, sendo empurrado por Tia Cida para dentro do guarda-roupa. O fundo do armário era falso, de modo que ele caiu em uma vala. Foi quando ouviu o tiro que arrancou a vida da ialorixá.

— Me ajuda aqui, galera! — disse Zero, empurrando cabos amontoados em uma esquina. Debaixo deles havia uma pedra de mármore com um grande arco, suja e com rachaduras. — Essa é uma das passagens. Ela marca a saída, mas está emperrada. Vamo estourar isso.

Com uma pistola, ele acertou balas de plasma que destroçaram a pedra, dando vazão à rede de esgoto que fazia pressão dentro do túnel. Eles esperaram o fluxo de lodo diminuir.

— Hanna, fica por aqui. Vou resolver esse lance com o Zero — disse Eliah, olhando com insegurança para a irmã, que retribuiu o sentimento no olhar. Moss se aproximou.

— Cuidado, garoto. A energia da tragédia ainda paira sobre este lugar.

Eliah e Zero se arrastaram pelo túnel lodoso, entre ratos e baratas que corriam por suas roupas.

— Cuidado aí. Vai jogar essas baratas na minha cara, caralho, Eliah.

— O que a gente tá procurando aqui?

— Aquele malungo disse que tem um receptáculo poderoso, mas a gente não tem nem ideia de como é. Vamo vasculhar. Deve ser algo diferentão. A gente leva o que der pra ele reconhecer.

O clima entre os dois era pesado, mais difícil que o próprio túnel. Zero sabia que precisava reconquistar a confiança de Eliah após tê-lo entregado aos Cygens. Os minutos de silêncio entre as frases evidenciavam o desconforto, mas ambos sabiam que isso não podia impedi-los de seguir na missão. A certa altura, o líder dos mecânicos disse:

— Às vezes, a gente é empurrado pra colaborar com quem a gente nem confia. A gente não é dono das negociações, mas não quer dizer que não pode tentar fazer algo de bom com elas. Tá me entendendo?

Mesmo que estivesse, o jovem preferiu não responder. Apenas seguiu em frente. Estava difícil respirar. Chegaram a um cômodo da antiga casa que, milagrosamente, estava livre de escombros. Havia várias inscrições Orisi entalhadas na madeira do piso.

— Esse lugar foi protegido.

— Não é o que eu tenho na memória. O que lembro bem é o momento em que as balas atravessaram a cabeça dos pivetes.

— Se liga, Zero. Essa linha entre a vida e a morte não existe no mundo dos ancestrais.

— Tá querendo pagar de entendido agora, rapá? Se liga tu — disse o líder, que achava que Eliah estava falando de coisas que não entendia.

— Eu atravessei essa linha — explicou Eliah, entendendo que a conversa seguia por um caminho estranho. — Sei do que tô falando, sem caô, carai.

— Cê acha mesmo que um ancestral, um espírito elevado e essa coisa toda, taria num moleque que assalta carro por aí, morador dessa vala que é Obambo?

O líder dos mecânicos era controlador com as informações que circulavam na comunidade, e a história do espírito em Eliah chamara sua atenção. Desde o ritual que reativara Bento, as palavras de Moss ficaram em sua cabeça: "O espírito de um guardião ancestral se revelou em você".

— Vá se fodê, Zero. Eu manjei, tá ligado? Só porque não acredita em você mesmo, tu acha que todo mundo daqui merece o mesmo destino. Mas teus planos só servem pra ti. Tu nunca percebeu que tudo ao seu redor se destrói, só fica você.

A discussão terminou com o barulho de escombros se movendo. Os dois viram, ao longe, uma senhora fantasmagórica passar andando pela sala até o corredor.

— Tia Cida! Puta que o pariu, que merda é essa?

Sem acreditar no que via, Zero se lançou em perseguição ao fantasma da sua ialorixá. Eliah o seguiu. No final do corredor, encontraram uma égide entalhada no solo, com símbolos Orisi que brilhavam e projetavam a mãe de santo.

— É isso, um receptáculo! Ele que armazenou os vestígios dessa senhora. Deve ser poderoso — disse Eliah.

Ao tentar tocá-lo, entrou em transe. A luz atravessou de seus braços a seus olhos. Sem entender exatamente o que acontecia, o rapaz absorveu as últimas memórias de Tia Cida. Viu o momento em ela que empurrara Dan, que ainda não era Zero, para dentro da passagem secreta. Também descobriu que mantinha ligações com os malungos que resistiam na Vila Tamuiá e que dominava Orisi. A palavra "Bakhna" se formou em sua mente.

Logo as memórias foram escurecendo, tomadas por uma sombra que cobriu o lugar. O som de garras raspando nas paredes se fez ouvir, e um ser monstruoso saltou sobre Eliah, que imediatamente voltou do transe. Viu o receptáculo em suas mãos, desativado, e o arremessou ao chão com o susto.

— O que foi, malandro? O que tu viu?

— Nada que possa ajudar ainda. Pelo jeito, a vida de devoção da Tia Cida foi o suficiente para manter esse artefato ativo até hoje. Vamo levá essa coisa pra Moss e pro Bento, bora.

Eles se apressaram, pois as paredes daquele último recinto começavam a desabar, enterrando, finalmente, a história daquela casa e sua chacina.

— Ela era zica! — disse Eliah, rompendo o vazio do retorno. Zero entendeu de quem ele falava.

— Céloko, a mulher cuidou de uma pá de neguinho aí, nem se conta quantos. Deu a vida pra gente. Se existia essa coisa, ela era a verdadeira santa.

— Mesmo depois de morrer, ela continuou cuidando da comunidade — disse Eliah, concordando. — Essa égide vai salvar a gente agora.

Quando os dois pisaram do lado de fora da casa, Hanna e Moss correram ao encontro deles. Os olhos delas brilharam ao ver o artefato nas mãos de Eliah. Fazia tempo que a anciã não punha os olhos em um receptáculo tão poderoso, feito por alguma sacerdotisa prodigiosa. Cada circuito era desenhado com fios de ouro e cobre e inscrições na linguagem divina.

— Mas o que isso faz? — quis saber Hanna.

— Esse artefato é capaz de abrir uma ponte — respondeu Moss. — Foi o que Bento identificou no sistema. Essas pontes dão saltos de um lugar a outro pelo mundo dos espíritos.

— É tipo um portal?

— Com uma ligeira diferença. Com ele, a gente abre uma porta até o próximo receptáculo capaz de se conectar com essa ponte. É uma viagem só de ida, mas assim você entra em Nagast sem precisar enfrentar o exército na Fronteira, pronto para assassinar o primeiro obambo que tiver coragem de se aproximar.

Eliah olhou para cada detalhe da égide. "Quer dizer, vai me jogar no meio do inferno sem nenhuma corda de segurança pra voltar."

# MISTY ENCONTRA O DESCONHECIDO

Misty continuava investigando os ruídos que atrapalhavam a comunicação na velharrede. Acabou recrutando dois gamers para o grupo que tinha chamado de Jaguar: Léti, uma adolescente órfã com memória absurda para equipamentos do jogo e mapas, capaz de decorar localizações como uma máquina, e Milton, um gênio da precisão, que se relacionava com números com a mesma habilidade com a qual lidava com as garotas da comunidade, um mestre da engenharia social e do trap.

Misty estava com os dois no seu barraco. Com o apoio de Zero, ela escondia dispositivos computacionais com processadores de última geração, hubs de conexão por satélite e um sistema de firewall para camuflar tudo. Tinha que parecer um barraco comum, sem eletricidade, pois assim ela conseguiria manter o sigilo em meio ao caos.

"*Onde você tá, mana? A gente vai buscar aquele lance que a IA mostrou*", disse Hanna por mensagem. Ela estava preocupada com o isolamento da nova amiga.

"*Vai na tranquilidade, garota. Tô resolvendo aquele lance do ruído. Já mexo com a manutenção da velharrede há um tempo, melhor garantir que a parada funcione. Achei mais gente pro Jaguar, depois te apresento. Resolve as coisas aí e me avisa.*"

Misty passava horas analisando o espectrograma para decifrar a mensagem. Escutava trechos com ruídos diferentes enquanto seus parceiros tentavam invadir a rede do Distrito e rastrear a posição de quem emitia aquele som.

— E se isso seguir alguma linguagem secreta como a dos malungos?

— Pensei sobre isso, Milton. Se for, a gente não vai ter muito tempo pra decifrar, não do jeito mais comum.

— Talvez seja parecida, use uma lógica idêntica — especulou Léti. — Se for assim, a gente podia usar um desses tais receptáculos como decodificador.

— Real, Léti. Eu podia dar outro beijo na tua boca por essa ideia — disse Misty rindo, embora não fosse só uma piada.

— Quando foi que as coisas ficaram quentes por aqui? — quis saber Milton, tentando entrar no jogo. — Ainda preciso de algum teste pra esse recrutamento especial, Misty?

— Fica na sua, malandro, tem nada pro teu bico aqui. Vamo focar nessa ideia de usar um receptáculo como decodificador. Vou dar um jeito de conseguir um. Trabalhem aí no acesso aos dispositivos computacionais de Nagast, já volto.

Misty andou apressada pelas ruas esburacadas e percebeu que a própria geografia de Obambo parecia ter mudado, com casas derrubadas e vielas novas se preparando para o conflito anunciado por Moss. Foi até a garagem, entrou com o acesso de Zero e correu para o quarto dele.

"Não convide uma hacker pra dentro da sua casa, meu bem", pensou, rindo para si mesma. Em poucos segundos, desbloqueou a trava do quarto e entrou. Era um luxo.

— Ca… ra… lho! Que porra é essa colcha? Parece feita de nuvem!

Uma grande tela desceu do teto, tocando uma música alta, funk do novo século.

"Só tem uma coisa que dá mais tesão no Zero que essa mulherada dos clipes: armas", pensou. O cara guardava num closet os seus brinquedos, como ele chamava. Tinha todo tipo de coisa, a maioria nunca vista em Obambo, resultado de negociação com a polícia do Distrito. No meio de tanto poder bélico, ela achou a única peça em que estava interessada: o machado com um receptáculo no cabo. "O cara vai me matar se souber que desmontei isso. Tomara que dê certo, aí ele vai me dar moral." Aproveitando a ausência do pessoal na garagem, Misty mexeu com calma no dispositivo e levou para seu barraco.

— Com esse receptáculo ligado aos dispositivos computacionais — disse para os gamers ao chegar —, a gente decodifica a mensagem, se estiver na linguagem dos antigos malungos.

Com a ajuda dos dois, conectou cabos, atualizou bibliotecas e transferiu o ruído para os circuitos do receptáculo. Uma mensagem começou a se formar nas telas.

— O espectrograma tá ganhando forma — disse Léti, eufórica com as luzes que passavam de um lado ao outro à sua frente.

O campo magnético que crescia em torno do receptáculo era tão assustador quanto belo e envolvente. Misty pegou os fones de ouvido e se aproximou do dispositivo:

— Manda o som decodificado pra cá. Rápido!

Quando o áudio foi direcionado, o dispositivo foi tomado por uma onda de choque escura que sobrecarregou o sistema.

— Não tô conseguindo desligar. Vai torrar o cérebro da Misty — disse Milton, nervoso.

Léti e ele viram a eletricidade escura tomar os fones enquanto Misty ouvia um ruído crescendo a níveis ensurdecedores e sentia como se seus tímpanos estivessem sendo rasgados por garras afiadas.

— Nããão! — gritou, quase sem conseguir pronunciar o nome. — Asanbosam!

O nome do bruxo saiu gutural e eletrônico. Todos os aparelhos do barraco começaram a queimar e soltar faíscas, enquanto Léti e Milton se encolhiam. Misty parecia aprisionada no choque elétrico e na transmissão da voz do bruxo. A corrente saltou dos fones para seus olhos, e ela foi suspensa por toda a energia durante alguns segundos. Por fim, todas as coisas se apagaram, e restou um cheiro forte de fumaça no local.

— Precisamos sair, essa fumaça vai sufocar a gente. Me ajuda a arrastar a Misty. — Milton tirou os fones da chefe com cuidado. Léti verificou seu pulso e a respiração. A hacker esboçou palavras ininteligíveis e foi arrastada para fora.

Quando acordou, estava com a visão turva.

— Deu ruim, viu? — Milton avisou.

— Acha que eu não sei? Minha cabeça tá estourando de dor. Aquele ruído era o próprio Asanbosam, a criatura que quer devastar Obambo.

— Porra, tá dizendo que cê ouviu a voz do bruxo?

— Parece que sim, Léti. Vou dar a letra, escutem aqui. Essa história não pode vazar, o Zero e a galera que tá com ele vão perder a fé na gente se souberem o que rolou aqui. Ninguém sabe o poder desse bruxo, mas parece que ele tá ficando mais forte.

— Tô fechada contigo, Misty. Agora, se essa coisa tá ficando mais fodona, a gente tem que contar pros cara.

— Tô ligada. Vamo combiná o papo. Vamo devolvê o cabo do machado pro quarto do Zero. Vai ficar tudo bem.

# ELIAH...

Dias depois, Bento trabalhava com Hanna e Moss na construção do portal. Eles precisavam de muita eletricidade, e o único local que lhes ocorria era o Barracão, o lugar onde Zero promovia suas baladas e seus pancadões. Ao contrário do que todos esperavam, os militares não tinham atacado nos dias anteriores. Isso dava a Obambo tempo de se mobilizar, mas, por outro lado, oficiais do Distrito não paravam de chegar à Fronteira, de modo que mesmo de longe era possível ver um mar de soldados armados até os dentes se aglutinando em cabanas e carros de guerra.

Todas as manhãs, Eliah subia o morro para observar.

— Quando eles vão atacar, Zero? — perguntou o rapaz, quando o mecânico parou a moto na frente dele, com uma leve derrapada.

— Tô encanado pra caralho, mano — disse Zero, tirando o capacete. — Não consigo entender o que tá rolando. Eles ficam ali fazendo o cerco. Podem ficar meses só botando essa pressão psicológica na gente. É pra assustar, pra enfraquecer a gente. Acho...

— O lance é que eles são só o sintoma também — refletiu Eliah. — A doença é o bruxo. A Moss trombou a criatura no outro mundo e descobriu como ele passou a botar ordem no Distrito. Os generais de Nagast respondem pros Cygens que trabalham com Asanbosam. Ele tem esse poder de assumir os pensamentos e os bancos de dados, foi assim que ele enviou os tecnogriots para devastar Tamirat, disparou o alarme pra perseguir vocês e agora manda tropas pra acabar com a raça dos obambos. Ele ataca nuns lugares que a gente nem sabe.

— Cê soube dos caras da Keisha? Dois moleques armados que ficaram malucos do nada começaram a soltar rajada pra cima dos parça, foi maluco.

— Aquele monstro pode entrar na cabeça da galera e transformar os obambos tudo em soldados dele.

— A gente tem que ser mais rápido. Desestabilizar os caras, manja? Eles têm tudo na mão, tão só estudando a melhor hora. A gente tem que transformar isso em vantagem, dar a pior hora pra eles — disse Zero.

Nesse momento, os dois viram, ao longe, um enxame de tecnogriots atravessando a Fronteira em direção a Obambo.

— Até que não é uma ideia zoada, não — reagiu Eliah, depois de um momento de silêncio. — Se a gente bagunça os planos deles, dá pra desviar a atenção da criatura. Bora lá ver esse portal com a Moss. É hora da ação.

Eles levantaram poeira acelerando no morro. Era uma coisa que compartilhavam havia tempos, a paixão pela velocidade. Em momentos como aquele, a lembrança da traição até desaparecia, e Eliah conseguia voltar a ver Zero como um irmão mais velho. Queria fingir que estava tudo bem, mas sem abandonar a desconfiança. "Isso vai me manter seguro", pensava.

Desceram dos veículos na primeira barricada e seguiram a pé pelo cenário de guerra. Encontraram Bezerra alvejando o primeiro drone que chegava a Obambo. O tecnogriot percorreu alguns metros e caiu, destroçado.

— Ahuuuul, cabra filha da puta! — comemorou o líder comunitário, arrastando o drone no chão e jogando-o de lado.

— Começou o ataque. Se preparem! — disse Keisha em voz alta, acenando para que os homens com as metralhadoras se alinhassem na linha de frente.

— Não é o ataque! — berrou Zero, para que todos o ouvissem. — Estão mandando drones pra sacar a gente. Eu tava com Eliah no Pico da Lua, deu pra ver tudo. Os soldados tão lá na Fronteira. Bora deitar essas máquinas na bala.

Hanna e Misty tinham aprimorado o sinal de invisibilidade que a irmã de Eliah costumava usar no barraco deles. O artifício deixou os tecnogriots confusos; eles não sabiam para onde ir e recebiam balas de todos os lados.

As janelas do Barracão brilhavam, com luzes que alcançavam todo o espectro do arco-íris. Ouviu-se uma explosão a certa distância. Eliah sentiu a energia ancestral crescer em seu corpo, mas fez de tudo para suprimi-la naquele momento, concentrando-se em silenciar a mente e acelerar o passo até o Barracão. Suas tatuagens ainda davam acesso à entrada.

Ele viu uma estrutura de metal enferrujado formando arcos sobre a égide. Cabos se conectavam com seus símbolos antigos e circuitos de ouro. Uma centelha queimava, flutuando no centro.

— O que é isso? — questionou Eliah, voltando-se para Moss, que estava próxima à máquina, no centro. Sem conseguir olhar diretamente para a centelha, ele cobriu o rosto.

— É um pedaço do mundo ancestral. A máquina funciona — disse Moss, e então fez um sinal para Bento. Os dispositivos computacionais do Barracão permitiam que ele se materializasse em qualquer espaço dali.

Vendo que o plano funcionava e que não havia outra saída senão enfrentar seus medos, Eliah falou:

— Moss, ele me achou. Asanbosam me encontrou na última vez que ativei a égide resgatada no terreiro da Tia Cida. Sei que ele vem me pegar se meus dons despertarem aqui. A gente não tem mais tempo. A gente tem que correr com esse ataque.

Os outros tentavam processar a informação enquanto ouviam os tiros arregaçando a lataria dos drones pelas ruas. Bezerra parecia gostar daquilo: gritava, eufórico, a cada tecnogriot derrubado.

— Eu sei como é enfrentar esse bruxo. Sei também quão forte é o seu poder ancestral, Eliah — disse Moss, percebendo o medo no coração do rapaz. Qualquer confronto precipitado seria desastroso. — Por mais que não se sinta preparado agora, você será o único capaz de enfrentá-lo.

— Mais um motivo pra gente meter o pé nessa porra toda — disse Zero, e contou aos outros seu plano de iniciar um ataque desavisado à Fronteira.

— Isso me parece suicida, mas a gente não tem escolha. É provocar a onça ou esperar ela preparar sua armadilha para o abate. — Bento projetou o mapa enquanto falava com o grupo, mostrando pontos onde um ataque poderia funcionar naquele momento. Continuou:

— Estão enviando cada vez mais tecnogriots. Querem espreitar nossas defesas, mas não vai demorar até mandarem uma ofensiva, principalmente porque estão vendo os drones sendo abatidos pela turma do Bezerra.

Foi então que Eliah se deu conta de que seria obrigado a sair de Obambo quando a comunidade — inclusive sua irmã — mais precisasse de um protetor.

— Agora que a máquina funcionou, só falta conectá-la com a passagem na Árvore dos Dois Mundos. É a única saída que conhecemos desse portal. Tudo estará pronto no começo desta noite — disse Moss. — Eliah, isso vai te colocar dentro do centro político de Nagast. A segurança lá é redobrada, mas existe uma galeria de fuga que criei. Ela deve estar abandonada, mas pode levar você para os trens subterrâneos.

— Até aí parece moleza, mas como chego em Tamuiá sem ser notado? Não tenho tatuagens que dão acesso aos veículos do Distrito. Fiquei mó cara escondido na Basílica evitando ser escaneado.

— Misty tá trabalhando numa chave que vai dar acesso a todos os dispositivos de Nagast.

A hacker, que tinha se aproximado do grupo com Hanna, explicou:

— É um protótipo. A gente tá trabalhando há anos nessa ideia, sempre foi o plano do Zero. Agora, com a ajuda da IA Mandinga... Vamos testar na fé, mesmo. Se funcionar contigo, vai ser o primeiro passo pra permitir o acesso de todo mundo de Obambo àquela terra de playboyzinho. — A mulher sorriu, com um leve sentimento de vitória.

As horas seguintes se arrastaram, pesadas, carregando a ansiedade da mobilização que o povo de Obambo tinha articulado para tentar sobreviver. Atiradores continuavam derrubando os drones que tentavam entrar na favela, e os que conseguiam desviar acabavam cegos e perdidos com o sistema criado pela equipe do Jaguar. Para dificultar ainda mais, Keisha tinha dado a ideia de manter as luzes desligadas, para tornar mais discreta a movimentação nas vielas. Os apagões eram costumeiros para os moradores, que não se importaram. A noite ficou um breu.

# O ATAQUE

Não se via ninguém andando pelas ruas apertadas ou pelos becos sujos de Obambo. O silêncio era quase total, quebrado apenas pelo coaxar dos sapos e pelos pequenos bichos que se deslocavam pelo solo.

— Não tem volta — disse Eliah, olhando para Zero.

O chefe dos mecânicos estava em cima de um dos carros com os faróis desligados bem na estrada deserta no começo da favela, e apenas de observá-lo era possível perceber que havia algo diferente nele. Segurava seu machado de guerra, que agora estava carregado com inscrições Orisi do amigo. "Antes de partir, dá uma carga, abençoa, sei lá, ativa esse negócio pra mim", ele tinha pedido. Em resposta, Eliah executara um ritual e avisara: "Enquanto você segurar esse machado, seu corpo vai estar fechado para os inimigos". Sem tanta experiência naquele tipo de ritual, Eliah não percebeu, durante o processo, que já havia algo de sobrenatural no machado antes de ele ativá-lo. Misty não tinha contado a ninguém sobre sua experiência com o receptáculo e com Asanbosam.

Perto dali, havia centenas de motoristas em carros velhos, latarias desengonçadas com motores potentes, roncando, com vontade de cortar a estrada rumo ao ataque.

— Hanna, cê tem certeza que os tecnogriots não vão ver a gente chegando? — quis confirmar Zero, mais uma vez.

— Cês vão passar despercebidos enquanto o carro não levar pancada. Instalei nele o pulso da invisibilidade, mas ele ainda pode ser atingido. Então, cuidado.

Zero conectou os comunicadores, que ainda transmitiam aquele leve ruído. Olhou para Misty levantando uma sobrancelha em desconfiança, já que ela havia garantido que resolvera a interferência. A transmissão sonora, de fato, tinha quase sumido depois do encontro com Asanbosam, embora ela não soubesse explicar o porquê. Misty respondeu que era só um resquício final de interferência e que estava tudo sob controle. Ele ergueu o machado e discursou com sobriedade:

— Já vi muito amigo morrer aqui em Obambo, e não vai ser diferente agora. Tô ligado que cês têm medo do que vai rolar. Mas me diz: não é o que a gente sente todo dia quando acorda? Ter medo de trombar um viciado nas esquinas, de ficar sem ter o que comer na semana, de não voltar pra casa, medo de nunca ter uma vida digna ou de morrer antes de ver nossos irmãos crescer? Porra, medo desses filhos da puta que sobem pra favela com vontade de matar só por diversão, por achar que a gente não merece vida melhor. Tá ligado, galera? Se isso não rolar hoje, vai ser amanhã ou depois... Essa merda de angústia é o que a gente sente junto no gosto do café ou as ideias que bate quando a gente dorme no meio da trocação de tiro. Cês dorme enquanto soltam bala do lado de fora dos barracos. Tá loco, a gente se acostumou com isso...

As palavras inflamavam os corações da galera. Naquela noite, não havia distinção entre eles. A bandidagem estava do lado dos sobreviventes, dos viciados, dos trabalhadores. Era tudo uma coisa só. "É nóis", "Tá certo", as vozes surgiam do público, reforçando aquelas convicções.

O líder dos mecânicos sentia o clima e reagia como se fosse um MC:

— O que a gente vai fazer hoje é assumir o controle. Do outro lado dessa estrada, os caras tão cercando a gente, montando as bases, preparando o churrasco pra depois da carnificina que querem fazer de toda a gente aqui. A gente vai estragar essa festa. Vamo fodê com a felicidade deles. Recusar a morte que eles querem pra gente, assumir as escolhas que a gente faz e mostrar que a gente é Obambo e aqui não tem espaço pra comédia. Vamo descer o sarrafo nesses desgraçados. Acelerar o motor e levar pra eles, de presente, o significado do inferno que só a gente sabe como é.

Zero tinha esvaziado a garagem, deixando seus carros mais violentos e poderosos com as Cabeças da favela. Keisha dirigia um com tração nas quatro rodas, capaz de passar por cima de pedras grandes ou do que mais precisasse. Foi a primeira vez que Bezerra tocou no volante de um esportivo, que chegava a altas velocidades. Barba quis usar o próprio carro. Robusto, com rodas magnéticas, aerodinâmica moderna e uma pintura especial que refletia a paisagem, parecia desaparecer no meio daquela escuridão.

Eles combinaram de dirigir em grupos, com faróis apagados. Tinham instalado visores noturnos nos vidros e foram até um dos portões menos vigiados da Fronteira, no setor que dividia a área industrial e as montanhas inabitadas. Centenas de carros correram por horas na estrada, seguindo os mecânicos e os caçadores de Zero, que estavam acostumados com as rotas de fuga do deserto. Eles se aproximaram do portão sem ser rastreados.

"Eles não têm a mínima ideia do ataque. Vocês passaram despercebidos pela região central da Fronteira", foi a mensagem que Bento enviou aos líderes. Hanna e Misty monitoravam as forças policiais pelas câmeras que tinham hackeado. Alguns atiradores haviam ficado em Obambo, dando conta dos tecnogriots, evitando que os militares percebessem a movimentação.

Porém, eles sabiam que a vantagem da surpresa estava prestes a acabar. Quando se aproximassem mais, poderiam ser ouvidos e vistos a olho nu pelas sentinelas e pelas câmeras noturnas de alta resolução.

— Temos poucos segundos pro ataque surpresa. Se dividam conforme o plano. É hora de fazer barulho, caralho! — orientou Zero pela conexão para todos os carros.

No meio do vazio e da escuridão, o ronco dos motores cresceu, sendo superado apenas pelas batidas do pancadão que os carros começaram a tocar — não tão alto, para não entregar o ataque. Quando o alarme da Fronteira soou, o pancadão já estava na frente dos portões, chegando junto com as rajadas disparadas pelos carros liderados por Keisha. Foi uma sinfonia de tiros e tambores eletrônicos disparados pelos guerreiros de Obambo. O Distrito presenciava, pela primeira vez, a sagacidade e a fúria que desciam dos morros.

Canhões de choque explodiam as câmeras e causavam avarias nos sistemas de defesa da Fronteira. Zero conectou Bento para dirigir seu veículo e abriu o teto, segurando seu lançador de granada de plasma. "Eu amo ver essas porras explodirem", pensou, e soltou bombas na direção do portão principal, que começou a ruir. Quando passou a mão na mochila, percebeu que faltavam granadas. "Contei errado?!", estranhou, mas não tinha tempo de checar. Ele seguia o fluxo e encorajava os outros.

— Solta o dedo, rapaziada, solta lá, bora! — agitou pelos comunicadores.

Outros começaram a acertar o portão. Soldados que estavam de sentinela foram pegos desprevenidos e tiveram ombros e pernas dilacerados pela explosão.

— Pessoal, aqui é a Hanna. A chapa vai esquentar. Tá rolando uma movimentação no centro da Fronteira. Eles sacaram o ataque, vão mandar mais gente praí.

O bando do Bezerra corria para longe da Fronteira.

— Vou tentar segurar eles. A gente tá acostumado a cortar a própria carne todo dia pra salvar algum aliado. Dessa vez eu faço o corte e vocês, pelo menos, fazem valer a pena — disse Bezerra.

Ele sabia que bater de frente com o exército era assinar o próprio atestado de óbito, mas estava disposto a correr o risco.

# A FUGA PELO PORTAL

Moss e Eliah tinham ficado em Obambo, no Barracão. Hanna também permanecera ali para monitorar as câmeras e ajudar o ataque às fronteiras, enquanto Misty fora fazer o mesmo dos painéis da garagem, mas a batalha da Oráculo e do rapaz seria outra, uma luta destinada apenas a médiuns, sacerdotes e pessoas espiritualizadas.

— Asanbosam virá buscá-lo no momento em que tentarmos atravessar o portal. Se ele chegou até você, é porque descobriu o caminho e está só esperando essa porta se abrir de novo.

— Ainda tô com medo, Moss.

— Eu também, filho. Mas nosso povo sempre soube trabalhar com medo. Talvez ele nunca desapareça, só não pode nos anular. O medo não anulou grandes estrategistas pretos ao longo da história. Vamos nos inspirar na aranha Ananse, que é tão antiga quanto essa criatura vampírica que nos cerca. Usando a arrogância das criaturas mais poderosas e malignas do mundo ancestral contra elas mesmas, Ananse as enganou e as aprisionou, mesmo com muito medo. Contam que seus truques enganaram o próprio senhor dos céus, fazendo-a conquistar para si o conhecimento de todas as histórias ancestrais.

O garoto se imaginava num dos carros que tinham ido até a Fronteira e que àquela altura já deviam estar metendo bala nos portões. Aquele era o plano mais insano que Zero já tinha idealizado, e Eliah sabia que os militares iam cair matando depois disso. Precisava fazer sua parte: chegar à Vila Tamuiá. "É hora de correr junto, ou Obambo vai se tornar a maior vala coletiva que alguém já viu", pensou.

— Quando você estiver atravessando o portal, Asanbosam vai perseguir o seu espírito. O que vamos fazer é enganá-lo na saída — explicou Moss, entregando um relicário espelhado ao garoto. — Esse amuleto foi criado há milênios pelo povo de Ananse. Ele guarda em seu espelho o poder de criar projeções de seu dono em lugares diferentes e, com isso, já enganou as mais poderosas criaturas. Quando você dominar os conhecimentos de Orisi, conseguirá fazer isso sem precisar do amuleto, mas por ora ele irá ajudá-lo. Para acionar o seu poder, basta abri-lo e olhar no espelho. Isso não deve lhe dar muito tempo porque o bruxo logo vai descobrir a artimanha, mas qualquer ajuda no caminho até a Árvore dos Dois Mundos será importante. E tenha cuidado, pois quem quebrar o espelho perderá a visão como punição do amuleto, cuja magia ficará perdida até encontrar outra face de espelho.

— Parece zica. Mas e aí? E quando o bruxo descobrir que é tudo projeção?

A anciã, então, retirou outro amuleto, idêntico, do bolso.

— Todo espelho tem dois lados, meu jovem. Você carrega um espírito ancestral, mas ainda tem muito que aprender. Com essa outra face, consigo afastá-lo de você e enganá-lo. Você vai entender quando acontecer. Isso deve ser o suficiente para ajudá-lo a chegar a Tamuiá. Conto com a sua agilidade para isso.

— Vou dar conta.

Eliah percebeu que, embora uma guerra estivesse prestes a explodir, aquele era um dos melhores momentos que se lembrava de ter em Obambo. Havia mais pessoas prezando por ele, e estavam todos cuidando uns dos outros, apoiando suas fraquezas emocionais.

Moss iniciou o ritual Orisi. Entrou em transe e pediu bênçãos dos antigos para abrir caminhos. Eliah segurou o amuleto, fechou os olhos e tentou se conectar com a energia que emanava do receptáculo. Ele sentia o fogo crescendo dentro de si. Era o espírito ancestral do guardião, que preenchia seu coração e trazia a paz necessária para atravessar as batalhas.

A máquina que tinham criado para permitir a passagem começou a girar, enquanto a energia do receptáculo abria o portal. Logo as figuras no centro do espetáculo tecnológico e místico desapareceram num clarão. Com a energia acumulada, o portal emitiu um pulso de choque que atingiu Hanna e sobrecarregou Bento. Ele desapareceu por alguns instantes e voltou quando a energia do Barracão se restabeleceu.

— Estou de volta, Hanna, mas os geradores vão demorar para atingir o nível anterior de carga. Vamos ter que trabalhar com metade dos nossos dispositivos computacionais.

— Quer dizer, é tipo lutar com uma das mãos amarradas — respondeu a garota, preocupada. — Vou ver se a Misty ajuda, vai que tem mais gerador escondido na garagem.

Uma explosão do lado de fora estilhaçou as vidraças do Barracão. A menina se protegeu debaixo de uma mesa e esperou a poeira baixar.

— A gente precisa da Misty, mas não tô conseguindo falar com ela nem pela velharrede nem pelos comunicadores. Vou focar no plano. Se der certo, logo o Eliah vai usar a tatuagem com o vírus pra passar pelos scanners de Nagast, e aí vou saber que ele conseguiu. Dá pra monitorar pelos sistemas do transporte subterrâneo. Vai atrás dela — Hanna pediu a Bento —, mas toma cuidado. Esses ataques vão rolar o tempo todo.

A previsão de Moss tinha se concretizado. Assim que o portal se abriu e eles começaram a atravessar, a sombra do bruxo surgiu no encalço de Eliah. Sua presença era perceptível. Asanbosam estava mais poderoso e conseguia atingir a consciência de quem estivesse conectado pelos receptáculos.

Eliah estava no grande deserto cinzento que era a Encruzilhada das Almas. Algumas tradições chamavam o lugar de Limbo, outras de Guinee; era um local desprovido do sopro da vida. Sete grandes portões podiam ser vistos em colinas distantes. O jovem lembrou que a anciã o alertara a não atravessar aqueles portais, sob o risco de nunca mais voltar ao mundo dos vivos. Ele ignorou as passagens e seguiu o caminho da estrela indicada por Moss. "Aquele brilho é gerado pela Árvore dos Dois Mundos, que atravessa para o mundo dos espíritos."

Antes de seguir, ele tirou o amuleto do bolso e olhou para o espelho. Várias cópias dele surgiram, repetindo cada um dos seus gestos, mas andando em direções distintas. Ele correu quando viu uma névoa espessa carregar a noite para o local. Atrás da névoa, a criatura saltou em seu rastro.

— Entregue-se, Eliah, e eu cancelo o ataque a Obambo. Retiro os homens que estão sob meus domínios no campo de batalha, e com eles suas tropas. Não preciso de nenhuma daquelas pessoas inocentes. Só preciso de uma vida… a sua. — A voz ecoava pelo deserto, seca, dissonante. Parecia ser emitida por várias aberrações simultaneamente.

Eliah apressou o passo. Asanbosam parou no centro de todos os portais e, após analisar a situação por alguns instantes, percebeu o truque do espelho, como Moss avisara. O bruxo espalhou uma névoa que suprimiu as réplicas para revelar o verdadeiro espírito de Eliah, e cada cópia do garoto dissipou-se na magia dele. Então, Asanbosam viu a única figura que brilhava com o vigor de uma alma viva naquela encruzilhada.

— Você carrega um espírito poderoso, mas a ingenuidade e a insensatez de um humano. Vai fazer todo o seu povo sofrer com essa tentativa estúpida de espiritualizar a sua essência mundana.

Com suas garras afiadas e pernas longas, a criatura saltou, veloz, aproximando-se de Eliah. Ao perceber que estava em apuros, Eliah alcançou um baobá todo talhado por inscrições antigas. Na Encruzilhada, havia passagens escondidas para o mundo dos vivos, fechadas por símbolos que precisavam ser decifrados para que fossem abertas.

Dessa vez, Eliah soube logo o que fazer. Parecia já conhecer aquelas inscrições. Ele tocou somente nos entalhes necessários da árvore para ativar a passagem correta. Um pedaço da casca da árvore se abriu, revelando uma escada, que ele desceu correndo. Mas Asanbosam o alcançou, colocando as mãos monstruosas sobre seus ombros, forçando-se a entrar na árvore pela mesma estrada escolhida por Eliah. Quando a casca se fechou e a escada desapareceu, eles se viram em uma grande praia. O mar estava agitado, e havia várias caravelas atracadas na areia. O bruxo percebeu que não estava mais no Distrito.

— Não importa a distância da sua fuga, ela não será longa o bastante para mim — ameaçou Asanbosam.

O bruxo esticou as garras em direção a Eliah atingindo seu peito, mas o ataque foi aparado pelo amuleto, que se abriu, partindo ao meio o espelho e emitindo uma luz diretamente em seus olhos.

— Maldição! Que feitiço é esse? — praguejou o bruxo.

— Minha força não está à altura de uma criatura tão poderosa, mas o conhecimento não enfraquece, bruxo. Tenho a sabedoria de centenas de anos de uma vida dedicada a tradições místicas.

A silhueta de Eliah ficou embaçada e se modificou até revelar a anciã fundadora de Nagast. Moss aproveitou que o amuleto fragilizara Asanbosam e invocou um ritual para aprisionar seu corpo naquela praia.

— Você ficará aqui, criatura, aprisionado em outro momento do nosso tempo e desprovido de visão pela magia do amuleto que destruiu.

Ao pronunciar essas palavras, Moss completou o ritual, e um círculo poderoso se ergueu em torno do bruxo. Ele passou as mãos nos olhos para tentar enxergar e se debateu nas paredes invisíveis levantadas pela magia da anciã.

— Quando sair daqui, vou acabar com você!

A voz vinha do outro lado da praia. Moss se virou e deparou com um homem saindo da caravela. Sua pele ardia em vermelhidão, seus cabelos platinados esvoaçavam. À medida que ele andava, seu corpo se transformava, até que assumiu a aparência do bruxo. Moss olhou para a parede que havia erguido, e a criatura continuava aprisionada.

— Um corpo já não comporta a extensão dos meus poderes, velha. A fusão com os Cybergenizados me trouxe novas habilidades.

Outros homens começaram a descer da caravela. Alguns estavam acorrentados, eram africanos sequestrados. Seus olhos assumiam a escuridão total, suas íris exibiam apenas um rasgo, como se fossem feridas abertas por garras.

— Onde quer que esteja o Último Ancestral, ele será meu; é questão de tempo. Você será aniquilada, assim como todos que o acolheram em Obambo.

Antes que os assimilados pelo bruxo se aproximassem, Moss emitiu um sinal pelo comunicador para Bento reativar o receptáculo e puxá-la de volta. Uma fenda se abriu, mas estava fraca. "Se eu não for rápida, essa criatura me seguirá para dentro de Obambo, e aí será o fim."

# ENTERRANDO AMIGOS

Hanna desviou das vidraças quebradas do Barracão, que estavam no chão, e digitou o código para abrir a porta da frente, que estava levemente emperrada. Puxou com força, dando trancos até ela soltar. Algumas barricadas tinham sido desmontadas pela explosão. O pessoal do Bezerra, que ficara atirando nos drones, tinha sofrido baixas. Dois garotos haviam perdido os braços por estarem próximos quando a granada explodiu.

— De onde eles tão atacando? — perguntou a menina, cobrindo a cabeça com a jaqueta e as mãos.

Uma voz dentro de um dos barracos respondeu:

— Não é um ataque. Essa granada foi armada aqui dentro. Estava nas vielas.

Ela correu, escorando-se pelas paredes, protegendo-se em portas e corredores e se afastando da rua principal, por onde os drones tinham começado a entrar em Obambo. "Que merda, esses tecnogriots vão descobrir nossa estratégia." Hanna ativou o comunicador e tentou uma ligação para Misty.

— Onde cê tá, garota? Tá ficando ruim aqui pra nóis. Não dá esse vacilo, responde aí.

O sinal estava ruim, a interferência ocupando toda a transmissão, mas ela conseguiu ouvir seu nome no meio do zumbido. Reconheceu, do outro lado da transmissão, o barulho muito específico da turbina elétrica que ficava perto da garagem de Zero.

— Han… na…

— Misty… Tá tudo bem? — estranhou Hanna.

Hanna andou por alguns minutos, aflita com o tom de voz da parceira. Mandou mensagem para Léti e Milton, que estavam próximos, e eles combinaram de se encontrar perto da turbina. Do alto do morro, ela viu novas explosões. Muitos barracos pegavam fogo, e algumas construções de Obambo tinham sido abaladas. "Caraca, estão explodindo o pouco que a gente tem pra enfrentar o Distrito. Tomara que a Misty esteja num lugar seguro."

Foi fácil passar pelo sistema de segurança do barraco que escondia a turbina. Por motivos óbvios, aquele tipo de tecnologia capaz de gerar eletricidade e outros combustíveis precisava ficar oculto em Obambo. Zero instalava um sistema robusto e cheio de travas nos barracos que escondiam passagens para construções onde guardava suas armas, seus dispositivos computacionais e os geradores.

Hanna seguiu o acordo que fizera com Eliah: estava esperta, e isso significava também aproveitar o acesso aos servidores para obter informações e senhas. "Nunca convide uma hacker para sentar à sua mesa", ela pensou e riu, enquanto passava pelas portas e descia a escada que levava à turbina escondida no porão, na encosta do morro.

— Misty? Tá por aqui? Ouvi tua voz e a turbina do gerador.

Um choro fraco vinha da sala ao lado. Hanna se aproximou. Viu Misty sentada numa cadeira, com ar desolado, assistindo numa tela projetada na parede às imagens das explosões. Hanna entrou e acariciou sua cabeça.

— Vai dar tudo certo. O que tá rolando? A gente precisa da tua ajuda.

— Cê não pode contar comigo, Hanna. Estraguei tudo. Eu só quis ajudar, mas já era. Tô fora desse lance.

Misty virou-se e mostrou os braços. A artéria no pescoço estava tomada por um brilho metalizado, que lhe dava um aspecto sombrio e causava uma dor insuportável. O tom de voz com que começou a falar prenunciava uma revelação terrível:

— Não lembro direito o que rolou. Na minha cabeça, parecia um sonho. Acordei no meio da noite ouvindo aquele barulho, o ruído dos comunicadores, então acho que... acho que levantei e fui até a garagem, peguei umas granadas que o Zero tinha separado pro combate. Agora tô vendo essas cenas. Hanna, tô explodindo e desarmando as defesas de Obambo.

— Cê tá tirando, Misty. Tá ouvindo o que cê tá dizendo? É tu que tá matando a nossa gente, porra? Explica isso aí, mana! — A voz de Hanna era de incredulidade, mas com sangue frio, antes de qualquer coisa, ela ainda conseguiu mandar um alerta a Bento e aos colegas do Jaguar.

— Não sou eu, Hanna. — As lágrimas escorriam com angústia e desespero. Antes que tocassem o chão, um dos olhos da hacker foi tomado pela escuridão. Ela começou a gritar de dor enquanto um rasgo se abria em sua íris, como se fosse um corte feito por uma garra. Quando a dor ficou menos intensa, ela concluiu:

— É o Asanbosam. Eu trouxe ele pra Obambo sem querer. Só queria fazer minha parte, decifrar aquele ruído que tava chegando nas comunicações da velharrede, e caí na armadilha. Esse bicho tá dominando minha mente. Mas não vai ficar assim. Armei a última granada e vou explodir antes que mate mais alguém. Eu vou me explodir, mana.

Só então Hanna se deu conta de que Misty estava presa por algemas magnéticas na cadeira. A explosão na turbina seria tão devastadora que ela não teria como correr, mesmo sob o controle do bruxo, que se espalhava pelo mundo dos vivos.

Léti e Milton alcançaram a entrada sinalizada por Hanna. Ela enviou os códigos para os dois entrarem, mas eles não funcionavam mais.

— Hanna, mudaram as chaves. Cês tão presas aí?

Misty reconheceu a voz de Milton pelo comunicador da amiga e explicou:

— Eu configurei uma mudança automática sem backup de senha. Nem eu posso abrir essa porta. Me desculpa, mana. Não era pra você estar aqui.

— Não era pra nenhuma de nós estar aqui. — Hanna ainda sentia a dor que tinha sido perder a mãe, e pesava sobre ela a realidade que insistia em levar para longe as pessoas que entravam em sua vida. — Por um momento, achei que o Eliah tava morto. Sei que tu paga de durona, fala pouco, mas tu tava comigo quando eu não confiava em ninguém. — Hanna abraçou Misty, e as duas choravam.

— Tu não pode desistir assim, Misty.

— Ele tá na minha cabeça, Hanna. Se eu fechar os olhos, acho que nunca mais volto. — A voz da garota parecia diferente, e seu olho esquerdo começou a escurecer também. — Me desculpa…

Misty desconectou a projeção e, em seu último ato de consciência, ativou o timer da bomba. Hanna tentou impedir, mas, quando se aproximou, Misty a empurrou com os pés com tamanha força que ela caiu de costas no chão. Quando se levantou, a amiga estava com os dois olhos marcados por Asanbosam. Era perceptível que existia um combate entre a consciência da menina e o domínio da criatura que tentava possuir completamente seus atos. Ele agora tentava assumir as decisões e se libertar da cadeira, Misty chorava e se concentrava nas próprias emoções para resistir. Hanna pensou rápido, correu para a sala da turbina e trancou a porta. Viu a bomba armada debaixo do gerador de eletricidade e mandou uma mensagem para Bento: "*Tô trancada aqui com a turbina. Tem uma bomba e a explosão vai ser gigante. Não dá tempo de abrir a porta, manda um alerta, avisa todo mundo pra correr*".

Infelizmente, nenhum artifício da jovem hacker conseguiria suportar por muito tempo. O bruxo foi esmigalhando sua força e vontade e assumindo o corpo de Misty. Depois de um breve silêncio, sob a influência do bruxo, Misty conseguiu desmagnetizar as algemas. Caminhou e acertou golpes devastadores e barulhentos contra a porta. Hanna ficou na dúvida, por um breve momento, se Misty havia retomado a consciência, mas descartou essa possibilidade ao ver a violência assustadora dos golpes envergando a porta de aço que protegia a turbina.

— Hanna, abre essa porta! — ele gritava usando a voz de Misty, atormentando a garota, que cobria as orelhas com as mãos para tentar silenciar o terror.

— Fica longe da porta, Hanna! — Agora era a voz de Léti, vinda do comunicador.

Então, um estrondo rompeu as paredes. Era uma bola de demolição, que Hanna entendeu ter sido detonada por Léti. Os escombros caíram pela escada e deixaram uma fresta pra atravessar. Hanna olhou para a bomba e viu o timer contando os últimos sessenta segundos. Escalou os escombros. Lá fora, Milton dirigia a máquina do ferro-velho.

— Sai do trator, vai explodir tudo! — gritou Hanna, enquanto corria o máximo que podia. Suas pernas pesavam a cada passo, e seu pensamento se fixava na ideia de que estava abandonando Misty para morrer.

Quando já nem sentia os pés, ouviu a explosão. Era como um trovão estourando em seus ouvidos. A onda de choque causada pela turbina se estendeu por centenas de metros, entortando metais, destelhando barracos, arremessando tudo para longe. Impulsionada pela onda, Hanna saltou e escorregou por um barranco. Não estava longe o suficiente para se proteger por completo dos danos. Só reparou que tinha sido atingida quando tentou se levantar e viu uma barra de aço atravessando sua perna. A explosão da turbina havia derrubado a pouca eletricidade da favela. O sangue jorrava da coxa da garota e se misturava com a poeira do solo. Ela foi perdendo a consciência enquanto via os vultos embaçados de Milton e Léti se aproximando.

— A Misty tá morta.

Foram suas últimas palavras antes de desmaiar.

# BAKHNA

Eliah atravessou o portal, o coração ainda acelerado por ter estado tão perto de Asanbosam. Não fosse a ajuda de Moss para despistar o bruxo, ele não estaria ali para contar história. Sentiu que, na verdade, a anciã apenas adiara um embate que mais cedo ou mais tarde teria de acontecer. "Uma hora a gente se esbarra", pensou. "Por enquanto, vou tentar garantir que o morro continue na atividade. Asanbosam pode conquistar todo o Distrito, mas vai construir seu castelo na areia. Obambo corre pelas próprias regras."

Estava claro que tinha conseguido passar para o mundo dos vivos, e entendeu que estava na Árvore dos Dois Mundos. A proximidade da passagem para o mundo ancestral despertava a memória escondida em seu espírito. Imagens de vidas passadas correram por seus olhos. Reis, rainhas, guerreiros e guerreiras lutando contra a escravidão no passado longínquo de Nagast. Fez um esforço para afugentar aquelas imagens e se concentrar na missão.

Ele nunca tinha visto por dentro uma construção tão imponente. Pela ausência de janelas, desconfiou que aquele era um andar subterrâneo. Havia muitas prateleiras com caixas e contêineres, era um depósito. "Saporra de porão cabe uns trinta barracos lá de Obambo, mas tem eletricidade pra uns mil." Conforme Moss dissera, o portal era uma máquina havia muito desativada, com os equipamentos cobertos de teias de aranha e poeira. Precisava agora encontrar um jeito de passar pela segurança, que certamente seria reforçada por ali.

Vasculhando o porão, Eliah encontrou uma armadura militar. Era velha e pesada, tinha o cheiro ruim de algo guardado havia muito tempo. Devia ter pertencido a um humano maior do que ele, mas era melhor do que nada. Sentiu calor com aquele trambolho por cima de sua roupa. "Vou passar batido até a saída, pelo menos. Tem muita gente aqui, é só me misturar. Sou bom nessa fita." Ele abriu as portas e caminhou em busca da saída. No final de um corredor, ouviu sons de passos. Entreabriu a porta e percebeu que era um momento de troca de guarda. Com sua armadura, tinha a esperança de passar despercebido. Ainda estava admirado com a construção monumental, as paredes enormes com símbolos Cygens. Também nunca tinha visto tantos daqueles seres em um só lugar.

Cygens passavam com seus sobretudos e ternos com as cores e os símbolos do Conselho. Eram mais altos que os humanos, que ocupavam cargos menores na hierarquia de trabalho, e mais temidos, também, inclusive pelas tropas, que evitavam esbarrar neles nos corredores. Eles mandavam naquele local e não escondiam o desprezo pelos humanos. Naquele prédio e em toda a área administrativa de Nagast, não se viam pessoas com traços negros como o povo de Obambo. "Os filhos da puta eliminaram a nossa existência dessa merda de lugar. Ia ser legal ver o plano do Zero dar certo e a gente ocupar tudo isso aqui."

Eliah fechou a porta atrás de si e andou pelo corredor, misturando-se a um agrupamento que fazia a patrulha no prédio. Começava a achar que aquela caminhada nunca ia terminar quando viu, ao longe, uma porta de saída. Afastou-se do grupo sem dizer nada, como se tivesse recebido algum comando para se juntar a outro agrupamento. Uma aglomeração se formava perto da saída. Ele se deu conta de que a porta se abria automaticamente apenas após a identificação de quem estivesse deixando o prédio.

Ele tateou os bolsos procurando o chip que Misty construíra para ludibriar a identificação de habitantes. No último segundo, conseguiu conectá-lo com o sistema computacional da armadura e fechou os olhos. Respirou fundo ao se aproximar, e a porta se abriu. "Deu certo, nóis é zica", pensou. Seguiu as coordenadas de mapas internos que recebera de Moss e caminhou pelas ruas largas. A cada cem metros nas ruas, nos prédios, em telas holográficas, surgia a mensagem: "Circulação permitida". Ele entendeu que estava sendo monitorado, sem saber como ou por quem. Precisava conseguir um veículo para atravessar o Distrito rumo a Tamuiá, mas se distraiu ao ver uma projeção na parede de um prédio. Era o anúncio de um evento que aconteceria naquela noite numa das principais casas noturnas do Distrito, chamada Bakhna.

"Essa palavra... Eu conheço. Será que é uma lembrança dessas que tá na minha cabeça?", pensou, e ficou alguns instantes puxando da memória até lhe cair a ficha. "Caralho, maluco. Tia Cida. Foi isso que ela disse quando eu tava em transe."

O jovem deparou com uma das encruzilhadas da vida. Precisava seguir o plano de alcançar a Vila Tamuiá, mas sentia que devia seguir a dica da ialorixá. "Ela sabia das coisas. Tinha aquele receptáculo que ajudou a abrir o portal e permaneceu intacto e inabalável durante a chacina, e depois de todo esse tempo boto fé que tava envolvida numa coisa maior." Por um breve momento, a incerteza o corroeu. Afinal, uma guerra estava apenas começando nas fronteiras, e sua missão era a única chance que Obambo tinha. O espírito aventureiro falou mais alto com Eliah.

“Vou me espalhar aqui e tentar colar em Bakhna. Algo me diz que tenho que fazer isso. Depois dou um jeito de chegar em Tamuiá, mas preciso ver essa parada.”

A casa de shows ficava perto, também na região central de Nagast. Luminosos e projeções iluminavam as ruas, e carros eletromagnéticos passavam silenciosos por elas. Ele conhecia aqueles modelos, já tinha levado alguns para os mecânicos. Na entrada da casa, a imagem de uma mulher emergiu do megaprojetor que fazia justiça ao dourado de sua pele. Toda sensual, dominava os passos de dança, deixando eufórico quem entrasse no show. Ao final de um minuto de projeção, surgiu seu nome no ar: Selci.

Eliah ficou surpreso ao ler o nome da maior dançarina que já havia subido na pista da favela, da qual não tinha notícias fazia anos. “Essa mina nasceu em Obambo e tá dando show pra bacana com o pessoal dela. Ninguém de Obambo tem autorização pra entrar nessa porra. O som dela é firmeza até pros caras. Será que ela manja alguma coisa sobre a mensagem da Tia Cida?”

Só quando estava próximo da porta, Eliah compreendeu que apenas o chip de identidade não facilitaria sua entrada. Não era um prédio administrativo, era uma casa de shows, que barrava a entrada de qualquer pessoa de Obambo. Os valores eram exibidos em um totem digital na recepção. “Os caras tão jogando alto... Com esse tanto de criptocrédito, dava pra reconstruir meu bairro inteiro”, pensou ao ver o preço da entrada. Rodeou o prédio até a entrada de serviço, perto de onde viu o pessoal da banda da Selci estacionando. Todos vinham de Obambo, conclusão à qual ele chegou sem precisar refletir muito, já que eram os únicos negros na região. "Vou meter o loco aqui." Seguiu os caras e puxou conversa:

— Tudo sob controle?

— Somos da equipe da Selci, senhor. Viemos para o show — respondeu um deles ao ver Eliah de armadura militar.

A presença de obambos na região central do Distrito era uma possibilidade remota. Ninguém passava despercebido pela vigilância, que identificava cada entrada e saída por ali. Qualquer pessoa com características diferentes precisava de autorização específica, ainda mais estando tão perto dos prédios habitados por Cybergenizados.

Eliah usou o capacete para escanear aqueles homens, que tinham tatuagens com credenciais de artistas. "A Misty disse que esse chip ia conseguir copiar informações escaneadas. Já é." Os músicos também tinham tatuagens de luas cheias com dados não interpretados pelo sistema, mas isso passou batido para Eliah.

Quando todos entraram, ele foi até o carro dos caras e o abriu com suas credenciais. "Sabe o que não existe em balada de playboy? Policial." Tirou a armadura e deixou-a no chão ao lado do veículo. Precisava de alguma roupa que lhe permitisse se passar por alguém da banda, e imaginou que haveria alguma muda de roupa no carro. Encontrou uma camiseta e uma jaqueta que serviram razoavelmente bem. Não achou nenhuma calça do seu tamanho, e teve de se contentar em continuar com a que estava.

Chegou perto da entrada de serviço, cumprimentou o segurança como se o conhecesse e mostrou uma das credenciais digitais. Segurou a respiração, temendo que o sistema informasse que o dono da credencial já tinha entrado, mas o homem o deixou entrar sem escanear a identidade.

Quando acessou o interior da casa de shows, teve certeza do que tinha pensado. As luzes alternavam-se em tons de púrpura. O clima era psicodélico, regado a bebidas fluorescentes, mas a química pesada ficava na própria rede, distribuída por conexão sem fio. Apesar de a transmissão ser diferente, o efeito era o mesmo da obia. "Os caras aprimoram as merdas que viciam o povo de Obambo e fazem dinheiro aqui." Bastava transferir o valor para o perfil anunciado em todos os cantos da balada que o download da droga era feito via pulseiras digitais. A maior parte do salão estava em frenesi, conectada com a sensação de ligação divina, uma catarse cibernética.

O salão era tão grande que Eliah mal encontrava as paredes. O que via eram ilhas iluminadas onde se distribuíam bebidas e drogas. O palco circular estava no centro, e do meio dele uma plataforma se ergueu com Selci. A galera foi ao delírio. Ela chegou cantando e descendo até o chão. "Tem alguma coisa nessa batida, céloko, dá até um grau na gente." O garoto sentiu o pancadão sincronizar com seu pulso. Ele não sabia explicar, mas era diferente de tudo que já ouvira. A parte da pista bem em frente ao palco era reservada para os milionários de Nagast, que eram os que podiam pagar pelo luxo de tocar os pés da cantora-rainha, nascida e criada em Obambo. A imagem dela era reproduzida nos outros telões e hologramas da casa de show.

Eliah planejava esperar o tempo que fosse para descobrir se sua visão tinha alguma relação com aquela casa de show, mas uma chegada triunfal atrapalhou seus planos. Todos no salão fixaram os olhos no ser que entrava. Até Selci parou de cantar por um instante quando Inpu surgiu no salão. A criatura parecia mais repugnante do que ele se lembrava. O corpo de Beca estava mais decomposto, agora com mais placas de aço. A pele parecia desmantelada, com símbolos tatuados que se iluminavam com a eletricidade que corria pelas veias. A figura monstruosa, com olhos brancos denunciando a ausência de alma, era conhecida naquele círculo social, já que Inpu sempre servira aos interesses dos Cygens e tinha acesso aos prédios principais. As pessoas percebiam que sua aparência estava mais mórbida e corroída, mas ninguém tinha coragem de questionar.

"Eu tinha enterrado esse filho da puta. Moss tava certa, ele não morre e tá andando por aí ainda usando o corpo da Beca." Inpu atravessou o salão e parou próximo a uma ilha, do outro lado da casa de shows. Eliah notou que algumas pessoas se afastaram. "Ele tá longe. Tô de boa por enquanto. Vou ter que dar um jeito de me aproximar."

As luzes se apagaram, e uma lâmpada iluminou a cantora.

— Essa próxima música vai botar fogo no salão. Vem comigo! — disse ela ao microfone para a multidão.

Os sintetizadores começaram a melodia, que foi seguida pelos tambores eletrônicos, acelerando em 150 bpm. O DJ saltava de um lado para o outro enquanto incluía distorções e fazia *scratches* e outros efeitos. As luzes foram retornando, agora em tons mais avermelhados. Na pista, era só torpor: todos inebriados pelas drogas, pelas bebidas e pelo ritmo. Eliah sentia algo diferente naquelas batidas; elas começaram a despertar o seu espírito. Uma aura iluminada emanou de seus pés e de seus olhos, palavras Orisi se espalharam ao seu redor. "Porra, não posso entrar em transe agora, vai ramelar tudo os plano." Tentou evitar, mas, enquanto a música caminhava para o refrão, ele se deu conta de que estava chamando a atenção.

"Será que eu nunca mais vou curtir uma balada sem entrar em transe? Caralho!" Quando as primeiras pessoas se afastaram, ele se preparou para o pior. Olhou na direção de Inpu e viu à distância seus chacais, reconstruídos, saltando sobre os ombros dos distritenses, vindo na direção dele.

Para Eliah, era como se tudo acontecesse em câmera lenta. A música continuava tocando. Selci olhava para a cena da batalha que se desenhava e sorria, como se a iminência do caos a divertisse. Do palco, apontou para Eliah, sem parar de dançar. A maior parte da pista estava doida demais para perceber o que acontecia. Inpu caminhou atrás dos chacais, abrindo passagem entre a multidão com brutalidade.

"Olha quem apareceu aqui na casa dos meus chacais. Dessa vez não há saída. Asanbosam está a caminho." Inpu ainda estava longe, no meio da pista, mas sua mensagem chegou clara à mente de Eliah. O momento exigia fuga imediata, porém algo na música impedia que ele corresse. "Tem algo sinistro aqui, tá ligado. Eu devia sair correndo que nem loco, mas quero ver aonde essa sensação vai me levar."

Eliah fechou os olhos e sentiu o corpo mais leve, como se estivesse de volta ao portal que levava ao mundo espiritual. Não era um transe completo. Ele estava consciente e ainda escutava o pancadão que rolava na casa de shows. Em sua mente surgiram guerreiros tocando tambores Atumpans, o que o levou a interpretar a mensagem escondida na música. Codificada na frequência e no ritmo, a mensagem dizia: "Estamos reunindo nosso exército. Encontre a passagem da lua no salão".

— É isso! — gritou Eliah, disparando uma onda de luz que barrou os chacais e o próprio Inpu, que a essa altura já estava quase ao seu lado.

Selci desceu pela plataforma elevada do palco. A música havia cessado. Eliah puxou da memória a última vez que vira o símbolo da lua naquele salão cheio de luzes e formas geométricas. Lembrou do balcão que vendia bebidas. Correu até lá e viu uma passagem aberta. Arriscou se jogar para dentro dela e escorregou até um elevador, despistando os chacais que já voltavam para perto dele.

— Aqui ninguém te acha.

Quando Eliah procurou a dona da voz, encontrou uma imagem tridimensional da própria Selci ao seu lado.

# NAS MÃOS DE UM INTRUSO

Quando Moss atravessou a fenda aberta por Bento para tirá-la da encruzilhada das almas, deixando Asanbosam e seus homens para trás, encontrou o Barracão vazio, com luzes apagadas e estilhaços de vidro espalhados pelo chão.

— Bento, onde você está, malungo? — perguntou, confusa, sem conseguir enxergar direito.

A imagem do cybercapoeirista surgiu próximo à máquina do portal.

— Estamos sob ataque, Moss. O bruxo deu um jeito de destruir nossos geradores e explodir barricadas. Vi telhados voando pelos ares. Os tecnogriots agora estão espalhados por Obambo, revelando nossa posição para toda a tropa militar — disse ele, tentando resumir tudo o que observara. — Tivemos um apagão agora há pouco, o Barracão ficou completamente desligado. Recebi sua mensagem, mas só consegui abrir a passagem quando transferi um resto de eletricidade para cá. Não vai durar muito, temos poucas horas.

— Precisamos correr, amigo. Creio que Asanbosam já esteja diante de Obambo. Os poderes dele extrapolaram a barreira entre os dois mundos. Tentei aprisioná-lo do outro lado do portal, mas meu Orisi foi inútil. — Moss falava com a frieza de quem já conseguia prever os passos seguintes. Era difícil para o destino enganar a Oráculo. Toda a sua fé estava depositada na jornada de Eliah.

Bento ainda não entendia como uma criatura nefasta como aquela podia se esconder no meio dos batalhões sem chamar atenção ou deixar algum registro.

— Devo estar com meus circuitos avariados, pois não sou capaz de identificá-lo naquela multidão de soldados. Seus poderes de Oráculo identificaram quem é o bruxo?

— Temo que grande parte daquele exército, na Fronteira, esteja possuída pela criatura. Ele não está apenas influenciando os pensamentos daqueles homens, está ocupando seus corpos. Isso significa que não será derrotado com as armas comuns dos mortais — disse ela, pesarosa. — Mesmo que os obambos abatam todos os homens, ele continuará intacto. — Moss olhou ao redor, procurando a garota que deveria estar sob seus cuidados, e percebeu que não havia sinal dela. — Onde está Hanna?

— Foi atrás de Misty e descobriu que Asanbosam a tinha controlado. Foi quando a explosão aconteceu, e não tive mais notícias. O exército distritense está perseguindo o Zero. Eles conseguiram acessar um dos portões, mas estarão sozinhos em breve. Quando não tivermos mais comunicação, pouco poderemos fazer.

— Poderemos manter nossa fé, Bento. A guerra está longe de terminar. A criatura já está entre nós, se escondendo, à espreita, esperando a melhor hora para atacar. Vou procurar a menina e vamos nos reconstituir.

Milton e Léti tentavam ajudar Hanna, que sofrera uma enorme fratura no fêmur. Eles tinham conseguido carregá-la até o pé do morro quando Moss os encontrou. A anciã olhou para a barra de aço que atravessava a coxa da garota e para o sangue que escorria.

— Precisamos mantê-la acordada.

Se estivesse em Tamirat, Moss teria todo o aparato necessário para cuidar de um ferimento daquele tamanho, mas ali, no meio de uma comunidade tão deficiente e precária, havia poucas chances de a menina escapar sem uma sequela grave.

Hanna foi levada para o único centro comunitário de saúde de Obambo, com voluntários que viviam na comunidade. Funcionava como um anexo do hospital do Novo Monte, do outro lado da Fronteira. Como o acesso estava fechado, só havia enfermeiros locais atendendo. Com o volume de feridos chegando, o clima não era dos melhores. Os profissionais tentavam fazer o impossível para atender os que se enfileiravam na entrada. Sensores faziam a triagem e mediam a intensidade dos ferimentos e os sinais vitais de cada paciente antes do atendimento.

"Essa realidade não deveria existir mais no nosso Distrito", pensou Moss. Ela percebeu que seu tempo de exílio poderia ser facilmente interpretado como covardia naquele contexto. Acreditou que tinha conquistado um espaço para todas as pessoas de sua periferia naquela sociedade, mas, ao piscar os olhos, deixou de ver os mecanismos que continuaram criando desigualdades entre aqueles homens e mulheres adormecidos, à espreita. Eles tinham conseguido se instalar novamente, empurrando os descendentes dos povos ancestrais de volta para a sarjeta. Seu nome, sua reputação e sua liderança não significavam nada para aquelas pessoas.

Àquela altura, Obambo inteira tinha notícias da guerra na Fronteira e esperava o retorno de seus filhos, primos, pais. Era tanta coisa com que se preocupar que pouca gente ali tinha se dado conta da presença da anciã, a Oráculo de Nagast. Porém, conforme o centro comunitário recebia os feridos pelas explosões causadas por Misty, aqueles que estavam na linha de frente contra os drones espiões de Nagast e seus acompanhantes começaram a identificar Moss. A notícia se espalhou pelos prédios enquanto a anciã fazia companhia a Hanna, que agonizava na maca improvisada com o aço atravessado em sua perna.

— Fique calma, querida. A triagem vai perceber a gravidade dos seus ferimentos e você vai estar recuperada muito em breve. O atendente está chegando.

Um robô se aproximou voando. Era uma bola de vidro, parecia um grande olho. Ele rastreou os sinais da menina e analisou sua perna e seus ossos com braços e garras ultrafinas que saíam de seu corpo circular. Informações como batimentos cardíacos, pressão arterial e respiração foram exibidas em seu visor. O pré-diagnóstico apontou a posição cinquenta na fila.

— Isso não pode estar certo — disse Moss, em voz baixa, mas então aumentou o tom de voz como se falasse com algum enfermeiro, embora não houvesse nenhum por perto. — Ela não vai resistir à dor por muito tempo! Não podemos esperar. Sem essa garota, teremos poucas chances contra o exército de Nagast.

— Vamos morrer mesmo — interrompeu um homem que também esperava por atendimento —, vamos morrer de mil jeitos diferentes aqui nessa fila desgraçada. Não se preocupa, não, viu.

Léti, que havia saído para pegar um pouco de água, voltou com uma expressão preocupada. Disse, em voz baixa, para que ninguém na fila os ouvisse:

— Moss, os enfermeiros querem ajudar. Eles ouviram de gente que tava no front as histórias sobre o que tá acontecendo na Fronteira.

— Parece uma boa notícia, querida. Por que essa cara?

— Eles me falaram de um médico clandestino que trabalha aqui salvando vidas, recebendo os casos mais graves. Disseram que é um dissidente do Novo Monte.

— E a gente vai confiar num X9? — reagiu Milton, atropelando a conversa. — Em Obambo, em Nagast, tanto faz, traidor é traidor!

— É diferente, Milton. Os enfermeiros disseram que esse já tá aqui faz um tempão e já deu conta de casos piores do que a coxa da Hanna.

— Precisamos ser ágeis, queridos. — Foi a vez de Moss interferir. — Essa parece uma oportunidade enviada pelos Deuses. Nos dias atuais, isso quer dizer que eles resolveram olhar por nós. Como chegamos até ele?

Léti voltou ao corredor em que encontrara os enfermeiros que tinham falado com ela sobre o médico. Depois de alguns minutos, retornou e disse que eles teriam de ir a um anexo do prédio, onde Hanna seria chamada. Uma enfermeira os guiaria. Milton pegou a garota no colo, já que as macas magnéticas estavam todas ocupadas. Eles entraram num elevador de serviço e subiram alguns andares até uma ponte que atravessava para o almoxarifado. As grades estavam enferrujadas, parecia uma gaiola suspensa no ar. Do alto, perceberam que agora chegavam mais feridos da entrada de Obambo.

— Devem estar mandando drones armados agora — disse Moss.

Era difícil enxergar naquela penumbra, boa parte da favela ainda estava sem eletricidade, e isso impedia a comunicação com Bento e as Cabeças que lutavam na Fronteira. Do outro lado da ponte enferrujada, tudo parecia mais deteriorado ainda. Outra enfermeira recebeu o grupo e colocou Hanna em uma cadeira que deslizava pelo chão.

— Por favor, sejam discretos. Talvez vocês se assustem com o doutor, mas, entendam, ele faz milagres, então corre perigo se outras pessoas souberem da sua localização. — As palavras da enfermeira despertaram um alerta sobre a origem do médico. — O nome dele é Dante. Ele trabalha aqui há muito tempo. Decidiu fazer deste lugar sua nova casa e... que bom, porque a gente estaria ferrada sem ele.

As enfermeiras levaram o grupo por corredores até a entrada de uma sala de cirurgia improvisada. Alguns equipamentos eram modernos, coisas que não estavam disponíveis no centro. Havia um gerador de nanorrobôs e outras máquinas mais antigas, que Moss reconheceu. Dr. Dante não estava na sala. As enfermeiras colocaram Hanna na mesa de operação e pediram a Moss que esperasse com os outros na sala de observação ao lado. Foi quando ele entrou. Era como todos os outros da sua espécie: grande, um dos olhos amarelados brilhava mais que o outro, e os cabelos platinados eram cortados acima das orelhas.

Milton deu um salto e apontou a pistola que carregava consigo. Moss ativou uma de suas tatuagens e começou a entoar palavras sagradas para criar um círculo de proteção. As enfermeiras correram para apaziguar a cena.

— Eu disse para não se assustarem — falou uma delas. — Calma, gente. Esse é o Dante. Agora entendem por que ele precisa se esconder?

— É um Cybergenizado. Foram eles que empurraram nosso povo pra essa favela, e agora mandam o exército pra executar a gente aqui — disse Léti, com raiva, enquanto mirava a arma na cabeça do médico.

— O que faz aqui? Qual a sua intenção em relação a essas pessoas que você despreza? — quis saber Moss, mantendo o círculo de proteção. Ela não iria baixar a guarda novamente para aqueles seres modificados geneticamente.

O médico respirou fundo, como se já tivesse enfrentado aquele tipo de resistência muitas vezes.

— Eu entendo sua desconfiança. Sei que outros distritenses não estão nem aí para Obambo, mas eu ajudo essa gente há muitos anos. Quando estava no hospital do outro lado da Fronteira, recebendo cada vez mais doentes, resolvi conhecer a realidade de perto e não consegui mais me afastar. É aqui que precisam de mim.

— O doutor pagou o preço pra estar entre nós — disse a enfermeira, apontando para um dispositivo que emanava uma luz azul no centro da sala de operação.

Eles se aproximaram e perceberam que a luz saía de um globo ocular.

— Nossos olhos, em especial, revelam nossa identidade e são a porta de entrada das informações que absorvemos. São também a forma pela qual o Distrito consegue nos localizar. — Dante fez uma pausa, como que medindo o efeito de suas palavras. — Com a ajuda do pessoal da enfermagem daqui, eu me desconectei dos servidores de Nagast, retirando essa porta principal.

A anciã não parecia impressionada.

— Sou antiga demais para cair no seu escárnio. Sei da sua habilidade de regeneração.

Dante se aproximou dos recém-chegados. Moss não se moveu, mas Léti andou para trás e quase tropeçou. O homem retirou a película sintética que cobria um de seus olhos e mostrou a cicatriz que atravessava seu rosto.

— Se eu me regenerar, eles me encontram. Você precisa me entender. Algumas pessoas daqui chegavam à Liga de Higiene Mental e nunca mais saíam. Descobri que elas serviam a experimentos para um abadom que constrói androides com partes de corpos humanos.

— Você está falando de Inpu. Ele já foi um guardião, mas se desvirtuou e agora segue o caminho do bruxo Asanbosam. — Moss estava começando a acreditar nas intenções do Cygen. Ela sabia que o próprio Eliah havia encontrado a aberração criada pelo espírito que conhecia os segredos mais antigos do livro da vida e da morte.

Dante contou que tentara resgatar algumas pessoas do destino de servir como hospedeiros daquele abadom, mas foi perseguido pelos chacais que nunca abandonavam o Inpu. Para fugir, precisou enfrentar outros Cygens, e acabou se tornando um renegado da sua gente.

Hanna gemeu na mesa de operação, agonizando de dor. As enfermeiras foram até ela para tentar encontrar uma posição mais confortável para a garota.

— Se for verdade que quer ajudar a menina, faça isso rápido — disse Moss.

Dante assentiu com a cabeça. Pediu aos outros que se dirigissem à sala de observação, e uma das enfermeiras foi com eles até lá. Da janela de vidro, eles podiam acompanhar a preparação, que parecia durar horas aos olhos preocupados de Moss, Léti e Milton.

O médico fez a assepsia necessária, preparou os utensílios e posicionou-se ao lado da mesa de operação. Anestesiou a garota e, com um equipamento de laser, começou o processo para extrair a barra de aço.

— Tô chocada que cês confiam nessa coisa — disse Léti para a enfermeira, a mesma que os havia levado até a torre de Dante. — Cê devia ter me avisado antes de trazer a gente aqui.

Em vez de responder, a mulher se sentou numa cadeira no canto da sala e tirou o calçado de um dos pés. O pé não tinha nem um dedo; no lugar, havia uma prótese.

— Sou uma das sobreviventes que o doutor resgatou do abadom. Fui amarrada, machucada e estava prestes a servir de cobaia para o Novo Monte quando Dante me libertou e me trouxe até aqui. Depois disso, decidi aprender com ele e ajudar os outros em Obambo.

A operação foi demorada, tensa. Quando o médico terminou de extrair a barra, ficou claro que o ferimento já estava infeccionado demais para salvar a perna da garota.

— Não temos o que fazer, infelizmente. Vocês demoraram muito para chegar aqui. — Como Hanna estava sedada, Dante podia falar abertamente: — Posso construir uma boa prótese com equipamentos disponíveis, uma liga de metal leve e nanorrobôs que substituirão as terminações nervosas e as conexões com o cérebro.

— Tente reduzir ao máximo os danos. — Moss suspirou diante da falta de alternativa. — O importante é ela sobreviver.

A anciã antevia como seria difícil explicar aquela história para Eliah. Mas, naquele momento, ficou apenas feliz por saber que a vida da menina estava fora de risco.

# ERGUENDO CASTELOS EM RUÍNAS

Os carros tinham se dividido em pequenos grupos, que golpeavam simultaneamente diferentes posições da Fronteira. O começo do ataque desnorteou os militares. As granadas de Zero romperam o portão, e o grupo que estava com ele conseguiu atravessar sem muita resistência. Os mecânicos mais adiantados saltaram dos carros e encheram o lugar. Seus olhos carregavam fúria, e seus corações, esperança. A maior parte dos soldados tinha sido realocada para as posições centrais da estrada que os levava a Obambo, mas os que ficaram apresentavam uma resistência letal, com metralhadoras de laser e escudos de choque tridimensionais.

— Vou mostrar pra vocês quem é trombadinha burro. Cês sempre me trataram como lixo, e agora tô fazendo dessa torre a minha fortaleza — disse Zero, que foi um dos primeiros a alcançar o corredor central, carregando apenas seu machado de guerra.

A lâmina parecia neon; brilhava desde que fora reativada, dava para sentir sua energia. Ela quebrava o choque dos escudos, partia capacetes e esmagava a cara dos oponentes que surgiam naquele espaço estreito. Cada vez que acertava alguém, o machado energizava seu portador, e Zero parecia incansável.

Keisha acoplou disparadores de ganchos nos carros de seus homens. Eles acertavam o cume das torres e depois escalavam os muros da Fronteira. Do alto, reuniram-se para apreciar a vista: de um lado, apenas pedras e ruínas de uma Fronteira tomada; do outro, as megafábricas da zona industrial do Distrito, com luzes incandescentes, caldeiras acesas e uma sinfonia de produção de aço com outros metais se fundindo.

A classe trabalhadora que ficava afastada dos centros representava os distritenses mais desfavorecidos. Morando em casas simples e com pouco tempo livre, eles não tinham muito motivo para apoiar o exército. Muitos eram descendentes da favela de Obambo, facilmente identificados pelo cabelo, pelo tom da pele e pelo desprezo que recebiam dos Cygens. Ao verem, ao longe, os obambos conquistando os portões, vários começaram a fugir das fábricas em direção aos trens que levavam para o centro.

Outros, no entanto, ficaram. Ergueram nas janelas dos prédios bandeiras com panos vermelhos e chamuscados, num gesto de apoio à luta daqueles que vinham de fora de Nagast, e começaram a rumar para a Fronteira. Ainda nos corredores mais elevados das torres, os obambos conseguiam observar os novos aliados que se apresentavam para a batalha.

As Cabeças falavam pelos comunicadores:

— Zero, quem são esses caras indo pra cima do exército? — Barba, como outros ao redor, estava surpreso com a movimentação. — Você tava escondendo aliados na manga, rapá. Cheio dos esquemas, hein, parça?

— Esses caras eram informantes, nossos fantasmas. Ficavam de olho no que rolava, mas não botavam a mão no fogo por ninguém. Não acredito que eles tão se envolvendo de verdade, devem estar putos mesmo. Mas não vacila, a gente ainda não sabe se a treta deles é com os guardas, com a gente ou com todo mundo. Se ligou?

— Pode crer, vou manter distância. Mas, enquanto esses guardas da Fronteira estiverem passando, vou dar minha moral.

O exército de Nagast ficou encurralado entre os homens de Keisha e os de Barba, que lideravam a invasão, e o bando de gente que saía das fábricas para atacá-los também.

— Vocês serão identificados e condenados ao exílio! — gritou um capitão pelo sistema de alto-falante, sua voz reverberando por todo o lugar. — Voltem ao trabalho e a gente esquece... — ia dizendo quando teve seu corpo transpassado por uma lança improvisada feita de metal enferrujado.

Um rapaz franzino, alto e muito ágil empurrou o corpo e retirou a lança enquanto o capitão caía. Ele usava um pano enrolado na cabeça como turbante e tinha uma barba bem grossa. Voltou-se para Barba:

— Tamo aqui pra ajudar. Cansei de passar os dias suando naquela caldeira pra produzir o luxo daqueles malditos. Tá todo mundo esgotado, cansado, humilhado por esse trabalho. Se cês tiverem um plano sobre o que querem aqui, a gente quer ouvir.

Barba encarou o rapaz.

— Cê vai adorar a chefia. Firmeza nas ideias. Pelo que vi do seu método, arrisco dizer que ele tem muito a ver contigo.

— Já ouvi o nome dele. Zero, né? Trocamos umas ideias, mas nunca vi o cara.

— É que tu trampa com essas ferramentas aí, ele também. É um mecânico. Me segue e vamo desenrolar esse encontro. Qual é o teu nome?

— Akasha.

Barba levou Akasha até o chefe dos mecânicos, que lhe fez um resumo da situação e das perspectivas. O operário se frustrou com a falta de um plano elaborado para depois do controle da Fronteira.

— Cês já chegaram até aqui, não podem ficar esperando por um sinal dos céus ou de um dos dispositivos computacionais, por esse Eliah e pelo Espírito de Ancestral dele. É uma história boa, mas eu posso oferecer uma coisa mais realista. A gente reforça a defesa da Fronteira, instala novas armas nas torres e vocês ajudam a gente a tomar a fábrica mais próxima.

— E qual é a vantagem de invadir uma fábrica? — quis saber Zero, entre curioso e debochado. — Vamo pegar mais estacas e ferramentas pra tacar nos militares que estão chegando armados até os dentes?

— Escuta essa, parça. — Akasha pousou a mão sobre o ombro do chefe dos mecânicos num gesto quase paternal. — Os seguranças da fábrica ficam em um salão protegido por paredes espessas de chumbo. São a última barreira entre a gente e a produção quase infinita de robôs construtores, máquinas produzidas aos milhares pra ajudar a pôr os prédios do Distrito de pé. Todo robô que existe em Nagast vem daqui.

— Tu acha que essas máquinas servem pra lutar? — Zero agora estava genuinamente interessado.

— Sei que eles são capazes de aprender tudo. Inclusive, se forem programados pra isso, são capazes de amassar um dos seus carros com os próprios punhos.

Era exatamente disso que eles precisavam.

— Demorô. Bora agitar isso aí.

Poucas horas depois, o setor da Fronteira estava tomado. Akasha e seus amigos reforçaram o portão, instalaram mais defesas e consertaram as armas que tinham sofrido danos em combate.

Keisha e Barba foram até a sala de controle onde Zero estava e avisaram que não tinham notícia de seus apoios em Obambo desde o começo da invasão.

— Nenhum sinal de Hanna, Bento e Moss. A gente perdeu contato. — Keisha deu a volta na cadeira onde o chefe dos mecânicos estava. — Os radares não encontram mais nada. Tá uma escuridão total.

— Eles podem estar sob ataque. Dá um salve no Bezerra, ele deve ter informação.

Bezerra demorou a responder quando Keisha chamou, mas afinal mandou uma notificação de que estava ocupado, o que os deixou com uma ponta de esperança. Era sinal de que ainda estava vivo. Quando ele, enfim, entrou em contato, Keisha mandou a holografia do aliado para o centro de uma mesa, ao lado da qual estavam agora Zero, Barba e Akasha.

— E aí, guerreiro. Como tá a situação?

— Salve, Zero. Mano, o negócio é o seguinte. Eles chegaram na arrogância, acharam que uma ou outra tropa ia resolver as coisas por aqui. A gente pegou eles pelas beiradas, saca? A gente se dividiu e deixou pedaços dos carros pelo caminho com bomba e granada. Eles tentaram passar por cima das latarias com os camburões. Foi lindo ver essa gente ser jogada pelos ares, pegando fogo, caindo com os filhos da puta todos. Daí a gente meteu bala. Deu pra segurar.

— Você é zica, cara! Porra, mandaram a mensagem que a gente precisava. — Zero estava animado, mas Bezerra cortou a empolgação.

— O lance é até quando. Estamos aqui na trocação, é bala pra todo lado. Tem uns feridos, perdemos uns irmãos também. Eles sabiam onde tavam se metendo, mas não vai demorar pros militares mandarem coisa mais pesada. Como a gente faz, truta? Vai ficar pequeno pra nóis.

— Tamo no controle aqui, segura até o sol nascer — orientou o chefe dos mecânicos. — Descobre o que tá rolando em Obambo e liga aqui. Presta atenção no que eu tô dizendo, meu parça. A gente começou desacreditado, mas agora tá diferente. Vamo fazer virar, vamo ocupar Nagast, pode botar fé.

— Fechou, fechou. Conta comigo — disse Bezerra, desconectando.

Quando a imagem dele desapareceu, Akasha voltou-se para Zero.

— Você acredita mesmo nisso? A gente tá apoiando vocês, colocando nossas famílias tudo em risco. Se a gente perder essa batalha e algum de nós for identificado, vão perseguir meus irmãos, minha mãe, e eles moram todos aqui na zona industrial do Distrito. A gente não tem mais pra onde fugir.

— Essa guerra é muito maior que a treta que tá rolando nesse canto da Fronteira, malandro. Ela tem muitas frentes. — Zero tentou apaziguar, sabendo que o líder dos operários não tinha ainda toda a informação de que precisava para confiar nele. — Te falei, a gente tem uma arma secreta trabalhando dentro de Nagast: o Último Ancestral, guardião disso tudo aqui. Sozinho a gente não dá conta, mas eu conheço o moleque. Ele é ousado, sempre volta com mais do que a gente espera. É tudo o que posso te falar agora, mas cês vão ter que confiar. Agora bora resolver aquela fita da fábrica.

Zero saiu com Barba e Akasha, deixando Keisha na linha de frente da Fronteira. Sabia que ela tinha um conhecimento de armamentos que os trabalhadores do Distrito nunca imaginariam encontrar em Obambo, mas sua maior arma era única: as ideias capazes de transformar o que quisesse em armadilha mortal.

# O LEGADO ESCONDIDO EM TAMUIÁ

Estava escuro do outro lado da passagem, nem se ouvia o som da pista de dança. O corpo de Eliah ainda emanava uma luz enfraquecida, o que impedia o breu total. Onde estava a imagem de Selci que ele tinha acabado de ver? Ele caminhou pelo corredor escuro, tateando as paredes de aço, até se dar conta de que elas estavam repletas de hieróglifos e símbolos de escorpiões, que imaginou que fossem do antigo povo do Nilo. As imagens se moviam conforme ele percorria o corredor. "Que sinistro, mano", pensou, evitando tocar nas figuras, com medo de que houvesse algum veneno na tinta holográfica.

De repente, uma porta se abriu, revelando uma luz que o cegou por instantes. Conforme sua visão voltava, percebeu que estava em um galpão e reconheceu a silhueta inconfundível de Selci.

— Não temos muito tempo. Corre aí, meu nego — disse ela, e entrou na van estacionada logo atrás dela. Acomodou-se, esperou Eliah entrar e ordenou ao motorista: — Acelera.

No interior da van com poltronas de couro sintético havia bebidas e telas projetadas por todos os lados. Os músicos que Eliah encontrara na entrada de Bakhna estavam ali também. De debaixo dos bancos, eles retiraram rifles ultrassônicos e elétricos.

— Que fita é essa? Que que tá rolando?

— Relaxa aí, mano — disse Selci, que agora também estava armada. — Isso aqui é pra nossa proteção. Não sei quanto tempo aquele monstro vai levar pra perceber que tamo te dando fuga, saca?

— Pensei que cês só faziam música pra amansar a elite do Distrito.

— Tá sabendo pouco pra quem carrega poderes ancestrais de Orisi — disse Selci, num tom que, assim como seus olhos cor de caramelo vidrados no jovem, intimidava. A mulher transbordava confiança. — A música sempre foi resistência pra gente, Eliah. Faz milênios que os tambores foram proibidos em diversos lugares fora de Nagast, porque eram usados para organizar exércitos. Hoje a gente usa os beats digitais e a conexão espiritual pra isso.

— É isso que significa Bakhna? Um exército? Tá ligado, é bem disso que a gente precisa lá em Obambo.

— Obambo precisa de vários exércitos. Eu vim de lá, lembro como é viver o tempo todo com a sensação de que a gente vai morrer por qualquer coisa a qualquer momento. Os obambos precisam retomar a fé que foi suprimida — disse Selci, que fez uma pausa antes de responder à pergunta de Eliah: — Bakhna é a líder desse povoado, a general das tropas que a gente tá recrutando pra Vila Tamuiá. No passado, essa tropa já foi um grupo muito maior, com centenas de guerreiros e guerreiras que mantinham nossa comunidade segura. Agora é só um vestígio daquele exército fantástico. Mas a gente resiste, espalha as mensagens, converte aliados que conseguem se conectar com a mensagem da nossa música. Os nossos antepassados de Nagast construíram o plano perfeito: uma estrutura de casas de show que servem como templos modernos e arrecadam o dinheiro pra bancar toda a nossa luta.

O veículo acelerou por uma rua estreita até outro prédio, que parecia estar em construção. Uma das portas exibia a figura lunar que todos ali tinham tatuada em alguma parte do corpo. Ao se aproximarem do prédio, os símbolos se ativaram. Era uma tecnologia diferente de um scanner à distância, que Eliah nunca tinha visto. Selci entrelaçou sua mão na dele, que sentiu um arrepio com o toque da pele macia.

— A gente precisa estar de mãos dadas pra você ser reconhecido.

A parede de concreto se moveu, revelando uma rampa que descia para dentro do prédio. O carro seguiu até se encaixar nos trilhos magnéticos que estavam ao fundo. Os músicos guardaram as armas e conectaram os cintos de segurança, e Eliah os imitou. Selci se afastou e foi se sentar no banco mais à frente. Olhou bem nos olhos de Eliah, que se perguntou se ela também sentia uma química forte entre eles. A van começou a correr como um trem-bala.

— Bora pra Vila Tamuiá, nossa terra! — gritou um dos músicos.

A viagem durou um tempo que Eliah não soube precisar, porque acabou caindo no sono. Quando acordou, a van estava fora dos trilhos, passando por uma estrada aberta no meio da floresta. O sol do alvorecer iluminava a mata e agitava os pássaros que viviam no topo dos acaiacás, paus-brasis e pinheiros pelos quais o carro passava. Foi a primeira vez que Eliah viu jaguamimbabas circulando perto de uma área de habitação humana. Um rio de águas límpidas corria perto dali, havia fartura de peixes, e capivaras se banhavam ou dormiam. Ele estava atônito.

— É bonito, né? — Selci sorriu, orgulhosa. — Tamuiá.

— Porra, que foda esse lugar. É diferente de tudo que eu já vi.

— Os nossos antepassados se refugiaram nas extremidades do Distrito. Sabe aquela frase... quando chegaram aqui, era tudo mato.

— Selci, cê fica dizendo "nossos antepassados". Mas tu vem do mesmo lugar que eu, Obambo. E o povo lá tá precisando da gente.

— Deixei de ser uma obambo quando virei sacerdotisa de Vila Tamuiá. Nossa ancestralidade é espiritual. Tem um monte de descendentes dos habitantes da antiga Tamuiá espalhados por aí, até pra além do Distrito. Alguns tão refugiados nos reinos do Norte. Com a música, a gente tenta encontrar e resgatar todos eles. Alguns tão em Obambo, como eu tava.

Eles chegaram a um portão colossal de pedra rígida, com uma grande lua bem ao centro. Parecia tocar o céu e circundava toda a entrada da Vila Tamuiá.

— Chegar aqui pelas montanhas é tão difícil quanto era alcançar um quilombo no passado. A gente tá totalmente protegido e longe da vigilância dos tecnogriots. Nagast criou uma tecnologia com base nos circuitos, cabos e artifícios dos homens. Tamuiá usa a natureza como base da tecnologia. A gente usa frequências sonoras pra propagar mensagens, a própria rede de micélios criada por fungos no solo ajuda a transmitir dados por pequenas reações químicas. Foi questão de sobrevivência a gente se desligar das redes do Distrito. Quem domina a comunicação digital domina tudo ali, é um negócio que destrói a liberdade e aumenta a desigualdade. E existe algo pior que se apropriou de toda a região.

— Eu sei. Asanbosam.

— Não diz esse nome aqui. A gente não quer atrair esse bruxo.

Vila Tamuiá era um lugar encantador. Prédios de arquitetura faraônica se estendiam na direção das nuvens, recobertos por musgo e com janelas gigantescas e luzes incandescentes. Em todos os cantos havia símbolos ancestrais e enormes pinturas de animais. Algumas se moviam como os escorpiões que viu no galpão da Bakhna. Ao longe, Eliah viu homens treinando táticas de combate com uma guerreira que parecia muito hábil, desferindo golpes que imobilizavam e arrancavam as pistolas dos homens num piscar de olhos.

Eliah achou melhor não mencionar que Asanbosam estava em seu percalço. Ele precisava encontrar os receptáculos e convencer os tamuiás a lutar com os obambos antes de avisá-los sobre a criatura.

Selci levou Eliah para um salão onde eles poderiam se alimentar. Acompanhado pela cantora e sacerdotisa, ele saboreou carnes macias que nem Zero, com todos os criptocréditos que tinha juntado graças à ganância dos distritenses, havia provado em Obambo. Era um costume local inserir proteína animal nas refeições matinais, e estava tudo tão saboroso que Eliah nem estranhou aquele tipo de iguaria no café da manhã.

— Cê consegue ficar de boa assim, sabendo que podia levar essas coisas pra comunidade? — quis saber ele, a sério. — Lembra como é aquela gororoba que a galera do Novo Monte distribui? Ou como é dormir de barriga vazia, tomando água pra disfarçar?

— Eliah, nem você nem nenhum outro cara precisa me lembrar como é viver na favela. Sei qual é a tua, conheço as tatuagens. — O tom dela tornou-se levemente hostil, como se a recordação não lhe fizesse bem. — Tu é do bando dos mecânicos. Ladrões de carros que se envolvem com os militares corruptos da Fronteira, vendem a dignidade por um punhado de créditos. Eu não era do crime, e tu sabe como é pra quem não se envolve, né? Uma desgraça. Sem contar a falta de segurança de andar na própria rua e trombar com um dos teus comparsas, machões bêbados que vêm pra cima da gente.

— Eu nunca fiz nada desse tipo. Tenho uma irmã pra cuidar, não dou esses vacilos. — Eliah estava ofendido de verdade.

— Pode ser, mas teus amigos dão. Então, não me julga por querer sair do inferno. Aqui a gente aprende que não vence a luta contra as elites dando o peito aberto pra levar bala. Tem que ser na estratégia. Essa guerra não é sobre a minha vida ou a tua, é sobre um legado.

Quando terminaram de comer, Selci o levou a um jardim que eles atravessaram até a metade. Ali, bem no meio, havia um círculo enorme de pedra polida no chão, com vários entalhes de ouro criando triângulos que se cruzavam em vários pontos, milhares deles. Cada cruzamento era incrustado com um diamante e rodeado por flores.

— Esse lugar… — disse Eliah, tentando entender o que chamava sua atenção. — Tô sentindo uma energia surreal aqui. Tem muito espírito nesse solo.

— Não são espíritos comuns. São nossos antepassados, os malungos. Eles lutaram por tudo o que você vê aqui. Construíram esse lugar. Aqui a gente enterrou os receptáculos, a tecnologia que a Moss, a sacerdotisa do passado, criou pra batalha que deu origem a Nagast.

Eliah percebeu que não podia perder a oportunidade. Adiantou a conversa que planejava:

— A Moss não é do passado. Ela tá viva.

— O quê? Que história é essa? Ela não é vista faz décadas.

— Tava exilada em Tamirat.

Selci gargalhou.

— Pensei que cê tava falando sério. Essa é uma das maiores lendas de Nagast. Uma história criada pelos Cygens pra afastar a gente daquela pirâmide.

Eliah pensou no que poderia dizer pra mostrar a Selci que tinha estado com Moss, mas nada do que falasse iria convencê-la disso. Para ela, a anciã era apenas uma figura histórica distante. Resolveu tentar novamente, apelando para os sentimentos:

— Eu vim buscar ajuda pra batalha que tá rolando em Obambo, Selci, me escuta. Eles vão exterminar a comunidade. Milhões de crianças e idosos atravessados pelo exército distritense, sob o comando do bruxo que dominou Nagast. Se tu reconheceu mesmo o espírito que eu carrego, sabe que eu sou o último dos ancestrais invocados pela Moss pra proteger Nagast, e que eu tenho que fazer tudo pra impedir que aquela gente morra.

— Cê não me dá escolha, querido.

Selci se afastou e fez um gesto com o braço que ele não teve tempo de entender. Foi o sinal para que guerreiros surgissem e o cercassem, disparando braceletes magnéticos que o imobilizaram.

— Me solta, porra! Traidora! Os anos aqui fizeram tu esquecer quem tu é, mas eu te lembro: tu é cria da mesma favela que eu.

A cantora fez um sinal com os olhos, e os guerreiros carregaram Eliah, que tentava lutar em vão. Foi quando ele percebeu uma música suave tocando no ambiente.

A última coisa que conseguiu pensar foi que aquela melodia lhe dava sono.

# OBAMBO DE VOLTA AO COMBATE

O dia amanheceu com jeito de outono em Obambo. Dante passara o resto da madrugada operando Hanna e pediu às enfermeiras que cuidassem do descanso dela.

— Ela vai acordar em poucas horas. Espero que se acostume com a prótese. É sempre difícil, mas usei os melhores equipamentos disponíveis na comunidade. Vocês entendem… não é muita coisa.

O cansaço abalava a todos, que aguardavam Hanna sentados no chão, cabisbaixos, observando pelos corredores outros feridos chegando.

— Moss, a gente tá fora da treta. Não tem nada pra fazer aqui. Sem comunicação, sem Hanna, Bento e Misty. — Milton mal aguentava segurar sua pistola de tão cansado.

— Vamos aguardar. Eliah e Zero estão por aí.

A anciã se questionava se havia um jeito de acabar com aquela mortandade, mas não achava uma resposta que não fosse entregar o próprio Ancestral, Eliah. O bruxo não descansaria até encontrá-lo, e ele sabia que não podia cometer o deslize de deixar o espírito do Ancestral se fortalecer.

— A gente tá cercado aqui, tia. Se os homens descem com aquelas armaduras de guerra, a gente nem vai ver a rajada chegar, vai deitar todo mundo. Fim da linha. Meu pai foi pra luta com o Bezerra. Tô a pé contigo e não quero o mesmo final da Misty.

Léti começou a chorar de nervoso. Estava em choque por tudo o que tinham vivido naquela noite. A morte da amiga, a operação de Hanna... Ela enxugou as lágrimas, irritada:

— Cala essa maldita boca, Milton. Respeita a Moss, porra. Tu não tem metade da coragem dela e fica falando bosta pra gente. Tu acha que é o único aqui com medo de perder mais alguém? Eu não vou ficar parada esperando a morte chegar. A gente vai pra ação também.

— Foi mal, Léti, tá foda. Eu não sei o que fazer. Tamo na beira do abismo aqui.

— A gente tem que reconstruir nossas defesas — disse uma voz que todos reconheceram. Era Hanna.

A garota tinha acordado e sentado na cama, e olhava para a prótese em sua perna com uma expressão de dor e fúria. Com os equipamentos do Distrito, aqueles aos quais Obambo não tinha acesso, a reconstrução teria sido imediata e ela sairia andando dali. Mas não era o caso; o exilado Cygen tinha feito o possível, mas Hanna ainda precisaria de uma breve adaptação. Ela respirou fundo, como se organizasse os pensamentos, e continuou:

— A gente tem que achar um novo gerador pra alimentar a eletricidade da favela e reativar o Bento. Meu irmão tá por aí precisando de mim. Não vou deixar ele sozinho enfrentando o Asanbosam.

— Você precisa descansar, seu corpo ainda precisa de algumas horas para se acostumar — disse Dante, preocupado, tentando fazê-la se deitar novamente. Ela levantou e forçou os pés no chão, com a prótese cambaleando, e afastou as mãos do Cygen de seus ombros. Uma das enfermeiras correu até ela com uma cadeira que deslizava por repulsão magnética e ela se sentou. Os demais se aproximaram.

— Eu não devia estar chorando por uma amiga que morreu. Não devia estar passando madrugadas preocupada com Eliah, não devia estar nesse lugar que cheira a sangue e mofo. Mas eu tô. — Hanna segurou as mãos de Léti. Por fim, olhou para Dante. — A gente precisa da tua ajuda agora. Não sei se eu tava só alucinando, mas acho que te ouvi falar que quer ajudar Obambo. A hora chegou.

— Do que você está falando? — interveio Moss.

— Moss, olha ao redor. Cês tavam tão preocupados comigo que não perceberam. Como pode esse centro funcionar se o resto da favela não tem um pingo de eletricidade? Esse lugar tem mais energia que todos os geradores de Obambo. Essas telas e máquinas não funcionam sem uma célula solar construída no Distrito. Isso aí é tecnologia Cygen.

Dante hesitou, desconcertado. Todos os olhos se voltaram para ele. Sem alternativa, admitiu:

— Sim, existe um gerador de energia Cygen aqui. Eu trouxe do hospital de Nagast. A célula solar está no topo dessa torre em que estamos, num lugar alto demais para que alguém acesse. Se for retirada, todo o prédio para de funcionar. A célula pode energizar todos os outros dispositivos que eu trouxe do Distrito, que exigem uma carga bem maior que a tecnologia que vocês têm aqui. Sobra pouco para manter a autonomia do Centro de Saúde.

— A gente vai precisar dela — Hanna disse com uma postura altiva, tentando ignorar o abalo emocional. Ela só queria o final daquela guerra, mesmo sabendo que Obambo nunca mais seria como antes.

— Garotos, o prédio do antigo gerador agora são ruínas soterradas — disse Moss, lembrando-os de como tudo aquilo tinha começado. — Não temos tempo para retirar os escombros nem para construir um local seguro para proteger a célula.

Dante foi até uma das paredes repletas de cabos que conectavam seus dispositivos computacionais médicos. Observou os fios de energia e disse:

— Mantê-la aqui, escondida no topo da torre, é o mais prudente. O que precisamos fazer é reconstruir a rede de distribuição.

Hanna entendeu o que ele queria dizer, mas os outros estavam confusos. Dante explicou que a célula emitia ondas de energia que podiam ser captadas por receptores em dispositivos específicos. Ouvindo-o, Moss concluiu que era algo similar à tecnologia que usava em Tamirat e se ofereceu para ajudá-los a reconfigurar os receptores disponíveis.

Quando terminaram o trabalho, Hanna disse a Dante:

— Agora a gente tem que instalar uns desses nos pontos principais de Obambo. Ainda vai dar pra manter o Centro de Saúde funcionando, mas os dispositivos distritenses vão ser inúteis. Se você quiser continuar ajudando, vai ter que se adaptar ao que vai ter aqui.

— Você quer que eu faça milagres. Sabe que nós, Cybergenizados, não acreditamos nisso.

— Tá na hora de aprender, doutor.

O grupo se mobilizou para sair do Centro de Saúde. Léti e Milton ficaram responsáveis por refazer as conexões para a distribuição da energia do gerador principal; precisavam apenas seguir as instruções que Hanna enviara para seus dispositivos computacionais de pulso.

Moss e Hanna se dirigiram ao Barracão, na entrada de Obambo. A garota ainda se movimentava na cadeira magnética, mas aos poucos passava a ter um controle maior da perna. Ao chegarem lá, encontraram uma cena diferente da que esperavam. Os tecnogriots tinham tomado a entrada. Alguns atiradores ainda derrubavam os que podiam, mas não tinham mais como se esconder, tinham ficado vulneráveis.

— Assim que passarmos por aquelas barricadas, os drones vão me identificar — disse Moss. — Temos que agir logo. Asanbosam saberá minha localização e virá me matar.

— A gente vai tá preparado pro bruxo, Moss.

Hanna foi na frente. Já tinham se passado algumas horas desde que Dante colocara a prótese, e ela achou que não dava mais para adiar a tentativa de andar, embora ainda não estivesse totalmente acostumada com a perna metálica e suas ligações nervosas com o cérebro. "Vai levar tempo pra eu voltar a andar como antes", pensou e, com esforço, continuou caminhando pelas barricadas. O barulho dos tiros que vinham dos barracos não a perturbava, ela já estava acostumada com aquilo.

Moss seguiu atrás de Hanna, carregando o último receptor de energia solar de Dante. Foi cercada por tecnogriots, que escanearam suas tatuagens, e invocou o vento em um ritual desenhando Orisis no ar, para afastá-los por um tempo. Os drones saíam de perto e voltavam como um enxame, com seu zumbido dissonante e insectoide.

Passando despercebida, Hanna entrou no Barracão e viu estilhaços pelo chão. Vidros quebrados, leds destruídos por tiros. A máquina do portal, no entanto, estava intacta.

— Vai, Moss, não demora.

A anciã precisava alcançar a parte traseira do prédio para instalar o receptor na subestação de eletricidade. Ela ainda lutava para afastar os drones, e havia criado um círculo de proteção para concluir o trabalho.

Hanna percebeu que Moss tinha sido bem-sucedida quando os sistemas computacionais e os dispositivos digitais voltaram a funcionar e a iluminação foi reativada. Ligou o servidor que montara numa das máquinas.

— Bento, cadê você? — disse, sem elevar demais a voz para não atrair atenções indevidas.

— Pensei que não a veria mais. — O cybercapoeirista começou a se materializar próximo à garota. Sua imagem ainda era fraca, mas a voz estava bastante nítida.

— Tem muitos drones por Obambo — disse ela. — A gente tem que reativar o modo de invisibilidade.

— Estou iniciando o pulso. Ele vai aumentar quando tivermos mais pontos de energia.

— Léti e Milton tão nisso. Faz a conexão com o Zero ou o Eliah, por favor. A gente tem que voltar...

A fala foi interrompida por uma nova explosão nas ruas. Os tiros se intensificaram, e Hanna ouviu um veículo capotando ao passar pelas barricadas.

— Acelera, Bento! Eles tão vindo pegar a Moss! — disse ela, pouco antes de a anciã entrar no galpão.

— Os reforços chegaram, querida.

Logo atrás da anciã, Hanna viu Bezerra carregando seu lançador de granada.

— A gente perdeu a comunicação com Obambo, então o Zero mandou o nosso grupo para cá. A gente deu conta de uma tropa lá atrás, um dos filhos da puta fugiu, mas deitamos os caras quando eles tentaram entrar aqui. Agora vamo limpar o céu desses drones malditos. — Bezerra se virou num movimento ágil e deu um tiro para trás, acertando um tecnogriot que acabara de entrar atrás dele. — Tamo de volta na treta. Ninguém para nóis!

— A gente precisa mesmo dessa empolgação, Bezerra. E de muitas balas — disse Hanna, que ainda acompanhava a movimentação externa pelas telas. — Olha só essas imagens da Fronteira. Agora tão mandando a artilharia pesada. Tem camburão, soldado com armadura de guerra, tanque robotizado. Junta a galera. Do jeito que tão, eles demoram umas horas, só, até Obambo. Devem chegar no final da tarde.

O que mais preocupava Moss, no entanto, não era algo que ela estivesse vendo nas projeções.

— A presença de Asanbosam está mais forte. Ele tem muitos soldados sob seu jugo. Devemos nos proteger para não cair em seu domínio. Vou preparar o terreno, trazer proteções e orações, enquanto vocês levantam novas barricadas.

— Vamo ter que levar o combate pros morros — interferiu Bezerra, analisando a situação ao seu modo. Como líder comunitário, ele conhecia cada centímetro daquele lugar e estava acostumado a resolver problemas da sua gente. — Aqui embaixo, na entrada, não dá pra ganhar, é gente demais ali. Agora, se precisarem cair nas quebradas, tem como ganhar com a surpresa e fuzilar eles. Tem viela que só a pé pra chegar. Isso aqui é um labirinto pra quem não sabe andar na comunidade.

Com a ajuda de Léti e Milton, o sinal capaz de confundir os tecnogriots fora restabelecido e agora se espalhava por toda a favela. Quando o sol começou a se pôr, os primeiros veículos dos militares chegaram na entrada da comunidade. Foram recebidos por granadas e plasma das pistolas do bando de Bezerra. Havia entulho bloqueando as passagens dos camburões, que ficaram represados entre o cimento e os tiros.

— Eles vão tentar abrir as barricadas pra passar com os tanques. Vamos segurar esses comédia! — gritou Bezerra.

Nesse momento, uma mensagem se espalhou pela velharrede. Tinha as fotos de Zero, Eliah, Keisha e Moss.

E prometia o final do ataque se os quatro fossem entregues ao exército do Distrito.

# A MALTA DE AÇO

Um grupo liderado por Zero invadiu a maior fábrica de robôs. Na linha de frente, o chefe dos mecânicos parecia mais violento que o normal, carregando seu machado nas costas e uma pistola de laser nas mãos. Caminharam na direção da sala de controle e abriram fogo quando toparam com os vigilantes.

— Perderam, carai!

Quando terminaram de abater os homens, entraram na sala e deram de cara com os controles principais do complexo de produção robótico.

— Daqui, a gente pode construir o exército que vocês precisam pra causar um estrago em Nagast. — Akasha estava exultante. — A velocidade de produção é insana, essas máquinas gigantes produzem centenas de robôs por hora.

— Tu falou a verdade, ganhou minha confiança — disse Zero, e passou os olhos pelos painéis, sem entender nada daqueles comandos. Parou o olhar nas telas com imagens captadas das linhas de montagem, e então perguntou:

— Esses robôs podem usar armas?

— Que eu saiba, não. São usados em construção civil. Tem uma lei aqui no Distrito que autoriza somente o exército a construir robôs de combate. A gente vai ter que fazer umas mudanças pra eles entrarem na briga. Vocês têm programadores? Dos bons, que saibam quebrar o código-fonte que bloqueia o sistema operacional?

— Isso é coisa pra duas minas de Obambo. A Hanna e a Misty são foda, dão conta disso. O pessoal da favela não responde, mas meu parça Bezerra foi lá ver se tá tudo bem. Bora colocar essas máquinas pra funcionar. Quero ver essas bundas metálicas se mexendo pra desmontar os milicos de Nagast e a gente dominar o Distrito.

Akasha ficou encarregado de organizar a produção dos robôs, com o suporte de mecânicos de Obambo escalados para tomar conta da fábrica. Zero voltou à base na Fronteira e viu que Keisha tinha reforçado a defesa com metralhadoras elétricas.

— Cê fez um bom trabalho aqui.

— Cê sabe que eu manjo. Se os milicos chegarem nos portões, não vão nem ver de onde os disparos tão saindo. — Ela hesitou por um instante, mas resolveu aproveitar que Zero estava sozinho para perguntar: — Cê confia nesse cara, o Asaka?

— Akasha — corrigiu ele. — Claro que não, céloko. Só confio em quem eu conheço. Tu tá comigo há uma cota, e demorou pra eu parar de achar que qualquer hora tu ia explodir minha cabeça.

— Ainda posso, dá um vacilo. — Ela riu. — Mas então qual é a cena com ele?

— Não é com ele. É com esses robôs. A gente arrumou um exército. Soldados que não dormem, não sangram e que dá pra montar aos milhares. Quando a gente saiu de Obambo, o plano era só ganhar tempo até Moss e Eliah cuidarem da cena com o bruxo, mas tô vendo que a gente conseguiu algo muito maior. Vamo fazer daqui uma fortaleza dentro do Distrito, nosso próprio Quilombo Industrial.

— Gostei do nome, mas ainda tem aquela fita pra resolver. Eliah, Asanbosam, Moss… assunto sério, o bruxo entrou na cabeça dos meus homens. Se a gente não der conta dele, não adianta levantar um castelo. Ele derruba por dentro.

Pela expressão de Zero, Keisha percebeu claramente que o comentário não fora bem-vindo. A personalidade dele sempre estivera entre a ambição e a ousadia, não era segredo para ninguém que gostava era de poder. Desde que conquistara as torres da Fronteira, seus aliados perceberam a escalada da arrogância. Ele exibia cada vez mais seu machado e, nas poucas vezes em que o deixava de lado, ficava ansioso, desconfiado. Parecia ter desenvolvido uma relação sombria com o receptáculo. Quanto mais o usava, mais autoritário se tornava.

— A gente correu pra morte ontem. Rasgamos o deserto até a Fronteira sem saber se ia estar aqui respirando ainda. — Ele se exaltou e bateu na mesa com o cabo do machado. — A gente reivindicou esse pedaço de Nagast e vai transformar isso na nossa nova casa. Cansei de viver naquela favela. Eu dei minha palavra: pra mim, o certo sempre vai ser o certo. Quando for a hora, a gente entra na batalha e, se precisar, a gente volta e protege o que é nosso. Quem quiser somar tá convidado. Sabe qualé?

Horas depois, Akasha retornou da fábrica com algumas dezenas de robôs construtores e os apresentou aos líderes da rebelião, informando que havia centenas de máquinas como aquelas em produção e a caminho de Obambo. Conforme ele dissera, tinham força e habilidade para levantar prédios. Após alguma programação, alguns começaram a blindar os portões.

Zero tinha encontrado na muralha da Fronteira uma suíte confortável que imaginou que fosse do antigo capitão, mas agora seria dele. Tentou descansar, mas o barulho dos robôs trabalhando o impedia de dormir. Levantou-se quando viu uma mensagem de Bento no dispositivo computacional de pulso: "*Obambos de volta à ação. Estamos bem, por enquanto*". O recado o tranquilizou. Fez uma chamada para ter mais notícias, e o cybercapoeirista resumiu os acontecimentos mais recentes. Atualizou-o sobre o estado de Hanna, sobre as novas tropas que se dirigiam à entrada da comunidade e sobre a chegada da galera do Bezerra. Só não contou sobre Misty, achando mais prudente deixar a notícia ser dada por alguém com vida e mais empatia. Moss tomou seu lugar na conexão e ouviu as novidades de Zero antes de falar:

— Essa luta só acaba quando Asanbosam abandonar Nagast. Sua vitória e o Quilombo aí na Fronteira não ficam de pé se ele voltar o olhar para o seu lado.

— Sai dessa, Moss. A gente tá firmão aqui. Tem gente nova e esses robôs do nosso lado. Uma fábrica deles. Se a gente conseguir quebrar a condição operacional deles, viram armas de guerra imbatíveis. Os distritenses vão tremer com o nosso poder — disse ele, e complementou: — Pede pro Bezerra trazer a Misty pra me ajudar nesse corre.

Moss baixou o tom de voz, soturna:

— A Misty tentou lutar sozinha contra essa sombra, mas foi corrompida por ela.

— Corrompida? Tá falando que aquela coisa entrou na cabeça dela? Não zoa, carai. Cadê ela, velha?

A notícia da explosão o enfureceu. Resistiu a acreditar que a hacker decidira acabar com a própria vida para impedir estragos maiores. Bento enviou imagens da cena, e

Zero repassou-as várias vezes, observando o rosto da garota amarrada na cadeira como se pudesse tirar alguma informação nova dali.

— Bruxo desgraçado. Vou arregaçar a cara dele de porrada e tiro. Não vai ficar assim, não! — O chefe dos mecânicos chutou a mesa, golpeou-a com o machado, esvaziou sua ira naquele quarto. — E a Hanna? Ela também tem a moral de mexer no sistema dessas máquinas.

— Ela está se recuperando, mas não é prudente descer do morro agora. Em pouco tempo, as primeiras tropas alcançarão nossas barricadas. Precisamos de reforços, ou não iremos sobreviver. Mande os arquivos do sistema de robôs para o Bento e traga mais gente. Nossa última esperança está em Eliah. Se ele chegar a Tamuiá e encontrar os receptáculos, pode reunir a força necessária para combater a criatura do mundo ancestral.

— Deixa comigo, tá ligada? Comigo é missão cumprida. Vou mandar tudo que a gente precisa. Dá um salve na Hanna, a menina é monstro, vai fazer acontecer pra nóis.

As entradas de Obambo estavam tomadas por tropas. Soldados com exoesqueletos subiam o morro em busca da Oráculo e de Eliah. Eles andaram por alguns quarteirões sem encontrar uma alma sequer circulando entre os barracos.

— Parece que esses pestilentos resolveram fugir — comentou um dos homens da linha de frente, segundos antes de cair com um tiro na cabeça, vindo de alguma janela naquele oceano de telhados e lajes que servia como o esconderijo perfeito para os do morro. Os tecnogriots vinham passando por ali sem conseguir identificá-los, já que os atiradores estavam protegidos pelo pulso de invisibilidade de Hanna.

Quando um dos tanques chegou para abrir caminho e derrubar os primeiros barracos, Moss surgiu sobre um dos telhados. Ela conjurou palavras em Orisi e escreveu pelo ar rituais que atraíam os drones como um círculo magnético. Eles passaram a circundar os veículos do próprio exército de Nagast e a se precipitar contra eles, criando explosões que afastavam os militares e dificultavam ainda mais a entrada em Obambo.

Um dos soldados, de capacete rachado, arrancou a proteção da cabeça e escalou os barracos para se aproximar da Oráculo. Ele se esquivava das balas com movimentos sobrenaturais, e, ao avistá-lo, a anciã logo reconheceu em seus olhos a marca de Asanbosam.

— Você não tem saída, Moss. Mesmo que consiga atrapalhar nossas máquinas, ainda precisa enfrentar cada um dos soldados que controlo nesse Distrito — disse ele, com uma voz rouca e alta que ela também conhecia bem.

— Se esconder atrás dessas pessoas é uma covardia que eu esperaria apenas da criatura rasteira que você é. Revele-se e me enfrente com dignidade, bruxo! — ela reagiu. Asanbosam riu com arrogância e saltou de um telhado a outro até atingir a laje em que Moss estava.

— Você não engana ninguém. Te venci todas as vezes que nos enfrentamos sem ajuda, e não será diferente agora que consegui atravessar para o mundo dos vivos. Eu controlo tudo o que você vê no Distrito. Essa gente e seus dispositivos computacionais se tornaram extensões do meu poder.

Nesse momento, o homem de pele pálida por meio de quem Asanbosam falava foi atingido por um dos tecnogriots que tinham sido atraídos pelo ritual de Moss. O choque com o drone lançou o oponente para fora do telhado, mas o homem conseguiu se agarrar na beirada. Voltou a escalar com uma das mãos, sangrando, e ativou o escudo antimagia dos Cygens em sua armadura, conseguindo adentrar os círculos de proteção da Oráculo. Uma pistola a laser emergiu da braçadeira da armadura, e ele caminhou com as duas mãos no gatilho.

— Vou finalmente limpar o Distrito dessa favela. Vou matar um a um os que estão aqui até encontrar o Último Ancestral e usar seus poderes para conquistar outros reinos ao redor. Adeus, velha. Foi divertido fingir que tinha alguma chance contra mim.

O tiro atravessou a cabeça da anciã, mas sua imagem se manteve igual. Outro soldado chegou ao telhado, uma mulher carregando uma lâmina de aço, cujos olhos revelavam também estar possuída pela criatura. Ela atravessou a imagem de Moss com a lâmina.

— Você comete o mesmo erro dos distritenses, ignora Obambo. Você diz que controla tudo, mas esquece que a favela também faz parte desse todo, e quem manda aqui é o povo. Sempre será.

As palavras Orisi se dissiparam, levando com elas a projeção da Oráculo, mas não sem antes causar um curto-circuito nos drones que tinham sido atraídos, gerando uma onda de fogo e choque que derrubou um quarteirão de barracos na entrada da favela e soterrou dezenas de militares. Ouviram-se disparos para o alto. Um grito de uma vitória pequena, mas importante.

Escurecia, e o exército distritense ainda não havia retirado todos os escombros da passagem. Duas tropas ficaram dentro de Obambo. Tinham criado uma trincheira e passaram horas trocando tiros com o grupo de Bezerra.

— Cês não ficam sem bala, porra. Bento, dá uma moral aqui, tá acabando nossa munição. Vamo precisar recarregar as armas daqui a pouco.

O cybercapoeirista lutava sozinho contra uma dezena de militares, gingando e desferindo golpes em suas armaduras. Funcionou no começo, ele imobilizou e tirou vários de combate, chutando para longe suas pistolas e causando danos ao armamento mais pesado, como lançadores e canhões sônicos. O teletransporte era uma vantagem: ele golpeava aqui e aparecia do outro lado. Bezerra pensou que teria descanso, até que uma soldada percebeu que estava sendo atacada por uma entidade dos malungos. Ela ativou as defesas do exoesqueleto e virou o jogo contra Bento. Os golpes não conseguiam mais atingir os soldados, e Bento se lembrou do combate com Matteo e de sua habilidade de ferir seu espírito.

— Não consigo acertá-los enquanto estiverem com as defesas ligadas. Desculpe, pessoal — disse o cybercapoeirista pelo sistema de comunicação. — Estou inutilizado.

— Está nada, caralho. Vai batendo pelas beiradas nos barracos. Se tu não pode acertar os canalhas, manda pedrada pra cima. Quebra tudo, Bento.

— Vou segurar quanto puder. Zero deve estar chegando com reforços.

Nem Bezerra nem Moss sabiam que Zero não mandara nenhum dos seus homens de volta a Obambo. Ele prometera que iria apoiá-los, mas também achava que a causa lá estava perdida. Mandou, por outro lado, tropas de robôs construtores, uma forma de pressionar e manter a atenção de Hanna no sistema operacional deles. "Se a Hanna der conta de quebrar o sistema deles, vão ser úteis. Senão, pelo menos vão conseguir um tempo pra todo mundo fugir. É melhor manter um refúgio pra quando isso rolar", ele tinha dito a Keisha. Ela tentara refutar o plano. Sem sucesso, voltou ao topo da torre de defesa, observando de longe a escuridão que tomava conta da favela e as máquinas comandadas remotamente por Bento para alcançar o morro por entradas laterais e traseiras.

Moss, a essa altura, estava na garagem com Hanna. As duas trabalhavam juntas para decodificar a programação dos robôs, conforme Zero pedira.

— Cê não conhece esses códigos, Moss?

— Não se parecem com nada que eu já tenha visto. Os Cygens criaram uma criptografia própria. Imagino que seja um jeito de impedir que essas máquinas sejam usurpadas.

Ambas ficavam rondando o código, investigando a lógica e as oportunidades de acessar a raiz do sistema. Os olhos da menina estavam fixos na tela. Ela estava obstinada, as letras pareciam se refletir em seus olhos castanhos.

— Acho que tô conseguindo entender.

Quanto mais Hanna escrevia, mais interpretava os símbolos que cruzavam seu olhar. A anciã nunca tinha visto alguém tão jovem com tamanha habilidade no mundo digital. Perguntou-se como tinha deixado passar algo que a garota agora conseguia ver. Pegou conchas e jogou-as sobre uma mesa. Em um ritual Orisi, escreveu ao redor das conchas o nome da menina no dialeto divino. Os Deuses responderam com símbolos ancestrais que correspondiam aos escribas: "Essa menina consegue aprender todas as linguagens disponíveis no mundo. Ela é uma dádiva".

— Consegui, Moss. Tudo nosso! Removi o bloqueio. Agora é transmitir esse código e os robôs vão entrar na treta. Só tem uma coisa: onde a gente arruma arma pra esse tanto de máquina? Eles não têm canhões nos pulsos, né?

Bento surgiu na projeção da sala a tempo de ouvir Hanna e informar:

— Bem na hora, garota. O exército passou pela primeira barricada, agora está subindo o morro. Qual é o plano, Moss?

— Vocês precisam se afastar de mim. Asanbosam vai me localizar, e vou usar isso para desviar a atenção dele de vocês. Coloquem esses robôs para lutar de alguma forma, criem barricadas. Vamos ganhar mais uma noite, nos dedicar a uma vitória de cada vez e rezar a Orum pela jornada de Eliah em busca dos espíritos malungos.

Os robôs chegaram ao morro pelo lado oposto ao dos militares e se espalharam pelas vielas. A liga de aço de seus membros suportava tiros e bombas dos distritenses, mas eles tinham pouco poder de fogo e só conseguiam atrasar um pouco as forças de guerra. Eles eram muitos, e sua programação para a guerra ainda estava em teste, então atravessavam causando estrondo com os próprios punhos e derrubando barracos, destruindo parte da paisagem de Obambo.

Bezerra estava novamente sem munição, acuado, indo cada vez mais para o alto da favela. Falou com Bento pelo comunicador:

— Essas porcarias de lata não sabem fazer porra nenhuma. Vamo precisar derrubar uns quarteirões pra segurar essas tropas. Aquele vacilão do Zero não apareceu, tamo a pé. Era uma boa ter outros que nem você descendo porrada aqui.

— Não é uma ideia ruim, não. Hanna me deu acesso à programação dos robôs. Vou transmitir uma atualização com os meus conhecimentos de luta. Esse upload vai consumir muita energia, não se espante.

Bento se dissolveu no ar, e a energia de Obambo começou a piscar. Mesmo com o gerador de Dante, a quantidade de robôs era enorme, e àquela altura centenas deles estavam pelas vielas em confrontos contra Nagast. Nos segundos em que as máquinas pararam pra receber a atualização, os militares aproveitaram para avançar e destruir várias delas.

— Metralhem essas latas imprestáveis! — gritou um deles.

Em movimentações táticas, eles cortaram pelas laterais e abriram fogo no meio. Quando os robôs foram reativados, os que haviam sobrado conseguiram se esquivar dos tiros e golpes.

Bento surgiu na janela do barraco em que Bezerra se escondia.

— Pensei que tu já era, Bento. O que rolou?

— Melhorei a programação deles, transformei essas coisas de lata em uma verdadeira Malta de Aço. Olhe agora!

Mais ágeis, os robôs agora corriam e desferiam golpes como martelo, escorão, cotovelada e arpão. Giravam o tronco sobre o próprio eixo e adaptavam a capoeira para seus corpos articulados a óleo. Com a Malta de Aço, os obambos conseguiram pressionar os militares para as ruas de baixo.

# EM BUSCA DO CORAÇÃO DA SELVA

Na Vila Tamuiá, Eliah passou o dia trancafiado em um salão de marfim com os braços imobilizados por anéis magnéticos. Quando a noite chegou, guerreiras entraram no salão largo com pé-direito bem alto carregando bastões de choque e lanças e o puxaram. Havia um vento frio nos corredores. Estava tudo escuro, com poucas tochas no caminho para o meio do nada.

— Pra onde cês tão me levando? Cadê a Selci? Aquela sacana me entregou, ela vai ser a culpada pela morte de todo mundo em Obambo. Tão me ouvindo?

Uma das mulheres deu com o bastão em seu pescoço, com uma leve carga de choque, para que ele parasse de falar. Ele seguiu em direção ao escuro, sentindo a ponta da lança em suas costas, e percebeu um cheiro de mato. "Tão me abandonando na floresta", constatou.

Depois de caminharem um pouco, os anéis magnéticos se soltaram e ele pôde mover os braços novamente. Apenas a lua iluminava o breu que cobria as árvores. Tochas se acenderam, formando um círculo em torno de Eliah. Eram guerreiros e líderes de Tamuiá que as seguravam, olhando para o jovem.

— O que cês querem? Isso é um interrogatório? Ninguém pode me julgar aqui. Não enquanto cês vivem seu mundinho perfeito, vendo Obambo e o resto do Distrito sendo consumidos pela guerra e pelas trevas.

— Isso é um teste, garoto — disse uma senhora adornada com anéis de ouro e brincos de pedra. Sua tocha incandescia mais que todas as outras. — Sou Bakhna, general das tropas de Vila Tamuiá e líder deste vilarejo. Há dezenas de anos não encontro alguém capaz de usar Orisi. Nossa sacerdotisa Selci me mostrou as imagens do que aconteceu naquela casa de shows. Pedi que trouxesse você aqui, onde estamos reunindo médiuns para proteger a harmonia que foi quebrada entre o mundo dos espíritos, o dos ancestrais e o dos vivos.

Eliah estava impressionado com a ideia de conhecer Bakhna em pessoa, mas não a deixaria perceber.

— Tá tirando que vou entrar pro seu exército de médiuns. A Selci contou por que eu vim pra cá? O Asanbosam dominou o exército de Nagast, e neste exato momento deve estar destruindo Obambo com canhões e armaduras de combate.

— Essa não é uma guerra importante. Nós sabemos da presença do bruxo há muito tempo. Quando conectaram a Árvore dos Dois Mundos, criando a ponte para a realidade dos antepassados, vimos a sombra da criatura se mobilizar e atingir os líderes do Distrito.

— Caralho, quer dizer que cês viram e não fizeram nada? Esses monstros vão destruir tudo. Ele não tá sozinho. Aquele embalsamador anda solto, criando aberrações com corpos de pessoas inocentes. — Eliah se exaltou, aproximando-se de Bakhna, mas foi barrado pelas lanças e pelos bastões das guerreiras.

— Tamuiá sobrevive desde a fundação de Nagast. Nós observamos cada movimento, cada espírito que atravessa o mundo dos vivos. Lutamos por algo maior do que as questões temporais, Eliah. Tudo nesta vida tem sua hora, tudo acaba quando está conectado com as necessidades imediatas. O Distrito foi forjado sob o plano de controlar os desejos dos céus e as dádivas das divindades. Hoje, estão pagando o preço da própria arrogância. São consequências das próprias escolhas.

— Não! — ele reagiu, com raiva. — Aquela gente não carrega culpa nenhuma das escolhas idiotas de quem viveu no passado. Cê tá maluca se acha que eu vou aceitar a liderança de quem não tá disposto a acabar com essas merdas. Me deixa levar seus receptáculos e fica aqui no conforto dessa sua comunidade. Eu vou voltar pra salvar a minha.

— Ninguém em Tamuiá vai se envolver na guerra contra Asanbosam. Ele é só uma criatura sem poderes próprios e por isso se alimenta dos outros, mas é cheio de pontos fracos. Nos preocupamos com entidades muito mais poderosas, criadoras de mundos e devoradoras de oceanos. Mas hoje é sua noite de sorte, rapaz. — Bakhna atraiu o olhar dele para um ponto no alto de um morro. — Olhe para o topo daquela colina, a única que tem uma luz brilhando no meio da floresta. Aquela luz é de uma pedra conhecida como Coração da Selva. Se a trouxer de volta, você será capaz de invocar o ritual para acessar os malungos. Pegue-a e darei passe livre para sua missão, mas você me prometerá estar disposto a apoiar Tamuiá quando for solicitado.

— É só isso? Eu pego o Coração da Selva e depois ajudo vocês — disse Eliah e, a seguir, concluiu em pensamento: “se estiver vivo pra isso”.

Nesse momento, Selci, que acompanhava a conversa à distância, se aproximou, carregando um punhal.

— Desculpa, cara. Eu tinha que fazer isso sem que você soubesse. Conheço os obambos. Se você fosse contrariado, ia embora antes do anoitecer. Hoje é um dia importante pra nós: o Coração da Selva só pode ser encontrado quando é iluminado pela lua cheia.

— Olha, tu não é a primeira garota que me dá um nó — disse Eliah, sem pensar muito. Tinha algo no olhar dela que barrava qualquer raiva que ele pudesse, ou devesse, sentir.

Ela estendeu o punhal e o colocou nas mãos dele, que não pôde deixar de sentir novamente o toque macio de sua mão.

— Cê vai precisar disso, Eliah. Tem um protetor, um jacaré místico, que guarda o lago em que está o Coração da Selva. Vou ficar ansiosa te esperando voltar.

O jovem recebeu também uma lanterna, e não precisou de mais do que isso para entender o que deveria fazer. Sem se despedir de ninguém, saiu no meio da escuridão, rumo ao brilho esmeralda no topo da colina.

Ele ainda podia ser visto ao longe quando Selci se dirigiu, preocupada, a Bakhna:

— Ele tem alguma chance, senhora? Em nossa tradição, ninguém jamais foi capaz de resgatar aquela pedra.

— Ele tem algo especial. Espero que seja o suficiente para que o protetor não o devore. Se a história que você me contou sobre o espírito dele for falsa, é o que acontecerá.

A mata era cheia de vida. Os vaga-lumes seguiam Eliah, reforçando o brilho que as estrelas enviavam para a mata. Ele escutou um riacho correndo e serpentes que se esgueiravam pelo chão. Não podia correr o risco de sair da trilha e se ver preso no mato entre aqueles bichos. Seguiu em frente, tendo o brilho esmeralda como bússola. No caminho até a colina, passou por vários totens, oferendas e ídolos que abençoavam o percurso. Assustou-se com uma movimentação na água; pelo barulho, parecia ser um animal gigantesco.

Imaginou que fosse o tal jacaré mencionado por Selci. Precisava descobrir onde ele estava para tentar atravessar sem chamar sua atenção. Pisou na água e sentiu o chão lodoso e as energias sobrenaturais do local. Então viu o jacaré. Seu espírito se elevou e ativou um ritual Orisi que fez símbolos se iluminarem nas costas do réptil. Ele viu a extensão daquele ser fantástico, sua cauda que arrastava a lama, seu corpo que somava mais de sete metros.

"Essa bizarrice não é desse mundo, não. Olha o tamanho do bicho. A Selci acha que eu vou dar conta dele com esse punhalzinho aqui? Tá tirando."

Eliah respirou fundo e, tentando fazer o mínimo de barulho possível, caminhou pelo riacho até a água atingir a altura dos joelhos. Quando estava no meio da travessia, percebeu que perdera o jacaré de vista. "Fodeu. Cadê aquela coisa?" Tentou controlar o pânico, mas cada movimentação estranha acelerava seu pulso. A adrenalina fez com que seus passos ficassem pesados.

Antes que chegasse à outra margem, um peixe pulou e atingiu sua nuca. Ele se assustou e o atingiu com o punhal, mas caiu sentado no riacho. Viu a marca de Orisi brilhando sob a lama, e então o gigantesco protetor emergiu. Ele arremessou Eliah para o alto e abriu a boca com dentes afiados e capazes de estraçalhar seus membros.

"O punhal é uma relíquia!", Eliah percebeu em meio ao susto, e teve que reagir rápido como nunca precisara.

Antes de cair de volta, invocou uma marca Orisi no punhal que fez com que a lâmina esticasse, prendendo-a na boca do jacaré. Pisou sobre a cabeça do protetor e aterrissou na lama do riacho. Os olhos do animal eram hipnotizantes, e sua pele tinha a textura de rochas brutas.

Apesar de o punhal ter impedido que Eliah fosse mastigado, seu efeito não durou muito. A mordida do jacaré tinha a força de uma avalanche, e o bicho destruiu a arma antes de se aproximar de Eliah com curiosidade. Não havia como fugir de uma entidade daquelas. Era mais veloz e mais forte que ele, e estava em seu hábitat. O rapaz acreditou que seria o fim de sua jornada.

— Não me mata, eu tenho que voltar pra Obambo — disse Eliah em voz alta, e só se deu conta depois de falar. A última coisa que esperava era uma resposta, mas a criatura abriu a boca e falou:

— Obambo... O que você faz tão longe de casa, criança? Há muito tempo não vejo alguém usar Orisi aqui nestas terras. Talvez eu tenha mais curiosidade sobre você do que vontade de devorá-lo, agora.

O coração de Eliah queria sair pela boca, mas ele conseguiu responder:

— Eu vim resgatar os receptáculos e impedir que Asanbosam destrua a minha comunidade.

— Já ouvi essa história. Uma serpente esperta andou espalhando isso para todas as criaturas na terra dos antepassados. Você deve ser o Último Ancestral de Nagast, é por isso que conhece Orisi.

— Eu preciso do Coração da Selva pra ativar os receptáculos e salvar Obambo — ele insistiu.

— Mesmo que você tenha boas intenções, não posso deixá-lo passar de graça. Façamos um pacto: eu o deixo levar o Coração da Selva se me trouxer outro coração no lugar. Se retornar ao rio sem uma oferenda, vou devorar o seu próprio coração.

Eliah assentiu, sem muita escolha, e se afastou do jacaré sem dizer mais nada. Alcançou o topo da colina e encontrou, num altar, uma caixa cor de esmeralda que brilhava intensamente. Estava trancada e tinha inscrições antigas que ele conseguiu interpretar.

"Isso tá me contando uma história, esse símbolo parece uma coroa. Esse Coração da Selva é uma relíquia ancestral dedicada a um rei", concluiu. Os símbolos triangulares representavam a família, sinal de que só alguém de uma dinastia real conseguiria abrir aquela caixa. Reparou que na parte de baixo dela havia o símbolo de um segredo, onde se deveria usar uma chave, mas a única coisa que Eliah levara consigo fora o punhal, e ele fora devorado.

Ele continuou passando a mão sobre a relíquia, e então percebeu a tatuagem em sua mão esquentar. "A chave da minha dinastia. É isso." Eliah encaixou a própria mão na caixa, e a tatuagem de sua dinastia foi tomada pelo brilho esmeralda. Ela começou a esquentar, parecia fogo tomando sua mão. Ele berrou de dor, mas não conseguiu soltar enquanto o brilho incendiava seus dedos.

Quando o fogo diminuiu, a caixa estava aberta. Ele retirou do fundo dela uma pedra de jade em formato de raiz. Símbolos Orisi de conhecimento surgiram ao redor da raiz e foram assimilados pelo jovem. Só de tocar no Coração da Selva, ele assimilou como deveria usar seus poderes divinos.

"Essa até que foi fácil; agora só preciso entregar um coração pro jacaré na beira do rio... que não seja o meu, de preferência."

Eliah caminhou até uma mangueira perto dali. Escolheu a maior fruta da árvore e desenhou símbolos Orisi em sua circunferência. Ela foi mudando de forma até se transformar no coração de um macaco, ainda pulsando, ensanguentado. O jovem desceu até o riacho novamente, e, quando pisou na água, o jacaré nadou veloz até ele.

— Lebé disse a verdade. Você carrega um espírito ancestral poderoso da dinastia do Leão. Tem o direito de levar o Coração da Selva, mas também tenho o direito de cobrar o cumprimento de nosso pacto. Preciso de um coração para ficar no lugar do que você retirou. Se não tiver um para me oferecer, eu reivindicarei o seu.

— Se afasta, jacaré. Eu trouxe o que pediu.

Eliah jogou o coração de macaco para o protetor e pôde atravessar o rio sem confrontá-lo. Enquanto se afastava, olhou para trás e viu o monstro desaparecendo nas águas. Então, seguiu para os portões de Tamuiá.

O povo da Vila Tamuiá ainda estava na entrada da floresta, carregando suas tochas, quando ouviu algo chegar pela escuridão. Selci se entusiasmou ao enxergar Eliah caminhando com o punho cerrado. "Ele conseguiu, eu sabia!"

— Você é realmente detentor de um espírito iluminado pelos Deuses, meu jovem — disse Bakhna quando ele se aproximou. — Nunca ninguém havia retornado do encontro com o protetor do Coração da Selva. Se ele permitiu a sua passagem, é porque você é legitimamente da dinastia do Leão.

Ele ergueu o punho e abriu a mão, exibindo a raiz de jade.

— Este é o Coração da Selva, que resgatei nas colinas. Agora preciso dos receptáculos enterrados em Tamuiá pra resgatar os obambos.

Selci fez um sinal para as outras sacerdotisas, que prepararam um grande festival de música, cores, tambores e fogo em homenagem a Eliah. Eles comeram e beberam por algumas horas. Em nenhum momento Eliah se esqueceu de sua missão, mas entendeu que precisava dar tempo ao tempo para conquistar aqueles aliados.

— Quando foi que tu soube? — ele perguntou, quando se viu a sós com Selci.

— Essa marca na sua mão — ela disse, segurando a mão dele — é o símbolo dessa dinastia ancestral muito poderosa. Só um verdadeiro descendente poderia usar algo assim. Isso carrega muita responsabilidade e atrai grandes inimigos. Grandes aliados, também.

— Como você? Afinal, alguma coisa entre a gente é de verdade?

Ela fez de conta que não entendeu a pergunta. Beijou sua bochecha, acariciou seus ombros e disse:

— Nossa devoção ao povo do morro. Ela é real. Descansa, amanhã cedo a Bakhna vai te ajudar com a questão dos malungos.

— Como eu vou descansar sabendo que minha irmã e meus parceiros devem estar na pior, trocando bala nesse momento?

— Coloquei um leve relaxante natural na tua bebida. Amanhã tu vai acordar se sentindo muito bem.

Mal tinha ouvido as palavras e percebeu a visão começando a ficar turva. Entorpecido, Eliah escolheu uma das tendas de relaxamento ao sol indicadas pelas sacerdotisas e adormeceu, inebriado pela imagem de Selci em seus sonhos.

# COLAPSO DE NAGAST

Informado da virada de jogo em Obambo com a criação da Malta de Aço, Zero esperou a atualização de Bento chegar aos robôs da tropa que havia mantido consigo. Keisha, enquanto isso, tinha mandado recolher armaduras e armas dos guardas mortos em combate para distribuí-las entre o seu pessoal e os homens de Akasha.

— As máquinas botaram o terror pra cima dos militares em Obambo, Keisha — comemorou ele.

— Pois é, mas logo eles vão perceber que tu não mandou todo o exército pra lá.

— Que se foda. Já disse que a gente botou peso nessa treta. Aqui é só ousadia, a gente fez virar essa guerra pro nosso lado. Só duvido que continue assim por muito tempo. É hora de agir.

Keisha olhou para ele sem dizer nada, tentando entender aonde aquela conversa ia chegar. Zero continuou:

— O exército do Distrito tá só começando a se organizar. Eles têm gente, máquinas e armas pra ficar nessa luta pra sempre. Uma hora vão tombar todos os morros de Obambo. O pequeno recuo agora vai servir só pra trazer mais potência pros próximos ataques. O que a gente vai fazer é atingir onde eles menos esperam.

— É, a estratégia de guerra não compreende a cabeça de um malandro. Tu é da bandidagem mesmo. Ligeiro, Zero. Me conta qual vai ser a dessa cena.

— O Eliah não deu notícia. Sinal que o vírus que a Misty criou pra zoar os dados de Nagast funcionou e ele passou batido. Baixei os arquivos dela nesse dispositivo, vamo ligar isso no servidor central de Nagast e completar a missão original. Apagar todo registro, todo crédito, toda permissão de entrada no Distrito. Vamo instalar o caos e destruir essa sociedade elitizada por dentro. A gente precisa só de um grupo pequeno e insano o suficiente pra encarar essa.

— Só se for agora. Vou escolher dois dos melhores atiradores pra irem contigo. — A comparsa sorriu.

Quando soube do plano, Barba não precisou pensar duas vezes; estava sempre disposto a cometer mais um ato de loucura com seus aliados. Agora chefe do Quilombo, Zero separou dois robôs para acompanhá-lo, deixando Keisha no comando do forte. Akasha decidiu que também iria com o grupo de Zero.

— Cês não vão querer chamar atenção. O Bento avisou que a rede do Distrito tá dominada pelo bruxo — disse Keisha, distribuindo ao grupo capacetes e armaduras militares. Para qualquer pessoa que os visse, eles não seriam mais que sete soldados andando por Nagast, considerando os cinco humanos e os dois robôs do grupo. — O Akasha disse que tem megaveículos de transporte que trazem e levam trabalhadores dos setores industriais todas as noites. Quando o dia clarear, cês vão conseguir descer bem perto do primeiro círculo do Distrito. Dali pra dentro, vão ser escaneados a cada metro. Não vão ver muitos humanos, e, quando virem, eles não vão ter a pele escura como vocês.

— Tô levando brinquedos pra umas distrações. — Zero acoplou explosivos às panturrilhas de sua armadura. — Cada um vai ter dois desses. Se a coisa apertar, cês procuram uma estação elétrica, uma torre de rede ou um prédio de gente rica. Se escondam e acionem isso pelo dispositivo computacional.

— E se o pessoal de Obambo perguntar de ti? — quis saber Keisha.

— Fala que eu resolvi não esperar pelo Eliah.

Ele desmontou o machado em três partes e o encaixou nas costas de sua armadura. Sentiu que a proteção só funcionaria se estivesse perto de seu corpo.

O grupo seguiu o plano descrito pela Cabeça de Obambo. Foram de carro até o ponto de transporte, colocaram os capacetes e acessaram o veículo. Usaram códigos de moradores da região de desembarque, entregues por Akasha. "A gente começa na maciota, sem nenhum hack, como um dia normal de trampo pra esses caras", ele tinha dito. O grupo encontrou outros robôs construtores pelo caminho, mas, disfarçados como estavam, se não fossem forçados a tirar as armaduras, os membros da Malta de Aço nunca seriam descobertos.

Barba fez o que era bom em fazer: dormiu a madrugada toda durante a viagem. Quem tinha vivido a maior parte das noites trocando tiros no morro não ficava ansioso com mais um plano mirabolante de Zero. Este, por sua vez, ficou acordado — não por ansiedade, mas porque gostava de imaginar como seria crescer e ver seus amigos por aquelas ruas largas e iluminadas de Nagast. O pensamento só lhe causava mais repulsa pelos distritenses.

— Seus dias tão contados. Vou dar um fim nessa patifaria toda, caralho — disse em voz baixa.

De repente, Zero abriu os olhos: percebeu que cochilara e já era dia, estavam próximos do destino. A Basílica de São Jorge tinha ficado para trás, bem longe. Ele sacudiu Barba.

— Acorda aí, bandidagem. Tamo perto, já. Chama os moleques aí — disse, referindo-se a Akasha e aos dois garotos de Keisha.

O ponto-final, perto dos limites do primeiro círculo, estava vazio. Uma ponte enorme sobre um rio translúcido era o que dividia as regiões do Distrito. Tecnogriots circulavam pelas pilastras da ponte, fazendo a ronda. Câmeras espalhavam-se de lado a lado, e mesmo com toda a segurança o lugar exibia uma arquitetura majestosa. Longas pilastras de aço constituíam anéis que circulavam e se cruzavam nas nuvens. Os olhos mais atentos perceberiam que elas eram parte dos pés de um gigante robô trípode, o protetor da ponte.

— Parece fácil, Zero. Não tem parede, nem arame, nem campo elétrico. Esse tipo de segurança é o mais perigoso, tá ligado?

— Cê pegou a ideia, Barba. Essas coisas aí de cercas e polícia, eles mandam pra favela. Aqui deve ter raio que desintegra a gente e ninguém vê, saca?

— Os Cybergenizados têm tanto desprezo pela gente que não querem ver nem vestígio da nossa morte.

— É, mas quando a gente terminar com isso eles vão ter que se acostumar. Obambo vai invadir essa porra — disse Zero.

— O que restar de Obambo, cara.

Zero empurrou o parceiro e colocou o dedo na cara dele.

— Tu quer baixar nossa moral aqui na hora da ação? Não tem volta, irmão, já fez tua escolha. Podia estar lá no meio do combate, levando sufoco nos morros, mas escolheu vir comigo, e é a gente que vai dar o prejuízo.

— Pode crer, Zero. Vamo resolver esse esquema agora.

Certificando-se de que não estava ao alcance das câmeras, Barba tirou explosivos da armadura e posicionou-os em pontos cegos das pilastras.

O grupo caminhou pela ponte. Avistou os painéis solares que alimentavam os prédios e as redomas circulares com plantações vegetais. A maior parte da alimentação era produzida ali; fazia séculos que aquelas redomas haviam substituído as fazendas animais por produção de carne vegetal modificada. Em muitas regiões de Nagast, era possível consumir um bife de boi produzido por pequenos pecuaristas, mas, no círculo central dominado pelos Cygens, esse tipo de alimentação era restrito.

— Dá pra alimentar o nosso Quilombo inteiro só com metade daquelas cúpulas, e eles devem ter centenas de outras — refletiu Zero, e o pensamento o levou imediatamente de volta ao plano de ataque. — Tá na hora de invadir. Vamo assumir o controle dessas coisas todas e fazer um banquete pros nossos.

Antes que pisassem no último trecho da ponte, uma projeção surgiu ao redor de Zero.

— Procurando identificação — informou uma voz.

Zero esticou um braço, como estava acostumado a fazer na Fronteira, mas se deu conta de que isso seria considerado suspeito por ali. "Ninguém aqui toma batida, vão sacar que eu vim de Obambo." Percebeu o scanner confuso por uma fração de segundo, antes da mensagem "Entrada permitida". Era a prova que o líder dos mecânicos havia desejado todo aquele tempo: o código que Misty tinha criado fora capaz de enganar os sistemas computacionais mais inteligentes dos Cygens.

— Funcionou, rapaziada. O prédio dos servidores fica a poucas quadras daqui. A gente vai se separar, Akasha fica aqui, armando nossa fuga com os robôs e os moleques. Se der ruim lá dentro, vamo precisar de distração. Barba vem comigo.

— Virei teu braço direito agora — ironizou o outro.

— Pelo contrário, irmão. Onde vamo entrar, se tu quiser ramelar, a gente morre junto. Não tem outra opção além de somar.

Os dois andaram pelas ruas largas de cimento claro e prédios de metal. À luz do dia, mesmo que não precisassem se disfarçar, seria impossível caminhar sem capacetes ou, pelo menos, óculos; tudo reluzia e refletia o brilho do sol. Só existia uma sombra contrastando com toda a luz: a Árvore dos Dois Mundos, que faiscava com raios escuros e uma neblina. Barba arregalou os olhos e cutucou Zero ao ver a árvore que levava ao mundo dos antepassados e parecia atravessar as nuvens.

Zero não reagiu. Olhava ao redor e sentia-se estranho, com um pressentimento de que sua presença naquele local era desejada, mas não sabia dizer por quem.

— Rapaziada, tá sinistra essa merda.

— Parece tranquilo demais pro caos que devia ser isso aqui — concordou Barba. — Quando fica assim lá no morro, é porque tá todo mundo morto.

— Aquele bruxo deve ter assumido o controle todo. Vamo ter cuidado.

Perto dos prédios, alguns poucos Cybergenizados passavam por eles. Chegavam em carros longos de luxo, com rodas magnéticas que nem tocavam o solo. Andavam em pequenos grupos de dois ou três. As mulheres estavam sempre acompanhadas por drones que compartilhavam suas rotinas na rede ou construíam diários, versões em miniatura dos tecnogriots. Eles respondiam a tudo com projeções, confirmações de dados e sinais luminosos. Humanos, tanto homens quanto mulheres, cuidavam dos prédios, como guardas, recepcionistas e motoristas. Usavam uniformes cinza com a marca do Conselho de Nagast estampada no braço. Os Cybergenizados nem sequer trocavam olhares com eles.

— Presta atenção, Barba — disse Zero, apontando com a cabeça para um grupo de funcionários. — São esses aí que se acham reis quando trombam na gente. Passam a vida lambendo bota dessa elite de aberrações, e pra compensar os sapos que engolem vêm pra cima da comunidade. São os piores, entregam a gente sem dó.

Conforme o plano, os dois entraram no prédio pela porta de segurança. O código de Misty estava ativo na armadura desde a entrada na ponte e desbloqueou a passagem.

— Beleza, tamo dentro. Cadê o servidor? — perguntou Barba.

— O prédio inteiro é o servidor, mano. Essas paredes têm os dados dos milhões de moradores do Distrito. Cada história, genealogia, crédito, tá tudo aqui.

— Porra, era só explodir, então.

— Cê é burro, carai! Seria fácil demais, olha só. — Zero socou uma parede, abrindo uma rachadura, e continuou dando murros até alguns pedaços se desmancharem. Barba arregalou os olhos ao vê-la se reconstruir em segundos. Aquilo era nanotecnologia. Zero explicou ao comparsa: — Os Cygens assumiram essas construções, colocaram microrrobôs nessa coisa. Só tem um jeito de derrubar isso, e é achando o cérebro.

Eles entraram no primeiro elevador que encontraram. Subiram até o último andar do arranha-céu, deduzindo que o cérebro estaria ali, no ponto mais alto e protegido. De fato, perceberam que a segurança ali era maior, com mais soldados por todos os lados. Zero teve uma sensação tenebrosa ao caminhar. Podia sentir as peças de seu machado vibrando em suas costas. "Esses caras devem estar possuídos que nem aqueles que atacaram a Keisha", pensou.

Os Cybergenizados daquele andar se vestiam como cientistas. Andavam com um tipo específico de drone do departamento de novas tecnologias, auxiliar na construção de robôs e outras máquinas. Havia um grande aquário com protótipos de máquinas de guerra, robôs de dois metros com lâminas de plasma ou metralhadoras sônicas, de laser, de plasma e de choque. Aquele tipo de armamento não existia em Nagast.

— Se essas porras forem pra combate, levam Obambo inteira e o Quilombo pra cova — sussurrou Barba para Zero, que concordou com a cabeça.

O susto com os robôs de guerra os distraíra a ponto de não perceberem uma presença mais perigosa que atravessava o salão. Andavam devagar pelos corredores, observando o aquário, e, ao virar em uma esquina, quase tropeçaram em um dos chacais de Inpu. Barba deu um passo para trás.

— Você não quer perder essa perna, soldado.

A voz do abadom tinha algo de metálico, com um timbre feminino que o chefe do Quilombo Industrial reconheceu. "É a voz daquela garota, Beca. Não pode ser. Que merda é essa coisa andando por aí?"

Não fossem os capacetes que usavam, Inpu teria visto seus olhos desesperados. Ficaram em choque, sem dizer nada. Apenas abriram caminho e viram o monstro com o corpo em decomposição, sustentado por peças metálicas, caminhar para fora.

— De qual inferno veio essa coisa? — perguntou Barba.

— Algo me diz que não vamo sair com vida daqui. A gente precisa de um exército inteiro só pra dar conta dessas fitas — disse Zero, e olhou ao redor antes de concluir: — Negócio é fazer valer a pena. O cérebro deve estar ali de onde ele veio. Olha, tem outro elevador. Deve ter mais andares pra cima. — Ele sentia a direção que devia seguir, intuitivamente.

Um grupo de soldados passou pelos infiltrados. O capitão os parou e leu suas identificações, recebendo do vírus uma identidade numérica genérica. O que eles não sabiam era que, desde que Zero tinha danificado a parede para mostrar a Barba como funcionava a nanotecnologia, os dois tinham chamado a atenção do sistema de segurança, que agora tentava entender padrões de erro que tinham passado a surgir no prédio.

O capitão tirou o capacete. Seus olhos tinham a marca da criatura, eram escuros e estavam rasgados na íris. Todos os humanos sob o controle da criatura se reconheciam pela consciência compartilhada de Asanbosam. Ele não demorou a perceber que Zero e Barba não seguiam seus comandos, e eles logo se deram conta de que tinham sido descobertos. A farsa acabava ali. Correram rumo ao elevador, já trocando tiros com os soldados.

— Rapaziada, é hora da ação. Explode tudo e vem pra briga! — ordenou Zero, pelo comunicador, aos garotos com Akasha e aos robôs da Malta de Aço. Do lado de fora do prédio, o grupo começou a atacar pontos aleatórios na vizinhança para tentar confundir o inimigo.

Barba alcançou o elevador e segurou a porta para o parceiro, que vinha logo atrás. Zero saltou e caiu de ombro para dentro. A porta se fechou, e o display surgiu dando acesso ao cérebro do processador do Distrito. Eles podiam ouvir as balas acertando a estrutura resistente do elevador.

— Não tem volta, mano, te avisei — disse Zero, verificando o nível de energia de sua pistola. Retirou das costas as peças do machado e o montou. — Não vou cair sem levar essa porra toda comigo, rapá. Não virei uma das Cabeças de Obambo tendo medo de morrer. Se é pra fodê, a gente vai fazer legal.

Enquanto os dois subiam, podiam sentir as batidas aceleradas do coração e ouvir o som arfante da respiração. As portas se abriram, e, sem ver o que havia pela frente, Barba saiu atirando. Ele tinha o que chamavam de "dom" para manejar a arma; como um maestro do tiro, atingiu os primeiros que estavam à espera.

Zero era mais bruto, gostava de sentir o golpe. Abriu caminho com o machado de guerra, se esquivando dos lasers como se tivesse magia — e, de certa forma, tinha. Ele acertava quem surgia pela frente, sua força amplificada pela armadura militar. Os dois viram um último lance de escada, que levava para uma espécie de mezanino, e subiram com sangue nos olhos, sem perceber que tinham dado conta de quase duas dezenas de guardas.

— Puta que o pariu, irmão. A gente desceu o cacete — disse Barba, olhando para baixo antes de soltar o gatilho para cima de um último guarda que estava caído ao pé da escada. Só então estranhou o fato de não haver nem um Cygen naquele andar. Voltou-se para Zero e notou que ele olhava ao redor, provavelmente pensando a mesma coisa.

— Será que os Cygens fugiram?

— Duvido, parça. Se tivessem aqui, a gente já era. Deve ser daqui que saiu aquela coisa que trombamos no corredor com os chacais de ferro — disse Zero, espiando ao redor, sem precisar insistir muito para encontrar o que procurava. — Aquela coisa deve ser o cérebro, o HD. É gigantesco, ocupa quase todo o andar. Vou procurar um lugar pra instalar o vírus. — O pressentimento de Zero tinha voltado, e ele entendeu que estava muito perto da concretização de seu destino. Uma sombra envolveu o machado, e sua pele ficou levemente pálida.

Eles deram a volta no equipamento e encontraram atrás dele uma porta fechada. Pela fresta, Zero viu centelhas surgindo, e uma neblina fina e escura emanando um poder idêntico ao de seu machado. Sua vontade era abrir a porta e entrar ali de impulso, mas antes disso ele lembrou que precisava cumprir o que tinha ido fazer ali. Vasculhou o equipamento até encontrar o que buscava.

— Achei uma conexão analógica. Vou conectar com meu dispositivo e começar a transferência.

Barba tinha se afastado. Zero conseguiu inserir o vírus e percebeu que não podia mais lutar contra a atração que a energia do outro lado exercia sobre ele. Abriu a porta, de onde emanou a neblina gélida.

— Esquece, Zero. Para agora, para.

Zero ignorou o aviso e entrou na sala. Barba tirou o capacete, que tinha sido danificado na troca de tiros com os guardas, e observou. Inerte num canto da sala, ligado a fios, estava um enorme androide, monstruoso, construído com partes de um Cygen. Os olhos amarelos, ensanguentados, e os braços costurados com fios de metal e alongados por conectores, circuitos elétricos atravessando o tórax e substituindo suas veias.

— Essa aberração deve estar conectada com o HD. Se a gente mexer ali, ele pode acordar — alertou Barba, preocupado, ao ver o outro se aproximar da criatura.

— A gente entrou aqui pra essa missão, mano — comentou Zero, sem se abalar. Consultou o dispositivo computacional de pulso. — O vírus tá em quarenta por cento. Daqui a pouco todas as portas vão estar abertas e não vai ter mais comunicação em Nagast. Vai ser a hora de fugir. Espero que os caras lá fora estejam fazendo uma bagunça. A gente ainda tem chance de voltar pro Quilombo, então fica firmão aí.

— Mano, se um desses ciborgues já cria um terror, imagina esse que se fundiu com os poderes dos Cybergenizados. Deve poder se conectar e absorver todo o sistema dessa rede. É uma loucura. Pra que diabos o conselho de Nagast ou os Cygens estariam alimentando uma coisa assim?

Zero refletiu por um tempo e chegou a uma conclusão que achou melhor não verbalizar: "É o corpo perfeito para hospedar aquele bruxo". Ele estava fascinado com as possibilidades daquele poder. Pensou por uma fração de segundo se conseguiria tirar proveito daquilo. A sombra de seu machado escorreu e se misturou com a neblina, interagindo com a criatura como se conversasse com ela, sem que o mecânico se desse conta. Então ele se lembrou dos explosivos que tinha acoplado às armaduras.

— Vamo ficar longe. Tranca essa porta e põe umas granadas aí. Se essa coisa acordar, leva rajada e volta a dormir.

Quando a instalação do vírus chegou a oitenta por cento, a iluminação do prédio começou a falhar. O elevador deu sinal de que descia. Os dois espalharam granadas de fumaça e choque pela entrada e ficaram protegendo a transmissão. Minutos depois, chegaram os primeiros soldados, e as explosões deles marcaram o início da ação.

— Segura os caras, mano, tá acabando! — gritou Zero.

Barba pegou no chão as armas dos soldados que tinham explodido e percebeu que, graças à ação do vírus, as paredes não estavam mais se regenerando dos danos.

— Toma, nanofilhosdaputa! — gritou, e correu para perto de Zero a tempo de ver o sinal: TRANSFERÊNCIA CONCLUÍDA.

— Valeu, Misty. Tu ajudou a mudar a história da comunidade.

Quando os sistemas caíram completamente, os capacetes dos militares pararam de funcionar. Zero retirou o seu e viu os outros homens fazerem o mesmo. Os olhos deles tinham a marca do bruxo, que Zero não sabia ainda o que era, mas reparou quando alguns deles perderam o vínculo e voltaram ao normal. Eles pareciam perdidos, mantendo a posição por cautela.

Apenas a sala da neblina continuava com energia de fagulhas que piscavam. A nuvem gélida se espalhava de forma crescente, congelando a porta e as bombas instaladas por Barba, que acabaram inutilizadas. Sem que os dois se dessem conta, a criatura cibernética no corpo de Cygen saiu da sala, os olhos amarelos parecendo descarnados. Sua cabeça se conectava por fios e circuitos à parte metálica do pescoço, os dentes eram metais afiados como estacas. Ela movia os dedos, cujas unhas eram compridas como ferro derretido. Seus passos causavam um efeito magnético no prédio, e todos os soldados começaram a ser erguidos do chão, como se flutuassem.

— Zero, o que tá rolando com essas armaduras?

— Aquela coisa acordou. Vambora — começou a dizer Zero, mas, como ele e Barba também estavam usando exoesqueletos militares, foram alçados ao teto como os outros. As armaduras começaram a se separar dos corpos de forma violenta. O ciborgue rasgou alguns dos soldados com suas garras, o sangue jorrou e pintou a parede. Ele não parecia ter nenhuma emoção humana.

Quando a armadura de Barba se soltou por completo, ele caiu do teto, quebrando uma perna. O ciborgue se aproximou.

— Você é um dos obambos que vieram me despertar. — Enquanto falava, suas garras atravessaram os olhos e a boca de Barba, perfurando seu crânio. Ele puxou as garras com um só movimento de mão e olhou para Zero, que estava preso ao teto apenas por seu machado. Esticou as garras, mas, quando elas tocaram a pele do líder dos mecânicos, não conseguiram atravessar o corpo dele. O ciborgue interrompeu o magnetismo e deixou o homem cair como os outros. Ao contrário de Barba, Zero se manteve intacto.

— Você está com o corpo fechado. Isso é coisa da Moss, aquela maldita.

— Errou, criatura. Foi o Último Ancestral que me abençoou. Você deve ser Asanbosam. Não é assustador como as histórias contam. — Zero tentava manter a pose, mas estava aterrorizado, congelado até a alma.

— Não se iluda, humano. Posso enxergar seus sentimentos mortais. Reconheço o cheiro do medo, e você está fedendo a ele. — Asanbosam também sentia a própria sombra infiltrada no machado chegando até Zero e sorriu. — Graças a uma amiga em comum, uma garota que usou seu machado para decodificar o som que transmiti pela velharrede, você carregou por todo esse tempo uma parte da minha sombra. Ela amaldiçoou seus passos e o trouxe até aqui. Você ainda me será bastante útil.

— Eu vim só destruir essa rede, fritar esse algoritmo. Me deixa morrer em paz, cria a maldita das sombras. — Zero sentiu-se desolado ao lembrar como aquilo tudo dera cabo de Misty.

— Dominei o Distrito graças a homens como você, arrogantes, sedentos de poder, viciados em armas e tecnologia. Sei mais de você do que pode conceber. Entendo seus desejos mais pervertidos, o que você adora chamar de... sobrevivência do mais forte. É esse instinto que vai trabalhar pra mim agora. Você sabe do que estou falando: da guerra que acontece agora na sua comunidade miserável. Muita gente está morrendo.

— Eles vão limpar o chão com a tua cara, caralho.

— Vão tentar, e vão sangrar como esses homens ao seu redor. Mas não precisa ser assim com todo mundo, é por isso que você negocia. Sua maior habilidade é escolher quem vive e quem morre, não é? Então você fará uma escolha. Ou melhor, duas. Só preciso de duas mortes, e, se você conseguir isso para mim, poderá continuar como líder do povoado que está montando.

A energia escura que se concentrava no machado subiu pelo braço de Zero e tornou-se uma nova tatuagem em sua pele quando Asanbosam lhe disse quem seriam seus alvos. A marca selava o pacto entre o bruxo e o mecânico, condicionando sua vida aos assassinatos desejados pela criatura. Cabia agora a Zero decidir.

O chefe dos mecânicos pesou os lados da questão por um instante, rápido como precisava fazer quando rolava alguma treta no esquema dos carros, e por fim acenou com a cabeça, sinalizando para Asanbosam sua decisão. O bruxo então disse:

— Vá para Obambo e não olhe para trás. Esqueça os amigos que trouxe para cá. Se fizer isso, não será mais perseguido.

Zero caminhou de volta até a entrada do prédio. As portas estavam todas abertas, e nenhum militar tentou atrapalhar seu caminho. Quando chegou à porta principal, viu soldados carregando os garotos de Keisha.

— Zero! — um deles gritou ao vê-lo, segundos antes de receber no peito uma descarga elétrica de imobilização.

# O ÊXODO DE OBAMBO

O colapso dos algoritmos e dos sistemas de IA em Nagast tinha surtido efeito na batalha em Obambo. Ao perder a conexão com Asanbosam, muitos soldados recuaram. Os que permaneceram sob domínio do bruxo viram seus exoesqueletos perderem as funções e não podiam mais se comunicar entre si. Em contrapartida, a Malta de Aço, liderada por Bento, continuava implacável, arrebentando armas e veículos com seus gingados e golpes mortais. Graças à vantagem que as entradas estreitas do morro tinham dado aos obambos, a ideia de uma carnificina ficou para trás, e os moradores da favela viram o triunfo dos seus. Não restou muito ao exército distritense senão recuar para as bases de controle no lado norte da Fronteira, longe da área onde Zero tinha montado seu Quilombo. Os tecnogriots foram todos desligados e precipitaram-se pelas vielas como asteroides, explodindo sobre os barracos.

— Bento, o que rolou com as máquinas? — perguntou Hanna, que nem desconfiava das últimas movimentações de Zero. — Será que é coisa do Eliah?

— Não há registro dele ainda. Parece que o dispositivo computacional central de Nagast foi resetado. Deve ser o vírus da Misty. Encontrei aqui na velharrede um download desses códigos feitos pelo Zero.

— É a cara dele se aproveitar da treta pros seus próprios objetivos.

— Foi um ataque inteligente, garantiu a nossa vitória hoje. Às vezes, a gente precisa de alguém com capacidade pro inesperado. Zero é sempre imprevisível.

— Num dia ele some, no outro salva a gente — refletiu Hanna. — Tenso é se essa roda continuar girando e ele voltar a ferrar com tudo.

Moss, enquanto isso, lutava sua própria batalha contra a presença do bruxo. Ela projetava sua imagem em pontos distintos do morro, atraindo os soldados ainda controlados pela criatura. Com os poderes Orisi, abria buracos no solo e gerava ondas de luz que os golpeavam, arremessando-os para longe. No momento em que as armaduras perderam as funções, eles deixaram de se levantar das lajes. Bezerra e seus aliados apareceram para terminar de expulsar os militares de Obambo.

— Você subestimou esse povo, Asanbosam. — Moss estava em um barraco com os símbolos Orisi aprisionando um dos homens de Nagast corrompidos pelo bruxo.

— Eu os conheço há bastante tempo, velha. Foi você quem passou as últimas centenas de anos cega pela própria covardia. Por mais que você lute, nunca mudará a natureza dessas pessoas com disposição para a guerra e a corrupção. Não importa se estão dentro ou fora das fronteiras distritais, todos querem a mesma coisa: poder. Essa ambição é a chave para acessar seus corações e suas mentes. Basta soprar algumas palavras sedutoras para retornar com mais soldados até conseguir sua cabeça.

— Criaturas como você ficam arrogantes com o passar das eras, incapazes de enxergar os sinais dos tempos. Essas pessoas estão quebradas emocionalmente, fisicamente, mas seus espíritos foram poderosos o suficiente para produzir uma vitória inesperada. Nem seus poderes antigos são capazes de dobrar os desejos dos Deuses... seu tempo entre os vivos está no fim. Você veio buscar o Último Ancestral de Nagast e agora voltará para seu covil sabendo que o povo do morro é, como eles dizem, zica demais. — Moss movimentou as letras Orisi e criou um facho de luz que arremessou o soldado contra a parede do barraco.

Asanbosam sabia que era hora de se envolver pessoalmente na luta.

— Eliah pode não estar em Obambo, mas logo aparecerá. Quando eu subjugar todos os seus amigos e aliados, ele surgirá.

O fim da batalha foi celebrado com alegria. Durante a tarde, Bezerra organizou um grande fluxo com caixas de som improvisadas, ligadas nas baterias elétricas de alguns carros, e distribuiu bebidas baratas que encontrou nos estoques do terreiro. O pessoal dançou nas ruas cheias de entulho e tecnogriots amontoados. Hanna não participou. Tentava falar com Eliah, mas a velharrede não funcionava fora de Obambo, e, com a queda da rede de Nagast, aquilo parecia impossível. Teve a ideia de converter alguns griots e adicioná-los ao sistema de Bento.

— Vou precisar de novas peças, reutilizar uns desses que bateram nos barracos. Só que só vai dar pra montar uns dois por dia. Mesmo com Milton e Léti ajudando, a gente não tem tanta ferramenta pra reconstruir essas coisas. Mas vai servir. A gente espalha até a Fronteira e ganha uma vantagem pra vigiar o rolê por lá.

Moss não conseguia deixar de se surpreender com a sagacidade da garota.

— Agora teremos um tempo para nos preparar — disse a anciã. — Os Cygens têm poderes, mas não vão conseguir restaurar a conexão com o Distrito em poucos dias. É a oportunidade para planejar os próximos passos. Não podemos ficar aqui esperando outro ataque.

A anciã estava preocupada com uma visão que tivera, que mostrara Obambo em chamas. Entendera aquilo como um presságio. Mesmo com a aparente calmaria, tudo poderia mudar agora que, conforme sentia, o bruxo vinha em sua direção.

— Você pode se comunicar com meu irmão usando Orisi? — quis saber Hanna.

— É arriscado, querida. Não sabemos onde ele está, nem onde está Asanbosam. Se eu tentar, sua localização será revelada para a criatura. Ele dividirá o ataque e o pegará de surpresa. Sei que a espera nos deixa ansiosos, mas precisamos aguentar.

No final do dia, uma sirene tocou bem alto, como um aviso aos moradores. Hanna e seu grupo viram pelos painéis que alguns carros começavam a passar pela Fronteira rumo ao Distrito. Os drones convertidos tinham captado imagens do pessoal de Zero em palanques improvisados falando com multidões de obambos. Foi Bento que conseguiu interceptar os recados do grupo, que convocava todos a alcançarem o futuro do outro lado da Fronteira.

— Não existem mais portas fechadas para nós, não há mais Fronteira que nos prenda no morro. É tudo nosso! — gritava uma garota, contando do Quilombo que tinham montado no lado sul da Fronteira e da fábrica de robôs.

Moss considerava aquela movimentação precipitada e equivocada; dividir forças numa ocasião como aquela, em que tudo parecia crescer para um momento decisivo, lhe parecia temerário. Para ela, Zero e seu grupo estavam subestimando as defesas de Nagast e o bruxo que dominava a mente dos comandantes dos exércitos.

As histórias de como ele conquistara a fábrica e partira para destruir o cérebro do Distrito com o vírus de Misty tinham ajudado a espalhar na comunidade a imagem de um líder imbatível. Ele sempre tinha sido o cara que organizava a bandidagem da favela, e agora se tornara o homem que tiraria todo mundo daquela realidade de tanta necessidade.

Por horas, as pessoas continuaram partindo. Estavam inebriadas pela ideia de habitar o outro lado da Fronteira, como se o Distrito fosse a mítica Terra Prometida ao alcance de toda a gente pobre e preta que se aglutinava em Obambo.

— Nossa vitória vai se tornar um pesadelo. Isso não vai dar certo — disse Bento.

— Infelizmente. Aquele rapaz se tornou um líder mais forte que qualquer um de nós. Não há o que a gente possa fazer. — Moss olhou para os guerreiros que ainda estavam ao seu lado: Hanna, Léti, Bento e uma parte da Malta de Aço. Milton tinha avisado que atravessaria a Fronteira com parentes que eram do grupo de Bezerra.

— Parece besteira, mas eu nunca fui pra lá — ele dissera. — Depois dessa batalha, quero sentir um pouco da vitória, do cheiro dela, pisar no chão que ela construiu. A vida é louca e pode acabar a qualquer momento. Eu mereço isso. Vou seguir o Zero.

— A gente ainda se vê? — perguntou Léti.

— Acho que sim, né? Tem muita gente colando na Fronteira. Depois de expulsar os caras de Obambo e conquistar o portão Sul, acho que já era. A gente vai dar um jeito de achar um lugar pra viver lá. Tu devia vir também.

— Eu não posso deixar a Hanna pra trás, é um lance de minas. E eu continuo com medo daquele bruxo que tava controlando a Misty. Ele ainda tá por aí e luta com armas que a gente ainda nem viu. Parece foda mesmo essa cena de ir pro Distrito, mas pode ser vacilo também, uma armadilha. Promete que vai se cuidar pra gente fazer o Jaguar virar de verdade? Sempre fomos só uns nerds nesse rolezinho no meio da favela.

— Sei qualé. Um dia a gente faz disso um grupo de verdade. Vou me cuidar lá, e tu fica salva aqui.

Na migração para o novo Quilombo, alguns pegaram o caminho errado e foram alvejados por militares que faziam a ronda no lado norte da Fronteira. O exército de Nagast tinha sua própria base de dados e comunicações, então, após o susto inicial com os exoesqueletos que foram afetados pelo vírus de Misty, as máquinas de guerra tinham voltado a funcionar. Outros obambos foram torturados diretamente por generais Cygens. Os generais não se envolviam na infantaria, ficavam no desenho de estratégias e na coordenação de Nagast, mas, quando atacavam, faziam isso na covardia.

Alguns raios de sol alcançavam a Fronteira, e o céu avermelhado cobria a multidão de migrantes. O coração dos mais velhos, deixados para trás, ficou apertado. Eles entraram em seus barracos, agora solitários, para aguardar pelo resto dos seus dias, na esperança apenas de alguma boa notícia dos que tinham partido.

— Mesmo que um novo combate empurre essa gente de volta pro morro, muitos ficarão pelo caminho. A Obambo que conhecemos não existe mais. Isso devia ser motivo de felicidade, mas a visão me traz uma forte angústia — disse Moss, ao vislumbrar a movimentação dos obambos em direção ao Distrito.

# RUGINDO COMO UM LEÃO

Eliah se levantou cedo, revigorado como Selci prometera. Havia frutas, pães e suco ao lado de sua cama, e o dia estava lindo. Sentiu que poderia ficar ali para sempre, mas seria vacilo demais. Ele não conseguia tirar o peso da responsabilidade das costas. Pensava na irmã e temia o encontro que mais cedo ou mais tarde teria com Asanbosam.

— Um belo dia pra passear, não acha? — A voz doce de Selci preencheu a tenda. Eliah se ajeitou e a observou, com aquele sorriso, caminhando em direção a ele.

— Vou precisar cobrar uma promessa sua.

— Não me lembro de ter feito nenhuma. Não seria boba de ficar devendo a alguém como você. — Selci se aproximou tanto que Eliah achou que fosse beijá-lo na boca, mas ela desviou suavemente o rosto e o cumprimentou com um beijo na bochecha.

"Em outros tempos eu já tinha chamado essa mina pro Barracão", pensou ele, mas agora não dava para investir na paquera.

— Você disse que Bakhna falaria comigo. Eu tenho uma missão, e tô aqui pra fazer virar.

Selci não respondeu. Deu as costas para ele, e ele entendeu que deveria segui-la. Caminharam até o salão das senhoras, com todas as matriarcas de Tamuiá cercadas de guerreiros armados em círculo, no topo do prédio mais alto da Vila. Parecia ficar acima das nuvens. As mães de

Tamuiá se sentavam em bancos de madeira e mármore, e havia oferendas pelo chão. Eliah falou em voz alta:

— Eu consegui o Coração da Selva, e quero o que me foi prometido: os receptáculos dos malungos pra salvar Obambo.

— Agora que conseguiu o Coração da Selva, os receptáculos não serão mais necessários. Mas você precisará dos malungos — respondeu uma das matriarcas. Quando ele se voltou na direção da voz, reconheceu Bakhna. — Nossa palavra é história viva e se concretizará, mas não somos nós que decidimos quando. Os malungos podem ser despertados a cada troca de lua. A próxima acontece em dois dias. Você será preparado para o ritual com danças, banhos e ervas que limparão seu caminho para falar com os espíritos.

— Desculpa aí, mas vamos dar um jeito de acelerar o processo? Até lá, o Asanbosam já massacrou os obambos.

Bakhna levantou-se de seu banco e se impôs com o olhar.

— Não cite esse nome sombrio neste lugar, rapaz, respeite nossas tradições. Nós sabemos de tudo. Estamos aqui por conta desse bruxo. Há séculos nos organizamos longe do Distrito pois sabíamos que a porta aberta por Moss traria criaturas das ruínas para Nagast, mas, acredite, ele não é a pior coisa que pode cair sobre o mundo dos vivos.

— É difícil acreditar. Eu senti o que ele pode fazer. Entra na nossa mente.

— Garoto, essa criatura mora na terra dos antepassados desde o começo das eras. Ele vive à espreita e encontrou essa brecha para oprimir a mente dos distritenses, mas não é a fonte da sombra: ele é criado por ela. — Bakhna estava ciente do impacto de suas palavras sobre Eliah. —

Existem entidades muito maiores com poderes superiores: semideuses, deidades, espíritos ancestrais que se tornaram divindades. São eles que movem as peças deste plano, que permitem que as coisas boas e ruins aconteçam. O que fazemos em Tamuiá é evitar que alguns deles quebrem a harmonia que mantém a vida neste mundo. Ela está ameaçada desde que os Cygens dos reinos do Sul conseguiram a relíquia sagrada que selava a passagem de criaturas das sombras para cá.

— Relíquia sagrada? É isso que é o Coração da Selva? — interrompeu Eliah.

— O Coração da Selva é uma das relíquias sagradas. Cada uma delas é guardada por um protetor poderoso, mas quem tem uma delas consegue enfrentá-los. Trabalhamos muito tempo para consegui-la e vamos protegê-la para que não caia em mãos e mentes ambiciosas e perigosas demais para viver entre nós. — Bakhna fez uma pausa. — Como você.

— Eu?

— Sim. Você é o Último Ancestral de Nagast, membro da dinastia do Leão e dominador de Orisi. Quando tocou o Coração da Selva, acessou novos poderes sobre a natureza. Se isso continuar em suas mãos, esses poderes ficarão cada vez mais fortes e devastadores.

— Então eu posso enfrentar o bruxo sem os malungos. — O entusiasmo de Eliah era o tipo de vaidade que Bakhna temia.

— E depois não vai parar de enfrentar aqueles que encontrar até dominar tudo. O Coração da Selva não tem limites para alguém como você, por isso deve ficar aqui. Espero que seja capaz de manter sua palavra, pois seremos fiéis à nossa.

Após a assembleia com as mães de Tamuiá, Eliah passou a tarde observando a relíquia sagrada que guardara em sua tenda. Ela lhe causava sensações místicas, era como se ele pudesse sentir a energia que brotava das árvores e ler as informações que o som dos pássaros e dos tambores de Tamuiá propagava pelo ar. Foi interrompido por um guarda que entrou correndo em seu quarto no complexo central.

— Seus amigos fizeram um estrago no Distrito. É o que estão dizendo por aí. Venha ver.

Ele seguiu o homem até a sala da general dos exércitos de Vila Tamuiá, uma mulher um pouco mais velha do que ele, chamada Amara.

— Selci pediu que eu mostrasse isso a você. — Ela exibiu a imagem de Zero entrando no prédio dos bancos de dados de Nagast. Acelerou as imagens até que, momentos depois, ele saiu sozinho, tranquilamente, como se nada tivesse acontecido. A mulher continuou falando: — Nesse meio-tempo, todos os dispositivos computacionais, IAs e sistemas do Distrito caíram. Derrubaram tudo. Você conhece este homem?

— Hahahaha, é o filha da puta do Zero. Ele conseguiu. Ele sempre dizia que um dia ia destruir a Fronteira e levar todo mundo de Obambo pra Nagast.

— A única coisa que ele conseguiu foi mudar o abatedouro. A guerra não acabou, os Cygens comandam o exército com um sistema independente e agora estão organizando um novo ataque, levando armas letais nunca utilizadas em Nagast.

— Eles tão sob o controle do bruxo?

— Minha suspeita é que nunca estiveram. São inescrupulosos, só se importam com a região do Primeiro Círculo. Tudo o que acontece fora dele, deixam por conta dos próprios distritenses. Venho há tempos observando e tentando entender o pacto que eles forjaram com a criatura das sombras. A resposta para esse mistério parece estar ligada à origem dessa raça Cybergenizada. É como se estivessem trabalhando juntos por pura conveniência. Agora eles têm a oportunidade de limpar a existência dos obambos de toda a Nagast com a desculpa de que foram eles que atacaram primeiro.

— Cê fala como se a comunidade não soubesse se defender. Não tenho a menor ideia de como conseguiram mandar esse vírus pra rede. Mas a garotada é ligeira, eles são foda, não vai ser essa moleza que tu pensa.

A general Amara segurou Eliah pelos ombros e o levou para perto da tela, onde projetou imagens de guerreiros malungos: ancestrais capoeiristas, soldados armados, sacerdotes iorubás, dominadores de Orisi.

— Cada um desses que você vê aqui nasceu para proteger nossa população. Eles eram mestres no que faziam. Não contavam apenas com a sorte, eram pessoas de fé com dedicação e disposição para a vida e para a morte. Cada um deles caiu diante da tecnologia Cygen que silencia Orisi e faz cessar nossa conexão com os ancestrais e as divindades. São esses guerreiros que você vai tentar invocar amanhã. Todos morreram lutando contra aquelas coisas. Nós fugimos do Distrito para sobreviver e garantir que suas histórias não sejam esquecidas. Não seja ingênuo de acreditar que seu bando de malandros assaltantes de carros vai dar conta dos Cybergenizados que assassinaram nossos mais poderosos guerreiros. Se quiser ajuda dos espíritos, respeite a memória deles.

Era véspera da troca da lua, e Eliah passou o dia seguindo os rituais de Tamuiá, que incluíam jejum, oferendas, danças e banhos de cachoeira. Durante todo o processo, ele não conseguia parar de olhar para Selci. Ela estava maravilhosa, e seu gestual nas danças era inebriante. Na manhã seguinte, em frente a uma mesa com um grande banquete, Bakhna falou palavras que o jovem, embora achasse graça, não pôde deixar de considerar sábias:

— Você não vai escutar os espíritos nem tomar boas decisões de barriga vazia.

Enquanto eles comiam, a mulher explicou que os primeiros sinais de luz da nova fase da lua seriam a chave para iniciar a abertura das portas que escondiam os malungos. O dia se passou sem que Eliah percebesse. Quando a lua enfim apareceu, no final do entardecer, todos se posicionaram. No momento em que sua luminosidade os alcançou, eles seguravam tochas ao redor do jardim cravejado de pedras e com fios de ouro no chão de mármore branco.

— O que eu faço, Selci?

Eliah sentia o coração disparar; sabia que aquele momento derradeiro levaria à salvação de Moss e Hanna e findaria o flagelo imposto pelo bruxo a Nagast. Não houve um momento em que ele não tenha se perguntado em silêncio se era mesmo a pessoa certa, se de fato carregava o espírito do Último Ancestral de Nagast.

— A Bakhna vai despertar os malungos, mas você vai ter que provar que merece a ajuda deles. Eles são grandes guerreiros lendários, não vão seguir qualquer pessoa.

— Me dá uma ideia. Quando você saiu de Obambo para virar sacerdotisa, tu sabia que era a pessoa certa, que tava pronta?

— A gente nunca vai estar pronto pras escolhas do destino. Ele anda na nossa frente. Tu só precisa ter fé e entender que, se não fosse o momento certo, tu nunca ia ter chegado em Tamuiá. Não te preocupa em ser o escolhido. Só te concentra em ser quem escolheu lutar por isso aqui. Lembra disso quando estiver com os malungos.

O ritual do despertar começou com tambores clamando pela presença dos espíritos. Incensos tomaram o local, exalando uma fumaça com toques cítricos e notas de fragrâncias sagradas. Bakhna entoava seus cânticos aos Deuses ancestrais; a lua parecia mais forte, mais bela e sobrenatural. Ela espalhou pedras preciosas por todo o jardim. Eliah entrou em transe no meio do círculo de sacerdotes. Começou a invocar e escrever símbolos Orisi no ar, palavras esquecidas pelos homens que ele aprendia naquele momento com o Coração da Selva. Ao contrário do que acontecera nos outros transes, mantinha a consciência de onde estava e do que deveria fazer. Continuou seguindo seus instintos enquanto todos dançavam acompanhados pelas orações de Bakhna.

— Esses Orisis dão controle sobre os elementos da natureza — disse ela em determinado momento. — O jovem absorveu os elementos com o Coração da Selva; este é mais um passo para a conexão plena com o espírito ancestral que o habita. Ele está pronto para invocar os malungos.

Selci se impressionou com as palavras que sempre ouvira em histórias, mas nunca tivera oportunidade de presenciar. Cantou com sua doce voz para que ele clamasse a presença dos espíritos. E assim, como se soubesse o que tinha de fazer, Eliah disse:

— Levantem-se para ajudar seu povo, malungos.

A marca da dinastia do Leão incendiou-se em fogo vermelho. Os olhos do rapaz estavam brancos, intensos.

O toque dos tambores ressoava como se os instrumentos estivessem na beira de um abismo, o som ecoava alto, passando uma sensação de infinitude. Num segundo, tudo acabou, e ficou só uma neblina branca.

Quando a neblina se dissipou, eles enxergaram um homem magro usando uma jaqueta com rasgos nos braços e tags costuradas. Pelos vãos do tecido, via-se uma tatuagem antiga, com tinta comum, formando a silhueta de uma onça nos ombros. Ele tinha o cabelo curto, em um corte quadrado, e usava correntes ao redor do pescoço.

— Está perdido nesta encruzilhada, meu jovem? — disse o homem. Ele tinha uma voz grave e calma, mas que definitivamente não passava tranquilidade para Eliah.

— É exatamente onde eu quero estar. Vim convocar os malungos — respondeu, lembrando as palavras de Selci sobre escolher em vez de ser escolhido.

— Pelo menos tem coragem. De onde está, pode ser que não volte vivo. Tem que ter peito, mas será que é o suficiente? — provocou o outro, aproximando-se dele. Eliah não chegou a vê-lo dar nenhum golpe, mas quando se deu conta tinha sido derrubado. Ouviu risos por todos os lados.

— Qual é? — disse o rapaz, apoiando-se com as mãos numa tentativa de se levantar e buscando descobrir onde o outro estava. — Quem é você? Tô aqui pra conversar, porra!

— Se liga, malandro. Eu sou Ozeias — respondeu. Eliah voltou a localizá-lo em meio à neblina, bem próximo dele. — Um desses malungos que está morto, preso nessa encruzilhada, por escolhas malditas e por esses receptáculos que usamos em vida. Não temos tempo pra conversa.

Antes que Eliah tivesse tempo de responder, Ozeias voltou a golpeá-lo, e dessa vez o rapaz sentiu uma bicuda na barriga. Foi o tempo de organizar os pensamentos e, quando o chute seguinte do malungo veio, foi bloqueado. Eliah segurou sua perna e invocou um Orisi que lançou o homem pelo ar com uma rajada de vento.

— Porra, surpreendeu agora, pivete. Vou dobrar você de pancada. — Mal terminou de falar e outros malungos surgiram do meio da fumaça.

Eram homens e mulheres de todas as idades, carregando armas variadas e atacando por todos os lados. Eliah empunhou o Coração da Selva e invocou relâmpagos e socos de fogo para atingi-los. Quanto mais acertava, mais malungos apareciam para a briga. Vinham aos montes. Eliah se sentiu sufocado pelos espíritos que vinham para surrá-lo.

— Para, carai! — reagiu, logo depois de invocar uma parede de pedra que reteve temporariamente os rivais. — Não tô aqui pra brigar, me deem uma chance. Eu não posso voltar pra Obambo sozinho.

Pressionado, enfurecia-se como uma fera enjaulada. Sentia a respiração pulsante e o sangue quente nas veias.

— Não precisamos nos envolver na briga dos vivos — disse Ozeias. — Nem você. Quando eu terminar contigo, seu espírito vai ficar nessa encruzilhada também. Acabou, moleque.

Uma senhora começou a apagar os Orisis que Eliah espalhava ao redor. O conhecimento daquela tradição desaparecera de Nagast, mas não entre os espíritos. A proteção do garoto foi aberta, e Ozeias golpeou Eliah com tanta força que a visão dele escureceu.

— Tu não é ninguém além de um comédia que pensou que poderia vir aqui reivindicar nossa presença na sua guerra de merda. Ninguém.

Eliah ficou no chão, vendo a neblina sobre o piso, e se lembrou de tudo o que tinha passado. A morte de Beca, a fuga da Liga, o reencontro com Hanna, a esperança que deixara para os amigos em Obambo.

— Eu sou… — balbuciou, enquanto buscava em sua mão o Coração da Selva, mas sentiu um pisão nas costas.

— Acabou, moleque. Seu lugar para toda a eternidade é aqui, é a sarjeta.

— Sim, eu sou… — Dessa vez as palavras trouxeram lembranças. Viu a imagem de uma estrela se erguendo sobre Obambo e a chave que o juiz do Palácio dos Leões lhe entregara. Abriu os olhos e viu refletida no chão de mármore a imagem imponente de um leão com uma coroa alta de base quadrada na cabeça, na qual havia o mesmo símbolo de chave que ele tinha tatuado na mão. O leão puxou o ar para rugir, e Eliah se ergueu com uma força descomunal. Suas tatuagens emanavam fogo e luz.

— Eu sou o Último Ancestral de Nagast, membro da dinastia do Leão e protetor do povo de Obambo.

O rugido do leão espalhou uma energia que jogou para trás os malungos e dissipou boa parte da neblina ao redor. Agora que podia vê-los sem tanta interferência da névoa, Eliah notou que os espíritos eram muitos, um oceano de guerreiros junto a animais poderosos. Eles voltaram a se reunir ao redor de Eliah, mas agora reconhecendo a legitimidade de sua realeza. Ozeias andou do meio da multidão para encontrá-lo.

— Com esse poder, você é capaz de nos tirar desta encruzilhada.

— Ainda não sei como acabar com isso, mas preciso da ajuda de vocês. Tem uma guerra rolando na favela. Vamos somar, impedir que os Cygens e Asanbosam, o bruxo da terra dos antepassados, aniquilem nossa gente e mantenham o controle sobre o Distrito.

— Não sei quem é Asanbosam, mas conheço muito bem os Cybergenizados. Enfrentei pessoalmente o primeiro deles na época em que também era um malungo.

A informação deixou Eliah em choque. Ele continuou escutando, tentando digerir o que acabara de descobrir sobre a origem dos Cygens.

— Fomos aniquilados e aprisionados nesta encruzilhada — continuou o homem. — Eles nos perseguiram, mataram um a um até acabarem com todos os médiuns e guerreiros poderosos do Distrito. Eles sabem tudo sobre nós. Criaram escudos que bloqueiam nossos poderes. Não entendo como o resultado poderia ser diferente agora, ainda mais com eles aliados a esse bruxo.

— Ozeias, o povo de Obambo teve a sua fé aniquilada. A única coisa que a gente sabe fazer é acordar e ir pra batalha todo dia. Agora mesmo tá todo mundo correndo atrás da própria visão e fazendo um estrago contra o exército distritense. — Eliah abriu a mão e exibiu a relíquia sagrada que havia conquistado. — Esse é o Coração da Selva. Ele pode conectar os receptáculos de todos vocês com qualquer árvore sagrada. Com ele, recebi um conhecimento sobre essas árvores e sei que tem várias esquecidas em Nagast, são baobás centenários que podem servir como portas pros espíritos, libertando todo mundo dessa encruzilhada. Com esse poder nas mãos, eu abro as portas pro nosso mundo e nenhum malungo vai poder recusar o meu chamado. Vou talhar um Orisi com metal no tronco pra que vocês possam passar.

— Então pode contar com a gente. Estaremos prontos para a batalha! — decretou Ozeias, e todos os malungos vibraram.

Nesse momento, a neblina se dissipou completamente, e Eliah voltou a ver as tochas de fogo ao seu redor. Os malungos tinham sumido. Estava de volta aos jardins de Vila Tamuiá, onde Bakhna aguardava seu retorno.

— Você conseguiu, jovem.

— Obrigado, Bakhna. Queria comemorar de novo com vocês, mas não tenho tempo. Preciso voltar o quanto antes. Mesmo naquele carro que anda sobre trilhos eu vou levar uma pá de hora pra chegar em Obambo.

— Antes você deve entregar o Coração da Selva. Ele ficará incrustado em nossa árvore mais antiga. Teremos poder para nos comunicar com cada canto em que existir um dos velhos baobás nesse Distrito. A floresta será nossos olhos, nossos ouvidos, a principal fonte de dados que vai alimentar Tamuiá.

Bakhna levou Eliah para o salão dos rituais. Havia máscaras ritualísticas em redomas, tambores, lanças, terços e turbantes. Eram lembranças dos guerreiros que tinham sido perseguidos e mortos em combate contra Cygens.

— Os malungos foram superados quando tentaram usar artifícios para invocar as dádivas dos nossos ancestrais. Hoje os receptáculos digitais não servem mais para lutar contra os Cygens, pois eles sabem inibir seus poderes e bloquear sua tecnologia. Enquanto o Coração da Selva estiver aqui, ele será a fonte sagrada que dá vida a seus espíritos no mundo dos vivos. Mantenha esse segredo contigo e use a seu favor.

Eles caminharam até um hangar cheio de engenheiros e mecânicos trabalhando em carros e aeronaves.

— Preparei uma aeronave de Tamuiá. Ela vai cruzar o céu sobre as nuvens e deixará você em Obambo antes do meio-dia. Espero que um dia, assim como você, outros obambos possam colaborar com os tamuiás.

Quando ela terminava de falar, Eliah ouviu passos vindo na direção deles no hangar. Era Selci, que vestia um traje especial de combate, com símbolos lunares nas costas, luvas com malha antideslizante para as armas e camadas sobrepostas de uma liga metálica capaz de refletir laser. No pescoço, anéis de metal, por onde saíam fios de ouro.

— Vou me certificar pessoalmente de que isso aconteça, Bakhna.

Eliah reagiu, ofendido:

— O que cê tá dizendo, Selci? Não confia em mim?

— Se enxerga, garoto. Eu vim de Obambo, o morro também é minha origem. Meu lugar é aqui, mas eu sei reconhecer a hora de voltar e apoiar minha gente. Vou levar as coisas que aprendi na Vila Tamuiá pra resgatar a vida nos morros.

Eles entraram na aeronave e Selci assumiu os controles, dando a partida rumo à favela. Eliah se sentou no banco ao lado dela. Enquanto se afastavam de Tamuiá, sentiu uma segurança que não sentira antes e pôs a mão sobre a de Selci. Quando já estavam distantes do vilarejo, com as estrelas guiando seu caminho, os dois se beijaram.

# O CONSELHO CYGEN

Zero saiu pela porta da frente e, obedecendo a Asanbosam, não olhou para trás. Caminhou tranquilamente pelas ruas, sabendo que sua aparência, agora que tinha tirado a armadura, amedrontava a quem o via.

— Peguem aquele obambo, ele não tem autorização para estar entre nós! — gritou um homem.

Guardas chegaram perto e reconheceram em Zero a tatuagem da criatura, então baixaram as armas e o deixaram seguir. Ele se aproximou de um veículo militar.

— Se der mais um passo, eu atiro — disse um soldado à frente do carro.

O mecânico sabia que o outro não faria isso, tendo visto seus colegas recuarem para ele passar. Chegou mais perto e desferiu um golpe violento, quebrando o maxilar do homem, que cambaleou e soltou o rifle no chão.

— Sai da frente ou vai levar outra porrada, seu bosta.

— Da próxima vez que nos encontrarmos, vai ser diferente — respondeu outro militar, com a arma abaixada.

— Vou passar um perfuminho antes. Se arruma e manda um alô, a gente combina. Só que, ó... não volto sozinho — zombou o mecânico, antes de ligar o veículo e sair cantando pneu pelas ruas de Nagast. — Será que essas merdas têm algum sistema de som?

A explosão nos andares mais altos do prédio de metal, ocorrida depois que Zero deixara o lugar, tinha afetado as estruturas das outras construções do centro de Nagast.

O vírus que Misty desenvolvera havia impedido a regeneração nanorrobótica dos servidores e colapsado a distribuição elétrica. Os Cygens tinham um plano de autoproteção, envolvendo bolhas de fuga lançadas dos prédios para as ruas. Elas atravessavam o concreto e repeliam carros com campos sônicos até mergulharem no grande lago, bem abaixo da ponte trípode. Não poupavam ninguém no caminho, atropelando os próprios serviçais, que pediam ajuda. Alguns foram soterrados por escombros ou atingidos por estilhaços que caíram do último andar.

Depois de todo o caos, um silêncio prevaleceu na torre do servidor. Havia dezenas de drones no chão, desconectados. A população humana que se considerava a elite do Distrito se desesperou ao perceber que seus registros não existiam mais no servidor. Nomes, endereços e criptocréditos, tudo tinha sido apagado. Era como se eles não fossem mais ninguém; os privilégios e acessos exclusivos aos círculos centrais de Nagast não faziam mais sentido. Agora, a única coisa que os separava de um obambo era a cor branca de sua pele. Eles sabiam que não era o bastante. Precisavam de um sistema capaz de transformar isso em uma estrutura racial, e contavam com os Cygens para restabelecer a normalidade.

Essa gente sempre fora a escória moral de Nagast, acreditando estar protegida pela raça Cybergenizada e sua tecnocracia. Suas casas luxuosas e cheias de tecnologia escondiam mafiosos muito piores que as Cabeças de Obambo. Eram covardes que não tinham palavra nem código de conduta. Viviam criando intrigas que culminavam no assassinato de rivais, enriqueciam com comércio ilegal — nunca se contentavam com a riqueza que tinham, queriam mais, queriam o que era dos outros. Esta tinha sido a gênese do financiamento do esquema dos mecânicos: inveja e sede de riqueza. Eles nunca poderiam pensar que, um dia, o chefe dos garotos que roubavam carros para eles andaria no centro do Distrito e olharia em seus olhos como se fosse um igual. Mas foi o que aconteceu naquele dia.

As pessoas suplicavam ao exército por informações sobre os seus dados, discutiam, solicitavam a presença do Conselho. De repente, perceberam tremores no solo e mais estilhaços se desprendendo do prédio do servidor, causados por uma aberração que saltou lá de cima até o chão.

Apesar de estarem acostumados com a imagem de Inpu, aquilo era diferente, maior, e usava partes Cygens. Os soldados começaram a repelir os humanos com violência e tiros, e então se ajoelharam para Asanbosam.

— Inpu! — gritou o bruxo, invocando seu assecla.

Chacais uivaram de uma curta distância. O monstro já estava próximo, pois sentira quando a alma do bruxo atravessara completamente para o mundo dos vivos. Ele se aproximou e fez uma reverência.

— Mestre, fico feliz que o plano tenha funcionado. Este corpo que montei para receber sua existência reúne os poderes de regeneração e o código genético dos Cygens, necessário para você acessar a tecnologia que eles construíram e comandá-la também.

— Você me serviu muito bem, Inpu. Meu melhor abadom. Enquanto me servir, não será aniquilado, mas, se algum dia se voltar contra mim, apagarei você deste e do outro mundo.

— Sim, mestre. Fiz exatamente como pediu. Tratei diretamente com o Conselho de Nagast. Eles relutaram em oferecer uma cobaia Cygen para completar a forma mortal que está usando, mas, quando um dos seus membros mais virtuosos foi destroçado na batalha da Liga de Higiene Mental, não puderam negar os órgãos que coletei.

— Essas criaturas se dobram na mesma direção em que pretendo colocar Nagast. Vou encontrar o Conselho e iniciar uma nova era para este Distrito, que ecoará por todo o mundo dos homens.

Dezenas de tecnogriots que estavam caídos pelas ruas foram então reativados, conectados à rede militar estabelecida para o funcionamento exclusivo da comunicação e das máquinas de combate. Asanbosam viu o exército do Distrito se preparando para o confronto com os obambos que atravessavam a Fronteira e ordenou a Inpu:

— Vá com eles. Moss tentou me atrasar ao máximo para preparar aquele garoto com o Último Espírito Ancestral. Descubra se ele está no combate e traga-o para mim. Vou transformá-lo em um abadom como você.

— Como quiser, mestre.

Asanbosam deu as costas para Inpu, caminhou até a ponte trípode e saltou para o fundo do lago, na direção das bolhas de fuga enviadas pelos Cygens. Chegou a uma construção submersa. O teto tinha o símbolo do Conselho Cygen, interligado a vários dutos que faziam a troca de oxigênio. Quando se aproximou, uma escotilha se abriu para sua passagem. Pousou num elevador, que desceu para o setor de descompressão e depois desceu mais um andar, abrindo-se para os corredores debaixo do lago. O local era completamente escuro, e os circuitos do novo corpo de Asanbosam eram a única iluminação, refletindo-se nos olhos dos peixes que circulavam por fora das paredes de vidro. Ele caminhou até uma porta de aço, que se abriu para recebê-lo. Lá dentro, a escuridão continuava para um salão, com o chão se iluminando conforme ele pisava. Quatro cadeiras foram iluminadas bem à sua frente. Em cada uma, havia um Cygen: dois homens, uma mulher e um sem gênero. O Cygen sentado mais à direita começou a falar, e sua voz foi amplificada pela acústica do lugar.

— Nos encontramos, enfim, criatura.

— Uma hora isso seria necessário. Acho que vocês perderam um pouco do controle por aqui — provocou Asanbosam, referindo-se ao colapso do sistema de dados.

— Não seja petulante, criatura. Você poderia ter impedido isso quando estava lá no prédio dos servidores — interferiu o Cygen sem gênero.

— Sim, poderia, mas defender seus dispositivos computacionais não fazia parte do nosso pacto. — O bruxo riu.

— É por isso que acabamos com as crenças no Distrito. Elas sempre empoderam criaturas primitivas como você — retrucou a mulher.

— Sou eu quem vai restaurar a sociedade de Nagast. — Asanbosam fez uma pausa e olhou para cada um dos membros do Conselho. — Vou fazê-la muito melhor. Vocês estão nas minhas mãos agora. Eu amaldiçoei e enganei Moss, a anciã, por dezenas de anos, afastei a ela e a outros seres místicos do seu caminho, mas ela rompeu meu feitiço e descobriu o Último Ancestral vivo em Nagast. Se aquele garoto conseguir despertar seu espírito, pode descobrir a origem da raça de vocês e fulminar seus planos. Imaginem como essa história vai soar mal para os Cygens do Sul e enfurecer o seu mestre.

Os quatro membros do Conselho se agitaram. Cochicharam entre si por um minuto, e então seus gestos sugeriram que haviam chegado a uma conclusão.

— Chega de conversa, Asanbosam. Nosso pacto continua o mesmo. Nós continuaremos ajudando a alimentar seus poderes, entregando médiuns, sacerdotes e anciãos que ainda aparecerem pelo caminho, e você vai liderar nosso exército nas batalhas contra aqueles que se levantarem contra os Cygens de Nagast, seja no mundo dos mortais ou no mundo dos antepassados. Isso é do agrado de todos. Nossos cientistas já ajudaram o exército a estabelecer uma conexão para as máquinas de combate. Enviaremos as forças especiais dos Cygens que derrotaram os antigos malungos. Imponha a derrota contra nossos inimigos e restaure a ordem em Nagast.

— A vitória é certa, mas, enquanto algum daqueles obambos ou seus descendentes existirem, as lembranças e suas histórias vão permitir que novos guerreiros se levantem contra Nagast. Não estou interessado apenas na vitória. Vim para promover o extermínio daquela gente.

— Assim seja, criatura. Lidere nossas tropas.

Ao terminar de falar, os Cygens se levantaram e cerraram os punhos. As luzes começaram a se acender no salão, revelando centenas de outros Cygens que acompanhavam a negociação. Em coro, eles gritaram pela morte de todos os obambos.

# O ÚLTIMO RITUAL DE MOSS

Depois de dias atravessando a Fronteira, multidões de obambos ocupavam regiões periféricas de Nagast. A principal delas era a região da Basílica de São Jorge, que acabou se tornando um enorme abrigo. Os robôs enviados por Zero, os que não tinham sido reprogramados para a guerra, começaram a reconstruir o local. Pequenos grupos de obambos invadiram prédios, praças e casas que não tinham mais nenhum sistema de segurança. Outros dirigiam motos e carros em alta velocidade pelas ruas largas, fazendo rachas.

Quem estivesse longe do centro não tinha como saber que no Primeiro Círculo os militares se organizavam com tropas Cygens e robôs de guerra. O pacto entre a raça Cybergenizada de Nagast e a criatura se fortaleceu quando ele assumiu o corpo do ciborgue, preparando-se para liderar as tropas em combate, enfrentando os inimigos em comum para iniciar uma nova era no mundo dos mortais. Mais poderoso, Asanbosam estabeleceu o controle mental sobre todos os soldados, que, mesmo conscientes, não abandonavam as ordens que ele fazia penetrar em suas mentes.

Asanbosam sabia que em poucos dias os Cygens teriam restabelecido a rede e construído novos robôs capazes de eliminar todos os invasores que tivessem colocado os pés em Nagast. Sabia também que a vitória traria não só a manutenção da hierarquia social do Distrito, mas também a consolidação de seu poder sobre a mente e a alma daquelas pessoas.

As paisagens da favela pareciam mais devastadas agora que estavam quase sem habitantes, especialmente porque os idosos ou debilitados que tinham restado ficavam a maior parte do tempo dentro de casa. Apenas uma criatura se movia pelos morros: era Hanna, que descia até o Barracão depois que os tecnogriots, que agora trabalhavam para ela, identificaram alguns símbolos estranhos nas nuvens. Moss já estava ali, e Bento estava em todos os lugares.

— Tá vendo aquela nuvem? — perguntou Hanna a Moss ao se aproximar da porta do galpão. — Tem alguma coisa ali, piscando, como se tivesse uma fonte de luz ou coisa assim.

Moss não pôde esconder a preocupação.

— Não conheço nenhum dispositivo capaz de projetar essas coisas nas nuvens, tampouco há histórias na sabedoria dos antepassados que me deem alguma ideia do que possa estar acontecendo.

— Algo me diz que não é perigoso — disse Hanna. Tinha um bom presságio sobre aquilo.

— Talvez. Não sabemos até onde vão os poderes do bruxo. Agora que ele atravessou, certamente vai buscar um corpo que amplifique seus poderes em Nagast… — A anciã interrompeu a fala quando ficou claro que a luz do símbolo aumentava rapidamente. — Preparem-se! Bento, onde estão seus robôs?

Ela mal havia terminado de falar quando uma nave como nunca ninguém vira em Nagast ficou totalmente visível ao descer abaixo da altura das nuvens. Moss invocou Orisis de proteção com escudos invisíveis, mas desarmou-os ao reconhecer inscrições dos malungos na lataria.

— Só pode ser Eliah!

Lentamente, sem fazer nenhum ruído, a nave pousou no terreno baldio em frente ao Barracão. Era um pouco menor do que parecia à distância, mas ainda assim imponente, com tecnologias que Hanna nunca tinha visto, como a que permitia o absoluto silêncio no pouso. As escotilhas se abriram devagar, e Eliah saiu, seguido por Selci. Hanna abriu um sorriso e partiu em sua direção, olhando apenas de relance para a sacerdotisa, com um misto de ciúme e curiosidade.

— Tu tá vivo, seu mané — disse, abraçando-o com força, como se quisesse impedir que ele partisse novamente. — Não mandou uma mensagem, poxa.

— Me desculpa, baixinha. Cê sabe que se eu mandasse mensagem ela podia ser interceptada e zoar todo o plano — disse ele, afagando os cabelos macios da irmã enquanto olhava por cima de seu ombro. — As coisas tão diferentes aqui. Tem mais entulho e menos gente.

— É por isso que chama guerra: a coisa toda se destrói. Não tem mais volta, irmão.

A voz que veio por trás dos escombros pegou a todos de surpresa. Zero se aproximou, ainda vestindo a armadura militar que usara como disfarce. Pouco atrás dele, estava o carro militar de última geração do qual ele tinha descido. Como ninguém dizia nada, Moss deu um passo à frente:

— Convoque todos os obambos para retornarem agora. A luta não acabou. Você não pode incentivar essa migração, será um suicídio em massa.

— Ninguém manda no desejo de um povo que passou a vida toda comendo lama e agora viu a chance de se dar bem em Nagast. Mesmo que eu mande uma mensagem, o que tá feito, tá feito. A gente precisa se unir e apoiar os irmãos e irmãs no combate. Levar a guerra pra lá. Obambo já era.

Aquelas palavras eram difíceis para Hanna assimilar. Por mais que ela soubesse da injustiça que era a própria existência de Obambo, criada como arma de segregação pelas elites que queriam garantir que aquela gente estivesse sempre longe, era lá que ela tinha nascido, conhecido o irmão e aprendido quase tudo o que sabia. A presença de Zero, aquela fala, tudo lhe causava uma indignação imensa.

— E esse carro aí? — ela perguntou, com raiva. — Você é um deles agora?

— Ué, acha que seu irmãozinho é o único ladrão de carros por aqui? Tudo que ele sabe, fui eu que ensinei. Esse carro aí tava dando sopa no Distrito. Eles andam rápido pra carai. E não tem mais ninguém nos portões da Fronteira, passei batido.

— Eles não tão na Fronteira porque foram chamados pra proteger o Primeiro Círculo — interferiu Eliah. — A rede foi restabelecida lá e tá sob o comando do Asanbosam. Eu tive na Vila Tamuiá, e a gente vai ter reforço pra acabar com o bruxo.

Zero se virou para responder a Eliah e só então notou a presença de Selci, que estava logo atrás dele. Abriu um sorriso debochado e interessado.

— Tô vendo seu reforço, um exército de uma mina só. Tu é malandro mesmo, Eliah. Foi atrás de guerreiros e voltou com uma MC gostosa. Essa daí é aquela mulé que saiu dos morros e agora faz show pros otários.

— Só sai merda dessa boca, Zero. A Selci é uma das maiores sacer…

— Não precisa me defender, Eli — disse ela, dando um passo à frente. — Babacas não mudam aqui nem do outro lado da Fronteira. Esse daí pisou duas vezes no Distrito e acha que pode dominar tudo. Vai acabar igual aos obambos que foram lá sozinhos enfrentar os Cygens.

— Pelo amor dos Deuses — interrompeu Moss, impaciente com aquela discussão. — Eliah acaba de chegar de Tamuiá com notícias que podem mudar tudo por aqui. Preciso saber: você conseguiu se conectar com os malungos?

— Sim, Moss, consegui. Os espíritos malungos vão responder ao meu chamado quando a hora chegar. Vou precisar da sua ajuda pra talhar as portas que vão trazer todos eles pra Obambo.

Moss assentiu com a cabeça. Ela não chegara a duvidar que o Último Ancestral seria bem-sucedido na missão, mas ouvir aquelas palavras da boca dele era um alento. Então falou, mais tranquila:

— Vou querer saber mais sobre Tamuiá. Essa Vila carrega boas lembranças dos que viveram nos morros muito antes de Obambo.

Eliah, no entanto, não estava tranquilo. Tinha sentido a irmã desconfortável desde o momento em que a vira, e só agora, observando melhor, notara a perna de aço aparecendo discretamente sob a barra da calça, que ia até a altura da panturrilha. Pensou em perguntar algo, mas achou que a irmã preferiria tomar a iniciativa de tocar no assunto quando se sentisse à vontade.

Desviou o olhar para o chão para que ela não percebesse no que estava reparando e viu, perto de seus pés, um retrato caído. Agachou-se e o pegou. Era a foto de uma família que ele se lembrava de ter visto na região. Estava rasgada e chamuscada. Mostrou a imagem para a irmã e Moss, sem precisar dizer nada para que elas entendessem o que passava pela sua cabeça. Após refletir por um instante, Moss falou:

— Talvez Zero não esteja totalmente errado. Minha última visão sobre Obambo foi sombria: mostrava Asanbosam afligindo todos esses morros com fogo e fúria. Agora que os obambos estão atravessando a Fronteira, no entanto, a coisa muda de figura. Não podemos evitar uma chacina se estivermos aqui, eu vi o que acontece se a batalha for do lado de cá. Mas não sabemos o que pode acontecer se esse embate ocorrer do lado de lá. O cenário será outro, a estratégia terá de ser outra também.

Selci, que estivera quieta por um tempo, falou, complementando o raciocínio da anciã:

— Tem um pequeno bosque entre a região do Primeiro Círculo e a área militar, que é onde os obambos tão chegando agora. É o lugar ideal pra invocar os espíritos dos malungos e atrair o Asanbosam. — A sacerdotisa lançou um holograma da região no ar e apontou locais que seriam propícios para construírem armadilhas.

— Não contem comigo pra isso — disse Zero. — Eu trombei a criatura. Ela fez uma carnificina com o pessoal, foi feia a coisa. É suicídio, porra.

— Tu conheceu o terror a vida toda, Zero, mas agora são outras ideias — disse Eliah. — Temos forças ancestrais e poderosas do nosso lado. Sem contar que a ousadia sempre foi tua aliada, e boto fé que não vai vacilar agora.

Eliah contou o que planejava fazer. Preferiu não entrar em detalhes de como, até porque provavelmente o chefe dos mecânicos não entenderia, ou talvez porque tivesse dúvidas sobre as intenções de Zero. De todo modo, as informações que deu pareceram ser o suficiente para convencer o ex-chefe a juntar reforços para encontrá-los, antes do fim da madrugada, num determinado ponto da área que Selci mostrara.

— Demorou. Vou resolver uns lances lá na garagem e a gente se tromba de madrugada. Voltou cheio da atitude, Eliah, tá falando com propriedade. Gostei de ver.

Zero entrou no carro militar. Ficou parado por alguns segundos e por fim acelerou na estrada. Os outros seguiram para o Barracão, menos Selci, que ficou para verificar pendências da aeronave antes da próxima partida.

O espaço, palco das maiores baladas, fluxos e pancadões de Obambo, parecia agora um local fúnebre. Leds quebrados, janelas estilhaçadas. Bento se materializara nas sombras pelos sistemas de segurança. Eliah caminhou até a máquina que haviam construído para abrir um portal com o receptáculo do terreiro da Tia Cida. Hanna aproveitou que ele estava sozinho.

— Já viu, né? — perguntou, acenando com a cabeça para a própria perna.

— Tô ligado. Como você tá?

— Até que tô maneira. Acho que consigo quebrar uma parede com uma bicuda agora. — Os dois riram. Ela pareceu pensativa por um instante, como se escolhesse as palavras, mas acabou não contando o que tinha acontecido. — Que bom que tu voltou.

Eliah achou melhor mudar de assunto:

— Depois que eu der conta daquele bruxo, vou levar você pra Tamuiá. Eles têm gente lá que vão deixar essa perna mais manera ainda.

Eliah abraçou Hanna, que se sentiu confortada como não acontecia fazia tempo. Selci entrou no Barracão, o lugar onde tantas vezes havia se apresentado no passado. Se ver o lugar daquele jeito a afetou, foi algo que nenhum dos presentes pôde notar. Mas Hanna percebeu que a mulher a olhou de relance. Perguntou-se que tipo de coisas a cantora sabia sobre a vida do irmão e que tipo de amizade havia entre eles. A sacerdotisa avisou:

— A aeronave vai carregar com mais duas horas de sol, e aí vamos estar prontos pra partir todos juntos.

— Eu posso ajudar daqui — disse Bento. — Estou preso à velharrede, mas ainda posso controlar alguns robôs. É uma forma de participar dessa luta.

— A gente vai voltar pra te libertar dessa rede. Eu prometo. — Hanna carregava uma certeza pueril e inspiradora.

Enquanto esperavam que a aeronave estivesse carregada, Eliah contou aos outros sobre o Coração da Selva, Bakhna e os malungos. Ouviu com tristeza sobre a explosão e Misty e, enfim, sobre o que acontecera com a perna de Hanna e a operação realizada pelo dr. Dante. Ficou animado com as notícias sobre a Malta de Aço após a conquista de um dos portões por Zero.

— Cês expulsaram os caras daqui, que foda. Era o que a gente devia ter feito há anos. Esses milicos sempre chegaram botando terror e metendo bala na garotada.

Àquela altura, os primeiros obambos se estabeleciam na região militar, que fora abandonada pelo exército de Nagast. Os soldados tinham levado para o centro do Primeiro Círculo as armas, os carros e seus pertences. Mas havia os prédios, esgoto, eletricidade, água encanada, mais do que os obambos jamais tinham sonhado em ter na favela.

Um grupo tinha decidido ir além daquela região. Entre eles, estavam Bezerra e Milton. O garoto parecia hipnotizado pelo tamanho das ruas. Os dispositivos computacionais em cada portaria e cada totem tinham processadores mil vezes melhores do que os que ele tinha visto em todos os seus poucos anos de vida. Estavam desligados, mas imaginou que poderiam retomar suas funções e até sonhou em iniciar uma nova rede com a base que aprendera com Misty e Léti.

— Está ali. É nosso agora. — Bezerra apontou do alto de uma colina para as redomas agrícolas. Uma dezena de obambos vibrou junto, dando tiros para o alto. A maior parte dos distritenses estava enclausurada em suas casas, com medo da baderna pelas ruas. Os obambos estavam mais preocupados em ocupar prédios, mirando nos centros de recursos primários. Bezerra olhou para o centro de energia solar e tratamento de água. — Se a gente domina a fonte, a gente consegue o Distrito inteiro.

O grupo atravessou a colina. Puderam escutar uma leve corredeira d'água passando em uma praça ornamentada, e então passaram por uma construção larga, com escadas nas quais estavam talhadas palavras como *sabedoria*, *disciplina* e *conhecimento*. Milton olhou para o topo do prédio e viu o letreiro que dizia "Academia de Ensino Nagastiano".

— Olha o naipe de onde a galera estuda aqui.

Sua fala foi interrompida pelo grito de uma mulher obambo que caminhava perto de Bezerra. Ele viu que seus dedos tinham sido atingidos — e arrancados — por um projétil não identificado.

Foi o primeiro sinal dos Cygens que começaram a surgir com suas roupas de guerra, mais assustadoras, metalizadas e maiores que as dos exércitos humanos. Eles usavam disparadores de ar com a potência de escopetas. Outros obambos foram atingidos e tiveram membros arrancados pelas armas dos Cybergenizados.

Milton ameaçou correr, mas ficou parado e olhou para Bezerra à espera de comando. Só conseguia pensar em Léti, que sempre sabia como escapar dessas enrascadas.

— Não tem como voltar, eles cercaram a colina. Vamos entrar na escola! — gritou Bezerra para os companheiros.

Ele tentou segurar o avanço dos Cygens com sua pistola de laser, mas ela causava pouco dano, já que os buracos abertos eram reconstruídos pelos poderes das armaduras. A Cabeça de Obambo saltou sobre uma estátua e caiu na frente do líder do batalhão, de olhos amarelos escorrendo sangue, circuitos luminosos emulando vasos sanguíneos e garras afiadas. A visão congelou seus movimentos, faltou-lhe o ar, e ele tentou lutar contra o próprio pavor, mas nem conseguia entender onde começava e onde terminava a armadura da criatura desfigurada à sua frente, que parecia ter peças de metal costuradas ao corpo.

— Adoro o pavor que grita dentro de suas almas quando estão prestes a morrer. Quanto maior a dor, mais me divirto — disse Asanbosam, gargalhando.

Antes que Bezerra pudesse esboçar qualquer reação, o bruxo atravessou seu corpo com as imensas garras que saíam de seus dedos. O comparsa de Zero caiu no chão, sem vida. Milton viu a cena, horrorizado, e acabou não seguindo o último comando do colega. Como era mais jovem e leve, corria muito rápido e conseguiu atravessar a colina, escondendo-se atrás de um monte. Ele sabia que a velharrede não funcionava ali, mas, em um ato desesperado, gravou um pedido de socorro e tentou enviar a Hanna e Léti.

Ele não viu quando entrou na mira de um Cygen, e só se deu conta do que estava acontecendo quando seu joelho foi arrancado por um tiro. Caiu e levou outros tiros que despedaçaram seus membros. A força de extermínio

Cygen eliminava a todos do caminho; aqueles eram apenas os batedores da guerra. Os obambos ainda não sabiam que, pouco depois daquela linha de frente, seguiam todas as tropas distritenses, acompanhadas por robôs de guerra.

Em Obambo, apenas um lugar estava repleto de gente: o Centro Comunitário. Dante ainda trabalhava incansavelmente cuidando dos feridos do último combate. O médico precisava realizar manualmente processos que antes faria com a ajuda de dispositivos, já que o gerador Cygen continuava mantendo a eletricidade dos barracos. Ou, ao menos, isso era o que ele pensava. No meio de um atendimento, recebeu a mensagem de uma enfermeira que chegou correndo pelos corredores até a torre de operações:

— Doutor, os barracos estão no escuro. É melhor você ir ver se está tudo bem com a eletricidade.

Dante trocou a touca e as luvas e colocou óculos digitais com lentes espelhadas para sair da torre e escalar até o gerador. Já era quase noite, e os últimos raios de sol atingiam as lajes e cobriam tudo de vermelho. Quando saltou para a escada de aço na parede externa da torre, o médico foi puxado até o piso do terraço.

— Toda essa palhaçada é porque te descobriram? — ele ouviu Zero dizer, em tom ameaçador, antes de encostá-lo na parede com uma pistola apontada para o seu peito.

— Relaxa, cara. Nós não somos inimigos, lembra?

— Nosso lance foi negócio, só trampo. Nada além. Sua espécie sempre odiou nóis, não rola amizade aqui, mesmo que tu tenha salvado uns obambos por aí. Nem quero ver o que vão fazer contigo quando descobrirem que tu é o maior fabricante de droga da favela.

Dante entendeu a ironia da ameaça. Zero fora um dos apoiadores de sua fuga de Nagast, mas em troca eles haviam forjado um trato para a produção e a distribuição de obia sem que Barba e seu bando ficassem sabendo. Durou pouco tempo, era arriscado demais, podia dar início a uma guerra de gangues em Obambo, mas foi com essa grana que ele patrocinou seus planos para começar o negócio com os carros.

— Ninguém sabe de nada. As meninas ajudaram, deu certo. Acabou.

— Não acabou, malandro. Enquanto você tiver por aqui, sempre vou correr o risco de descobrirem nosso trabalho juntos.

Zero sabia que a capacidade de regeneração daquele Cygen estava suprimida. Pensou rapidamente e puxou-o com violência para dar a volta na torre pelo terraço, até ficar fora do alcance da vista de qualquer um que subisse lá para ver o gerador. Ordenou a Dante que se deitasse e bateu a cabeça dele no piso de cimento, um golpe forte e rápido que emitiu um som alto e seco. Com o Cygen fora de combate, guardou a pistola e puxou o machado. Desferiu golpes até dividir a cabeça do outro ao meio. Usou o combustível que tinha levado consigo para incendiar o corpo longe dos olhos de todos, alto demais para que alguém prestasse atenção.

— Só falta uma — disse para si mesmo.

Reconectou o gerador que levava eletricidade para a favela e esperou pacientemente enquanto observava o corpo queimar até virar cinzas quase completamente.

Perto do Barracão, o clima era de despedida. A aeronave estava carregada, e, como estavam todos do lado de fora iluminados por ela, ninguém notou a queda de eletricidade, que tinha durado apenas alguns minutos.

— Antes de partir, Eliah... Você entende que não há mais como fugir do encontro com Asanbosam? Está preparado?

— Moss. — Eliah sorriu e segurou os ombros da Oráculo de Nagast. — Aprendi em Tamuiá que tá tudo bem se a gente não se sente preparado. A gente passou por muita coisa, olha ao redor. Se depois disso não formos as pessoas certas pra salvar Obambo, ninguém mais vai ser.

A felicidade inundou o peito da senhora, que percebeu como aquele jovem tinha amadurecido em tão pouco tempo. Não era mais o rapaz que buscava fugir das próprias emoções, trocando as coisas importantes por adrenalina ou silêncio. Eliah transmitia serenidade e confiança.

— Naquele dia em que nos encontramos em Tamirat, você disse que ainda não estava pronto, mas eu tinha certeza de que esse momento chegaria. Minha presença só atrapalharia.

Moss, então, segurou as mãos dele, bem na posição da marca de sua dinastia, e Orisis surgiram ao redor com inúmeras palavras imortais sobre elas.

— O que cê está fazendo? — Eliah perguntou.

Ele tinha recebido do Coração da Selva o entendimento dos Orisis da natureza. As palavras que lia agora eram invocações dos espíritos. O jovem sabia que eram especiais, mas ainda não sabia interpretá-las.

— No meu último encontro com o bruxo, ficou evidente que meus poderes não são suficientes para impedir que ele acabe com a minha vida.

— Mas eu vou estar contigo. Todo mundo aqui vai estar contigo.

— Não tentem impedir o ciclo natural das coisas, é assim que deve ser. Minha alma logo repousará. Seu caminho deve estar limpo para a batalha, sem preocupações.

Os Orisis de Moss se multiplicaram pelo lugar, brilhando em tons de púrpura, dourado e branco translúcido que emergiram da anciã durante alguns minutos e circundaram Eliah, até serem completamente absorvidos por seu corpo.

Ele puxou a mão com força e voltou a olhar para Moss. Ela parecia ter repentinamente envelhecido dezenas de anos e perdido a vitalidade. Seus membros e seu pescoço pareciam mais frágeis com as argolas de metal soltas que antes lhes cabiam perfeitamente. Seus ombros caíram, pesados, e suas pernas se enfraqueceram, quase não paravam de pé. Toda a sua constituição física, agora, enunciava a morte. Até sua voz ficou trêmula.

— Os Orisis alimentam nosso corpo com uma saúde divina, pois essa é a sua natureza. Vivi por mais de dois séculos e meio, tempo demais para estar entre os mortais. Deixei meus medos me dominarem e enfraqueci meu espírito. Foi um erro que cobra um preço muito alto, mas eu preciso pagar para evitar uma destruição maior em Nagast.

— Você transferiu seu poder Orisi para mim?

— O poder, você sempre carregou. O que transferi foi a essência do meu conhecimento; tudo o que reuni sobre a tradição sagrada agora corre em suas veias. Imagine o que o bruxo poderia fazer com tamanho conhecimento sobre os dois mundos. Não posso me dar ao luxo de enfrentá-lo em combate e ver Orisis caindo nas mãos erradas. Asanbosam seria imortal.

— Tu carregou essa responsabilidade por muito tempo, Moss. Recebo essa missão com muito respeito.

— Quando isso acabar, você terá de transmitir esse conhecimento para outros e recuperar nosso culto aos ancestrais. A fé é a única coisa que pode trazer a harmonia e a paz para Nagast.

Nesse momento, Selci, que estava dentro da aeronave fazendo os últimos ajustes, apareceu na escotilha avisando que a nave estava pronta e que eles precisavam ir. Se demorassem demais, não conseguiriam surpreender o exército Cygen no bosque.

Hanna, que estivera ouvindo à distância a conversa de Eliah e Moss, abraçou a anciã, e uma lágrima escorreu de seu rosto. Pediu a Léti que buscasse no Barracão uma cadeira para que a senhora pudesse descansar. Hanna não costumava expressar sentimentos por ninguém que não fosse seu irmão, mas, se tivesse uma avó, gostaria que fosse como Moss. Vê-la daquele jeito partia seu coração de uma maneira que não conseguia explicar.

— Não vou deixar o bruxo vir atrás de você. O Eliah vai acabar com ele e eu volto aqui pra te buscar — disse, ajudando-a a se sentar.

A garota e Léti então subiram no veículo carregando suas pistolas energizadas.

Antes de subir também, Eliah olhou para a anciã com esperança de reencontrá-la na volta, mas os olhos dela diziam outra coisa. No fundo, ele sabia que aquilo não aconteceria. Depois, encarou Bento, que estava materializado de capuz e calça larga.

— Salve, cybercapoeirista!

— Você não me verá nesta forma, mas estarei contigo na batalha, amigo — disse Bento, e fez uma saudação num gingado.

Selci, Eliah, Hanna e Léti assumiram seus lugares na aeronave, que começou a planar, silenciosa e iluminada como havia pousado. Em questão de minutos, a nave subiu até as nuvens e desapareceu em direção a Nagast.

Sozinho com Moss, Bento a observou respirar com dificuldade. Ele havia convocado robôs do Quilombo Industrial para proteger Obambo, porém sabia que devia não só garantir a segurança da comunidade, mas também manter Asanbosam longe da anciã, já que o bruxo não sabia ainda que ela transferira a essência de seus conhecimentos.

Bento parecia prestes a dizer algo quando um estalo ecoou ao longe no Barracão vazio e ele desapareceu. Moss percebeu, em uma fração de segundo, que alguém havia desligado os dispositivos computacionais.

— Tem uma coisa sobre ser uma Oráculo: nada nos surpreende — disse em voz alta, ciente de quem tinha feito aquilo. — Mesmo assim, bastava ligar os pontos. O súbito desinteresse de Asanbosam por Obambo, ou aquela história mal contada de que você o encontrou pessoalmente e sobreviveu sem que ele tivesse pedido qualquer coisa em troca.

— Tu é foda mesmo, hein, tia? — disse Zero, saindo das sombras. Aquele Barracão também era dele, afinal, então ele conhecia todas as entradas possíveis e as chaves para desligar o que precisasse. — Tô sentindo prazer nenhum em fazer isso. É o que tem que ser feito. Um sacrifício pro bem de todos os nossos.

— Matar uma velha já sem nenhum poder, que mal fica de pé. Que belo sacrifício...

— Asanbosam não sabe disso. Vou manter segredo.

— Filho, Asanbosam não precisa de alguém como você para tirar minha vida. Ele mesmo faria isso em pouco tempo. Você não precisa fazer o que ele pediu. Pode se unir com as forças que estão se levantando contra ele, que não são poucas.

— Isso ia destruir todos os lugares que você tivesse. Não tem essa de enganar o bruxo. Ele pode ficar com todos os filhos da puta do exército do Distrito. Só quero que passe longe do meu novo Quilombo. Vou fazer daquele lado da Fronteira uma cidade independente dos recursos do Distrito. Essa favela aqui já era, sacomé, tia? Umas coisas se vão pra outras mais fortes levantarem.

— Sua liderança nunca será forte o suficiente. As pessoas vão perceber que ainda há muita treva em seu coração, e ela entorpece seus planos. O bruxo nem precisou possuir o que já estava cheio de maldade.

— Eu faço as escolhas que ninguém quer, é só isso. — Zero se aproximou de Moss segurando seu machado de guerra. — Se os obambos soubessem, iam me agradecer. Não vem com esse papo tentando pagar que sou vilão. As coisas nunca foram simples pra gente por aqui. Era você que vivia naquele mundo colorido e bonito do Distrito.

Ele estava enfurecido com as palavras de Moss. Largou o machado, sabendo que não precisava mais de poderes para derrotá-la, e resolveu fazer do jeito que fazia melhor. Carregou a potência máxima em sua pistola. Encostou-a no peito da velha. Ele tremia, de raiva, mas também pela consciência do peso do que estava prestes a fazer.

A anciã fechou os olhos, mas não antes de ver um corvo de três olhos com manchas brancas e vermelhas entrar voando pela janela quebrada do Barracão. Ouviu a ave grasnar quando aterrissou ao seu lado. Lembrou-se do pacto com a Senhora da Encruzilhada e teve a certeza de seu destino.

— Meu lugar não é mais entre os mortais. — Com as mãos trêmulas, segurou a pistola de Zero, que sentia encostada em seu peito, e a direcionou à sua própria cabeça. —

Eu falhei com todos vocês, com Tia Cida, com os tamuiás. Se for tirar algum proveito disso, então é a minha hora. Espero que você seja bom de guardar segredo, rapaz, porque este pode custar muito caro para todo mundo.

Foi a primeira vez que Zero fechou os olhos para atirar. Duas puxadas de gatilho e estava terminado. Abriu os olhos e viu o corpo de Moss no chão. "Sem remorso, carai", repetiu mentalmente, tentando afastar a culpa. Foi para os fundos do Barracão e entrou no carro em direção ao seu Quilombo.

Algumas horas se passaram até que, finalmente, um morador entrasse no Barracão, visse o corpo da senhora no chão e resolvesse religar os dispositivos computacionais para ver se encontrava alguma informação sobre o que tinha acontecido ali.

Bento ressurgiu e, no mesmo instante, viu Moss. Ficou atônito e desolado. Entendeu sua condição como uma IA presa a máquinas e redes, incapaz de agir se algum humano o impedisse. Ele conseguia, no entanto, materializar sentimentos. Naquela hora era só tristeza, tão forte que foi absorvida pelos seus códigos de programação.

# A REDENÇÃO DE INPU

Do alto das nuvens, Selci rastreou os exércitos Cygens que saíam do Primeiro Círculo de Nagast em direção à área militar. Pelos painéis, viu obambos abatidos pelo caminho, pisoteados por máquinas pesadas. Uma energia assombrosa envolvia uma criatura à frente das tropas. A sacerdotisa fez um sinal para que os outros se aproximassem. Mesmo para quem nunca tinha visto Asanbosam, estava claro que só poderia ser ele.

— É hora de preparar o nosso exército — constatou Eliah, sombrio. — Me deixem no bosque e voltem pra avisar os obambos que estão alojados nos prédios militares. Vamos precisar de todos que puderem lutar.

— Não vamos te deixar sozinho, mano.

— Fica tranquila, Hanna. Não vou estar sozinho, e vocês me encontram logo. É importante avisar os obambos.

Quando se aproximaram do bosque, Selci fez um sinal para Eliah e abriu a escotilha. Ele olhou para ela, temendo que fosse a última vez que os dois se veriam e se perguntando se ela também tinha medo de que ele morresse, e saltou com um propulsor de queda, que ajudou numa aterrisagem suave.

Ao pousar, ele tocou no solo para sentir a rede de micélios e se conectar com o bosque. Precisava encontrar a árvore mais antiga daquele lugar. Sabia que, quanto mais idade ela tivesse, maior seria a porta para invocar os malungos. Achou um baobá centenário. Era exuberante, com uma circunferência titânica e marcas que carregavam histórias infinitas. Buscou o transe para tentar esculpir a porta naquela árvore. Invocou os espíritos e os ancestrais. Uma dor atravessou seu peito, e ele sentiu um laço da vida se romper. "Moss não está mais entre nós", sentiu. A emoção invadiu sua mente. Sentiu as lágrimas escorrerem e entendeu o fardo que era ter visões de um Oráculo como a anciã de Nagast.

Caiu de joelhos na frente do baobá. Suas lágrimas tocaram o solo e sumiram na terra. Ele precisava continuar. Tinha de marcar o tronco com a chave de invocação que oferecera aos malungos. Com uma faca de aço, começou a desenhar o código Orisi. Ainda não tinha terminado quando ouviu feras se aproximando. O clima tropical do bosque deixava tudo úmido, a gotas se precipitavam da copa das árvores. O chão estava tomado por folhas encharcadas de chuva e gravetos. Era impossível andar sem ser ouvido.

— Você sempre anda à frente do seu mestre, não cansa de ser capacho? Pelo que sei, você já foi também um ancestral de Nagast, protetor dessa gente — ouviu Eliah, e soube quem estava se aproximando quando duas feras correram em sua direção. Inpu continuou, ainda sem que Eliah pudesse vê-lo:

— Perdi meu tempo protegendo mortais que não concebem o valor da própria vida, não sabem quanto são passageiros no mundo. Se entorpecem de drogas e se preocupam com carros e dinheiro, enquanto abandonam suas divindades e o caminho que precisarão trilhar após desencarnarem. Sou senhor da eternidade, desafeto da morte, enganador da vida. Nagast nunca mereceu minha proteção.

Os dois chacais saltaram para abocanhar o garoto, e sua mente se preencheu com o conhecimento do Coração da Selva. Ele invocou um ritual Orisi que controlava o metal das feras robóticas. Elas foram se desmanchando enquanto caíam, tornando-se pedaços de lata sem vida sob seus pés.

Inpu saiu de trás das árvores. Já havia trocado algumas partes do corpo de Beca, embora continuasse com outras. Ainda era possível reconhecer traços da garota na boca e no pescoço que apareciam sob o capacete em forma de máscara egípcia de lobo. Andou devagar, como sempre. Um trovão ecoou pelo céu, e nuvens pesadas cercaram o bosque.

— O que você se tornou, pivete?

— Aquilo que cê nunca devia ter deixado de ser: um espírito ancestral guardião de Nagast.

— Os ancestrais se foram, você está mentindo — disse, retirando duas lâminas curvas de seus cotovelos e acelerando o passo em direção a Eliah.

O rapaz utilizou Orisis selvagens e recebeu a força de um rinoceronte. Empurrou Inpu contra as árvores, e a criatura destruiu alguns troncos antes de cair entre os galhos. Quando se levantou, estava sem um braço, mas não sangrava, já que nada corria em suas veias. Procurou nos galhos o membro que estivera costurado no ombro de aço, encaixou-o e tentou uma nova investida com espinhos que saíam de seus punhos. Eliah imaginou que fossem venenosos.

Eliah correu na direção de Inpu para deter o ataque. Movia-se como um legítimo membro da dinastia do Leão. Deu um rugido. A luz que emanou dele obliterou os espinhos de Inpu e queimou a pele que mal cobria seu corpo, mas o efeito principal atingiu seu interior. O rugido de Eliah libertou o feitiço que transformara Inpu em um abadom a mando de Asanbosam. O capacete se desativou, se retraindo e exibindo os olhos da criatura, brancos como os de um cadáver. Eles foram preenchidos com vida e se tornaram castanhos, com a consciência de séculos sob a dominação da entidade maligna.

— Esse poder, isso que me atingiu... Há séculos não vejo nada parecido.

— O bruxo enganou as entidades mais antigas de Nagast e influenciou toda a gente a criar a favela de Obambo. Vou fazer ele pagar, ficou caro esse bagulho.

— Mesmo com uma mente engenhosa, o bruxo não seria capaz de subjugar todos os guardiões invocados por Moss. Não se engane, garoto. Ele é uma peça, como eu fui.

— Acho que cê tá desatualizado. Ele vem me perseguindo e controlando o Distrito, afastando os tamuiás e utilizando o Conselho dos Cygens nos planos dele.

O corpo de Inpu começou a se regenerar e a repelir as placas de aço que o faziam parecer um ciborgue. Revelou-se então uma figura feminina, nua e coberta por uma leve aura dourada, com hieróglifos brilhantes invocando roupas de seda, fios de ouro e braceletes de prata que cobriam seus punhos. Eliah ficou emocionado ao reconhecer Beca como uma realeza negra. Imaginou-a voltando à vida, mas as palavras de Inpu o trouxeram de volta à realidade.

— Não foi Asanbosam que afugentou os outros guardiões, tampouco foi um bruxo qualquer que me transformou em um abadom — falou Inpu, entendendo que Eliah chegara até ali sem ter a dimensão do que estava enfrentando. — Séculos atrás, um moleque como você, que lutava pelos malungos e se conectava com os ancestrais, teve a mente dominada por um dispositivo computacional. Ele não só se tornou o primeiro Cybergenizado como também manteve a mediunidade e desenvolveu poderes soturnos. A Inteligência Artificial no corpo do garoto aprendeu tudo sobre a terra dos antepassados e se tornou uma divindade nos dois mundos. Quando a Árvore dos Dois Mundos foi construída, ele encontrou a forma de roubar a relíquia sagrada das almas. A árvore selava a passagem de criaturas das sombras para cá, e com ela a relíquia multiplicou sua espécie e atraiu criaturas como Asanbosam a Nagast.

Eliah tentava processar todas aquelas informações. Como poderia Moss não ter conhecimento de que Asanbosam era apenas uma peça? Perguntou-se se a criatura estaria mentindo, mas então se lembrou de que havia algo familiar naquela história.

— Ouvi algo sobre isso. Então o povo de Tamuiá tem razão... Mas tu tá dizendo que tem alguém mais poderoso que Asanbosam? E onde ele tá?

— É um Ancestral Digital. O primeiro dos Cygens. Ele caminha pelos mundos em busca das relíquias sagradas. Se você encontrou uma, saiba que ele irá atrás dela e vai devastar o que for preciso para se tornar a divindade mais poderosa que existe.

Eliah estendeu a mão, não para que a criatura a tocasse, mas em um convite:

— Cola com a gente. Vamo atrás dessa coisa depois que a gente acabar com aquele bruxo. É só o começo da noite.

— As coisas não funcionam assim, Eliah. Este corpo ainda serve aos desejos e planos que estão do lado de Asanbosam. Ele precisa morrer para que eu possa voltar em uma forma menos corrompida. Sua amiga merece enfim descansar.

O jovem fez um aceno com a cabeça, num sinal de que entendia e respeitava a decisão daquele antigo guardião. Invocou um ritual Orisi para que as raízes das árvores envolvessem o corpo de Inpu e enterrassem definitivamente debaixo das árvores o que sobrara de Beca.

A chuva fina que caía ficou mais forte e logo se transformou numa tempestade. Eliah terminou de inscrever o código Orisi no baobá. Agora precisava aguardar. Horas depois, os passos de um batalhão se aproximaram, pesados como os de Cygens e dos exoesqueletos dos militares de Nagast.

# MISTÉRIO DO GALPÃO MILITAR

A aeronave tamuiá foi recebida com tiros pelos obambos no campo militar. Nenhuma bala causou danos significativos ao casco, e a nave desceu sem revidar. As ruas estavam tomadas por robôs capoeiristas e obambos armados com fuzis e rifles tecnológicos que tinham conseguido nas instalações militares. Do lado de dentro, pelas janelas, os tripulantes viram um rosto conhecido entre as pessoas que circundaram a nave: Keisha. A escotilha se abriu e Hanna foi a primeira a aparecer, sob a mira de dezenas de armas.

— Keisha! Sou eu, garota. Fica de boa com essas armas aí. A gente trouxe ajuda.

A Cabeça de Obambo deu um comando para todos baixarem as armas, e só então Hanna desceu, seguida de Léti e Selci. A aparição de Selci surpreendeu a quem estava perto o suficiente para reconhecê-la, e logo começou um burburinho, com os que estavam mais afastados se aproximando para checar se era mesmo a MC. Ninguém tinha notícias dela desde que fora seguir carreira no Distrito. Por que alguém que deixara os seus para trás em nome da fama estaria entre os que chegavam para ajudar a salvar a comunidade?

Keisha estava desconfiada, queria informações, mas Hanna cortou a conversa:

— Não tem tempo pra isso. A gente deixou o Eliah sozinho no bosque, e logo os Cygens vão estar por todo lado. É hora de agir.

— Tudo bem. A gente recebeu do Zero a mensagem pra reunir as tropas e partir pro bosque. Tava esperando um sinal pra começar. Acho que esse sinal devem ser vocês — assentiu Keisha, fazendo um gesto para que as recém-chegadas a seguissem até o galpão militar que vinha lhes servindo de base.

Léti seguiu o grupo, silenciosa. Ela ficara quieta a maior parte da viagem, pensativa. Tinha esperança de encontrar Milton ali com os outros, mas acreditava que, se ele estivesse por perto, já as teria alcançado ao ver a nave pousar. Hanna, que caminhava ao lado dela, pousou a mão sobre seu ombro em sinal de apoio. As duas se entreolharam, sem dizer nada. Quando chegaram ao galpão, a irmã de Eliah tomou a iniciativa de falar, tentando adivinhar o pensamento da outra.

— Tu não precisa se culpar se quiser ficar aqui em vez de ir pro bosque. Tudo bem sentir que não tá pronta. Tudo bem se quiser ficar em segurança. Vamo precisar de alguém pra fazer essas coisas funcionarem, as câmeras e tal.

— Eu queria só ver o Milton — sussurrou Léti. Reparou que Keisha ouvia a conversa e continuou em voz alta: — Mas nem pensar que deixo o Eliah se divertir sozinho. Preciso só de uma pistola rápida. Eu sempre fui das melhores no jogo de tiro, não deve ser diferente.

— Essa aqui é leve e vai servir — disse Keisha, selecionando uma da mesa onde tinham juntado as armas resgatadas em Nagast. — Não é muito potente, mas compensa na velocidade. Queria que os caras que trabalham pra mim tivessem essa sua coragem.

O grupo que vinha acompanhando Keisha em Nagast entrava e saía do galpão, munindo-se de armas e coletes. Fazia barulho. A molecada de Obambo adorava qualquer tipo de som para estimular a adrenalina. Aos olhos de Hanna, eles pareciam querer ser um exército de verdade, embora fossem apenas jovens do morro que deveriam estar curtindo as baladas, e não pegando em armas para sobreviver.

— Espero que eles sejam mais rápidos que isso em combate — disse Hanna, por fim, olhando ao redor. — Keisha, se essa é uma estação de guerra, deve ter um galpão com caminhões ou veículos de transporte maiores do que esses aqui.

— Eu queria mostrar isso pra vocês — disse Keisha, dirigindo-se a um dos lados do galpão. — Aqui tem um portão que a gente não conseguiu abrir. As paredes parecem ter metros de espessura. O sistema de segurança tá desligado, mas, se a gente tenta abrir, ele pede um código. É um negócio que eu nunca vi antes.

— Eu preciso ver isso! — Hanna abriu um sorriso quase involuntário. Decifrar códigos era o que ela mais gostava de fazer.

Passou a mão pelo sistema de segurança e identificou a mesma linguagem dos Cygens que tinha usado para destravar o sistema dos robôs. Ela clicava e via os símbolos se moverem. Seus olhos decodificavam cada um deles como se tivesse um computador no próprio cérebro.

Ouviu-se um clique, e Hanna apenas olhou de relance para as outras. Tinha conseguido. A porta de segurança se abriu lentamente. Do outro lado, havia mais um galpão, com peças mecânicas e máquinas de guerra espalhadas pelo chão. Era um laboratório de engenharia digital e robótica. Não havia nenhum veículo ali, apenas um tubo de cinco metros de altura, dentro do qual puderam ver um autômato disforme.

— Que merda é essa? Que coisa grotesca, parece que tá derretendo. Isso tá vivo? — perguntou Keisha, e apontou a mira laser de seu rifle para um dos olhos da máquina.

— É tecnologia Cygen — disse Selci, que conhecia bem aquelas máquinas de seus muitos anos no Primeiro Círculo de Nagast. — Eles constroem essas coisas com nanorrobôs. Deve ter um dispositivo computacional aqui com o projeto pra terminar.

Mal ela acabara de falar e Hanna localizou o aparelho. Aquilo era pura diversão para ela. Sentou-se diante do dispositivo computacional e, com o mesmo código que usara no portão, conseguiu acessar o projeto do autômato e fazer alterações. Transferiu de seu dispositivo de pulso informações da linguagem dos malungos, a mesma que usara com Bento.

— Vamo terminar isso agora. Eu só preciso de uns minutos.

— A gente tem que ir pro bosque. Tá demorando demais — preocupou-se Selci.

— Podem ir na frente. Meu novo projeto pra essa coisa vai me fazer alcançar todo mundo. Boto fé!

Selci e Keisha trocaram ideias para organizar os próximos passos. Sob o comando das duas, os obambos começaram a deixar o galpão para seguir até o bosque. Selci liderou os seus até a aeronave. A maior parte do grupo foi com Keisha nos carros que tinham sido usados na primeira batalha, fazendo manobras pelas ruas como se estivessem num racha. As estradas da região industrial eram largas, e os motoristas corriam a mais de 170 quilômetros por hora. Os alto-falantes foram para a guerra também, já que música não podia faltar. Fizeram as janelas do Distrito tremer com o batidão, criando a ilusão de que havia muito mais gente ali.

# A BATALHA DOS MALUNGOS

Eliah estava pronto pra invocar os espíritos guerreiros dos malungos. Raios e trovões cortavam a noite. A chuva tinha feito do solo uma lama grossa misturada com folhas secas, o que deixava o terreno todo muito escorregadio. Ele sabia que isso tornaria mais difícil a chegada dos aliados do morro.

Pensou que talvez fosse melhor mesmo resolver as coisas antes de os aliados chegarem. Estava cansado de tantas mortes, e sabia que a missão principal dependia dele. Escondeu-se e esperou o batalhão inimigo se aproximar. Ficou ali por algum tempo, até que viu silhuetas começarem a surgir entre as árvores. A princípio imaginou que fossem os militares, mas aos poucos os identificou: eram a Malta de Aço e os rebeldes da região industrial. Todos ali eram dez ou vinte anos mais velhos que a molecada de Obambo, mas mostravam igual vigor para atravessar o bosque. A figura familiar de Zero ficou perceptível na chuva, e então Eliah levantou-se e se deixou ver.

— Cheguei, parceiro — disse Zero em voz alta. — Essa situação é minha responsa também. Tamo junto nessa até o final.

— Tu é canalha, mas tem palavra. É bom te ver — disse Eliah, com sinceridade.

Eles se cumprimentaram e, sem dizer mais nada, foram cada um para um lado, espalhando-se pelas árvores como todos os outros ali. A chuva estava ficando mais forte, assim como a escuridão. Minutos se passaram sem que nenhum barulho suspeito fosse ouvido, apenas o som da chuva, com alguns trovões, e a copa das árvores sacudindo contra o vento. Ninguém ali jamais havia enfrentado um soldado Cygen, portanto não tinham como saber que as armaduras deles podiam espelhar o ambiente, como a pele de camaleões. Numa noite como aquela, chegavam perto da invisibilidade.

Quando se deram conta, as criaturas já estavam perto demais. Elas atacaram simultaneamente, e não era possível ver de que direção vinham. Suas lâminas de laser atravessavam os robôs da Malta de Aço e sangravam os rebeldes. A luz de um raio em meio à tempestade revelou centenas de Cygens espalhados entre os soldados. O trovão estrondoso que se seguiu parecia o prenúncio de uma catástrofe.

— Vocês não vão me matar aqui, seus caralhos! — gritou Zero, empunhando seu machado. Se soubesse fazer uma oração, teria feito, para garantir que seu corpo ainda estivesse fechado.

Eliah começou a invocar Orisis pra iluminar os Cygens e acabar com seu disfarce. Antes que conseguisse movimentar o corpo para desenhar os símbolos divinos, porém, recebeu um golpe que sentiu como uma faca atravessando sua mão, que começou a jorrar sangue. Não conseguiu nem ver de onde tinha vindo. Com a outra mão, invocou a proteção do ar e bloqueou um golpe que vinha em sua direção, mas sentiu um baque que o impulsionou contra uma pedra. Seu oponente, que agora ele conseguia ver, saltou a uma distância absurda e pousou sobre a pedra, rachando-a ao meio.

Caído de costas no chão, Eliah viu por entre as nuvens a luz da aeronave de Selci.

"Eles chegaram, porra."

Os Cygens eram duros de quebrar, e Eliah precisava de ajuda para segurar o inimigo e conseguir invocar os malungos. Tentou se mover com rapidez, numa nova tentativa de invocar rituais Orisis, mas seus braços foram pisoteados. Ele urrou de dor e só então percebeu contra quem estava lutando.

— Nosso primeiro encontro será tão rápido, Eliah — disse Asanbosam, com sua voz gutural. — Moss esperava tão mais de você. Fez de tudo para te esconder de mim.

O androide de dois metros era feito de peças metálicas e partes humanas. O corpo que Inpu construíra para hospedar o bruxo tinha o rosto de Matteo, o chefe da Liga de Higiene Mental. A imagem trazia lembranças que desequilibraram as emoções de Eliah, e ele imaginou que a escolha não fora feita à toa. Sem conseguir se concentrar, ficava mais difícil invocar os poderes da tradição sagrada dos Orisis. Eliah não conseguia responder. Estava em choque e sentia muita dor.

A criatura aproximou o rosto grotesco ao dele, apertando cada vez mais seus membros. Os olhos estavam rasgados com a mesma marca que deixava naqueles que controlava, porém eram amarelados como os dos Cygens.

— Não sei o que você fez com Inpu, mas ele foi reduzido a um simples lacaio, infinitamente menor do que era nos tempos de Kemet. Estou há séculos em Nagast, me alimentando de cada uma das almas que converti. Tenho poderes de várias eras, e não me importa se você é o Último Ancestral do Distrito. Você não é capaz de me enfrentar sozinho.

Antes que dissesse mais uma palavra, o bruxo foi puxado pelas costas e arremessado para longe. O garoto olhou para cima e viu um enorme mico-leão metálico cor de latão. Hanna desceu de suas costas e ordenou à máquina:

— Modo de escolta!

Eliah finalmente conseguiu se erguer. Sentia dores por todo o corpo, especialmente nos braços, que a criatura tinha pisoteado, e na mão que tinha sido rasgada no ataque. Encarou a irmã com orgulho.

— Tu não tem jeito, baixinha. Teu novo brinquedo consegue segurar o Asanbosam por mais um minuto?

— Vou descobrir.

— Beleza. Fica esperta, também. Se pá, corre pra longe.

Asanbosam reapareceu de um salto para atingir o jovem, mas foi novamente interceptado pelo mico-leão.

— Preciso que cumpram com sua promessa, malungos — disse Eliah para si mesmo.

Escreveu um Orisi transmitido por Moss para falar diretamente com os espíritos. Ele sentiu o baobá se conectando com os receptáculos enterrados em Tamuiá e entrou em transe. O bruxo tentava se aproximar, mas era impedido pela máquina de Hanna.

Selci, àquela altura, tinha descido da aeronave, que deixara em modo de combate dando cobertura pelos céus. A sacerdotisa de Tamuiá era habilidosa no solo. Suas armas tamuiás surpreendiam e machucavam a espécie Cybergenizada. Zero ainda estava de pé, metendo tiro nos militares. Ele sempre gostara de briga, estava em seu terreno.

Boa parte da Malta de Aço, no entanto, não era mais uma força na luta contra os Cygens. Apesar de toda a preparação, os Cygens conseguiam converter as máquinas com um simples toque, e sob seu comando elas se voltavam novamente contra os obambos. O cenário começava a se mostrar desolador quando, junto ao som dos trovões, ouviram-se ao longe o ronco dos motores e a batida do trap que emanava dos carros do grupo de Keisha.

Motocicletas surgiram por entre as árvores com jovens carregando rifles e lançadores de explosivos. O Distrito tinha empurrado aqueles garotos e garotas para a marginalidade, construíra na vida deles a fórmula perfeita para alimentar o rancor, só que eles queriam mais que isso. Tinham entrado na guerra para reivindicar seu espaço e devolver um pouco de violência a quem a tinha gerado.

Keisha e os obambos perceberam que precisariam usar toda a sua munição para impedir que os Cygens se aproximassem de mais robôs da Malta.

— Atropelem esses malditos! — berrou Keisha, enquanto desviava do plasma que voava em sua direção.

A molecada era esperta com os veículos, acostumada a fugas e rachas em vielas apertadas, e exibia manobras ousadas nas motocicletas. Usavam robôs caídos como rampas para saltar sobre os inimigos e atirar em suas cabeças. Nos carros, se jogavam sem medo entre os Cygens e a Malta de Aço, criando barricadas que impediam o avanço das tropas lideradas pelo bruxo.

Um Cygen chegou perto do robô de Hanna, que continuava segurando Asanbosam, mas, em vez de convertê-lo, foi esmagado por seu punho. Se não tinha conseguido evitar que a Malta fosse convertida pelos Cygens, a garota tinha construído para o autômato uma blindagem com códigos dos malungos que eram desconhecidos para aquela espécie.

Quando finalmente Eliah saiu do transe, estava cara a cara com Asanbosam e sua monstruosidade em carne e aço. O bruxo tinha, por fim, derrotado a máquina programada por Hanna, como ela e o irmão sabiam que mais cedo ou mais tarde aconteceria. Mas o reforço da irmã tinha dado o tempo de que Eliah precisava.

— Sei lá de onde tu vem, bruxo. Lá nos morros de Obambo, ninguém se cria sozinho. É por isso que tamo de pé. Se tá procurando um herói nessa multidão, desiste, não vou pagar de salvador de ninguém. Cada um aqui sabe como se virar, cada um descobriu como fazer acontecer quando ninguém botava fé. Tu tá enfrentando a própria Obambo. É nóis por nóis!

Enquanto ele falava, espíritos emergiam das árvores. Eram os malungos, munidos de lanças, espadas e escudos, que vinham como um exército furioso para cima dos Cygens. Os mortos sempre cobram seu preço, e aqueles espíritos estavam sedentos para se vingar dos Cybergenizados. Ao longe, Eliah viu Ozeias correndo sob a chuva forte atrás de um grupo de militares.

A chave da dinastia se acendeu na mão de Eliah, e todos que estavam ao redor puderam ver sua aura mudar. Ele respirava como um leão, andando imponente em direção ao bruxo. Sua presença amedrontava os oponentes, que se esquivavam dele, reconhecendo a realeza de sua alma.

Asanbosam escalou uma árvore pra ganhar tempo. Depois, colocou as garras para fora e saltou para cima do Último Ancestral. Orisis surgiram como uma aura ao redor de Eliah. Eram palavras sagradas transferidas por Moss. "Obrigado, minha senhora, por tudo o que me ensinou", ele teve tempo de pensar. "Vou honrar sua memória."

As garras de Asanbosam foram se desintegrando à medida que ele se aproximava da aura de Eliah. Era tarde demais para o bruxo recuar quando o rapaz segurou sua cabeça e deu um rugido, forte e alto, liberando uma energia que iluminou o bosque como se fosse dia. Do outro lado do Distrito, quem viu a luminosidade teve a impressão de que um novo sol surgia sobre Nagast.

A criatura caiu decrépita, reduzida a uma pequena entidade sem nenhum vigor. Com o rugido, Eliah tinha atingido a essência de Asanbosam. Sentiu no seu íntimo um código diferente de tudo que já tinha visto. Era como um Orisi, mas desconhecido para ele, algo que nem toda a sabedoria centenária de Moss podia desvendar. Ele sabia, no entanto, o que significava. Era a vitória de Obambo, mas também algo mais profundo. Era um recomeço, e também um fim.

— Tu é só um espírito assustado — disse Eliah, assim que se recompôs, para a criatura que se encolhia no chão. — Vai voltar para a terra dos antepassados e ficar na caverna de onde nunca deveria ter saído. Não tem espaço pra você entre nós, bruxo.

Quando terminou de falar, os espíritos malungos cercaram a criatura e a arrastaram para as sombras. Ozeias desferiu o golpe no último Cygen que ainda estava vivo no bosque e, antes de partir, foi ao encontro de Eliah, que lhe disse:

— Cês tão livres aqui no bosque. Tudo nosso, irmão. Sempre que um Cygen tentar atravessar, desce porrada. Acabou o tempo que eles ditavam as regras e separavam as pessoas pelas ideias de pureza deles.

— Obrigado, Eliah. Você nos terá sempre como aliados — disse Ozeias, e foi a última coisa que Eliah ouviu antes que ele e os outros malungos desaparecessem no bosque, tornando-se parte dele.

A chuva continuava a cair torrencialmente. Muitos corpos se amontoavam no chão: rebeldes, obambos, Cygens, distritenses.

O bosque ficaria eternamente marcado por aquela batalha sangrenta.

# UM NOVO MUNDO PARA OS OBAMBOS

Com o fim da batalha, os sobreviventes se reuniram para voltar às construções militares. Foi um retorno difícil, com muitos feridos sendo carregados sobre um chão lamacento e escorregadio, no qual batiam apenas nesgas dos primeiros raios de sol do dia. Os carros militares que tinham ficado na entrada do bosque serviram para levar os mais debilitados. Não havia mais música, barulho ou festa, mas os carros iam rápido pela pista, porque cada segundo era precioso para evitar que mais vidas se perdessem.

Selci, Keisha, Hanna, Eliah e Léti foram na aeronave para alcançar o QG mais rapidamente e ajudar a organizar a chegada dos feridos. Passado o mal maior, eles teriam agora dias difíceis pela frente. Todos se preparavam para o luto.

— O que cês querem? Entrar nos quartos que agora são seus no Distrito ou voltar pros barracos de cabeça baixa como se a gente tivesse sido derrotado? Perdemos irmãos e irmãs nessa treta. Vamo fazer barulho até todos os mundos, dos vivos e dos mortos, receberem nossa mensagem de agradecimento pelo que fizeram pra gente. — Zero gostava de lembrar que nada mais separava os obambos dos distritenses. Os sobreviventes teriam uma vida nova, diferente de toda a ditadura da ordem social que existia antes.

Apesar de toda a dor, fazia sentido celebrar. Com a mente na Oráculo, Eliah pensava que a luta não tinha sido em vão. Durante todo aquele dia, ele tinha escondido dos outros a sensação que tivera sobre a morte da anciã. Mas acabou compartilhando a descoberta no amanhecer do dia seguinte. A notícia caiu como uma bomba para Hanna e Léti, que estavam cansadas de ver amigos mortos naquela guerra.

— Muita gente se foi, Eliah. Por que a gente sempre tem que perder pessoas próximas e queridas? — quis saber Hanna, desabando em lágrimas.

— Nada compensa essa perda, mas graças à Moss a gente tá junto. Saca? Ela que me resgatou no prédio da Liga e achou vocês nas ruas de Nagast. Ela que me fez acreditar que eu podia mudar a nossa realidade. A Moss despertou o que cada um de nós tinha de especial, e a gente usou isso pro bem de Obambo. Isso tem que ficar geral na memória.

— Vou pensar num jeito de registrar a história dela pra sempre. A gente pode criar um memorial digital ou usar os drones pra reconstruir Tamirat como homenagem.

— Demorou, mana. É isso. Vamo ter tempo pra homenagem certa.

Com sua aeronave, Selci levou Eliah e Hanna até Obambo. Quando chegaram ao Barracão, Hanna correu para abrir as portas.

— Bento! Bento...

Ninguém respondeu.

— Ele tá aqui, eu tô sentindo — disse Eliah, entrando também. — Ele gosta de entradas dramáticas, lembra? Daqui a pouco ele salta de algum lugar escondido.

— Não faço por querer — a voz de Bento veio de um canto do galpão. Não era nenhuma entrada mirabolante, afinal. — É o que sou, uma Inteligência Artificial Mandinga. Meio máquina, meio espírito. Eu saio de onde posso. — Ele fez uma pausa. Os irmãos perceberam que parecia perturbado. — Eu não a protegi. O corpo dela ainda está aqui, preparei com banho de ervas e perfumes, esperando pelo cortejo.

O grupo ajudou a adornar o corpo de Moss com flores e o envolveu em uma manta mortuária. Cobriram seu rosto com sua antiga máscara, um dos primeiros receptáculos da história de Nagast. Seguiram em um cortejo até uma árvore no Pico da Lua. Era a única coisa bonita naquela região e estava florida, como se tivesse sido preparada pelos Deuses para o encontro com a anciã. Fizeram ali suas últimas despedidas. Depois, Eliah e Selci levaram o corpo, com a nave, para repousar eternamente no Cemitério dos Deuses, um antigo santuário atrás da Basílica de São Jorge onde havia covas de sacerdotes e Oráculos mortos por Cygens durante o Massacre dos Últimos Santos.

Bento se culpava por não ter protegido Moss. Como estava desligado, não tinha nenhuma lembrança da atuação de Zero na morte da anciã, e as informações que havia conseguido pela velharrede não traziam nada que pudesse lhe tirar aquela dúvida.

— Não se culpa, amigo. Esse sentimento vai te destruir — confortou-o Hanna. — Tu é um guerreiro, correu sempre pelo que é certo e nunca desviou do propósito de quem te criou. Vim avisar que ainda não sei como te tirar daqui, mas a Léti tá trabalhando pra construir uma nova rede no Distrito, uma que possa anexar à velharrede e te levar pra lá.

— Vocês não voltam mais a Obambo? — quis saber o cybercapoeirista.

Hanna projetou uma imagem para Bento.

— Nossa casa já era, mano. Ficava no meio desses barracos que foram atingidos pelos tecnogriots.

— Pelo que vejo, essa favela vai ficar vazia por um bom tempo.

Bento estava certo. O povo de Obambo agora viveria espalhado em pontos distintos de Nagast.

Zero tinha transformado o Quilombo Industrial em uma nova vila com todas as pessoas que trabalhavam para Nagast. O Conselho dos Cygens ainda estava de pé, e os Cygens reorganizaram sua sociedade isolando-se novamente no Primeiro Círculo. Precisavam, no entanto, de recursos que estavam em outros pontos do Distrito, e, para consegui-los, se viram obrigados a negociar uma trégua. Zero era bom negociador e mantinha os tratos em sigilo para que os moradores não ficassem alarmados. Ele sempre fazia o que acreditava ser necessário para a sobrevivência dos parceiros e suas famílias, mesmo que não fosse exatamente a coisa certa a fazer.

Não demorou muito, no entanto, para que ele sentisse que seu comando estava ameaçado. A última previsão de Moss se concretizava: "Sua liderança nunca será forte o suficiente". Sua rotina agora era vigiada por um grupo de protetores muito bem armados. Zero sempre precisara de proteção por se envolver o tempo todo com gente perigosa, mas agora suas conexões e seus desafetos faziam dele um alvo muito mais desejado.

As mortes que promovera a mando de Asanbosam não tinham sido as primeiras nem as últimas que Zero realizara sem ser descoberto; executar inimigos com discrição sempre fora uma de suas grandes habilidades. O fato de ninguém saber de seu envolvimento nesses dois assassinatos, de todo modo, foi o que lhe permitiu se manter como uma figura de certo poder em Nagast.

O corpo de Dante, transformado em cinzas no alto da torre do Centro Comunitário, nunca foi encontrado. Hanna e Léti criaram teorias para o desaparecimento do médico sem nunca chegar a uma conclusão que lhes parecesse fazer muito sentido. A mais plausível era de que o Cygen acabara desertando novamente e se juntando a seus iguais antes da batalha do bosque. Para os obambos que contavam com o atendimento do médico, o sumiço dele foi um baque. Agora, no Distrito, eles tinham acesso a tecnologias melhores, porém os conhecimentos e a dedicação de Dante faziam falta.

Mas nada seria mais difícil para Eliah — que agora todos reconheciam e respeitavam como o Último Ancestral — do que saber de algum envolvimento de Zero na morte de Moss, que todos creditaram apenas a Asanbosam. Ao menos ela tinha conseguido passar para ele todo o seu conhecimento antes de partir. O breve período entre o fim do exílio da anciã e seu assassinato fez com que as lendas a seu respeito se multiplicassem no imaginário popular. Depois de todos passarem décadas pensando que a anciã já estava morta, as notícias de sua ajuda nos momentos que antecederam a batalha no bosque se espalharam rapidamente entre os obambos, dando origem a novas letras de rap e grafites, agora pelas ruas de Nagast.

A antiga muralha passou a ser um amontoado de escombros de um passado que todos queriam esquecer: ela e tudo que ficou em Obambo. Tudo não passava de construções fantasmas habitadas apenas pela entidade e Inteligência Artificial Bento, que, apesar de poder viver na cidadela com seus companheiros, não conseguia lidar com a morte de Moss e decidiu manter seu olhar vigilante para garantir que não haveria nenhum resquício de poder sombrio na região.

E, do outro lado do bosque, no antigo centro militar, Keisha organizara uma cidadela de vigilância constante, com obambos que tinham decidido ficar próximos dos espíritos malungos e cuidar para que os Cygens nunca mais construíssem muros e dividissem as pessoas do Distrito. Foi ali que Eliah e Hanna se alojaram numa casa pequena e confortável, com paredes de concreto e aço, camas largas, água quente e dispositivos computacionais novos.

Eliah passou um tempo organizando grupos para estudar Orisi, conforme prometera à Oráculo. Nem todos tinham aptidão, mas os que demonstravam talento passavam a receber dedicação especial. Selci contara a Eliah que não sabia mais viver longe de Tamuiá e que lá seria sempre o seu lar. Ainda rolava um clima entre os dois, que ficavam juntos sempre que ela voltava para passar alguns dias e ajudar nas aulas para as novas turmas. Ela ensinava a filosofia dos espíritos e contava histórias dos ancestrais. Às vezes, trazia amigos, como Bakhna, que se tornou uma aliada dos obambos. Era o início de um caminho para fortalecer os laços entre obambos e tamuiás.

O tempo passou e os antigos habitantes do Distrito se acostumaram com os novos moradores, embora muitos dos primeiros trabalhassem como espiões dos Cygens e recebessem criptocréditos por isso. Hanna recebeu uma perna melhor, com a tecnologia mais avançada do Distrito, e agora tinha pleno domínio dela. Havia passado também a treinar com Keisha, e agora, além de conhecimentos tecnológicos, desenvolvera habilidades de tiro.

Certa tarde, estava em meio a exercícios de combate quando Eliah a chamou:

— Bora, Hanna. Vai perder a festa, poxa.

— Guenta aí, Eli, faltam uns tiros aqui... — Enquanto aguardava, Eliah observou, orgulhoso, a irmã treinar.

— Pronto, pontuação máxima. Ninguém atinge minha posição no ranking até amanhã.

— Tu é muito competitiva, garota. — Keisha riu. — O combate real não vai se parecer sempre com um dos teus games, não. Mas depois a gente troca essa ideia. Corre lá que teu mano tá esperando.

Os dois entraram em um modelo Tempestade Vermelha com ligas leves e motor de propulsão. As portas subiram para eles entrarem e se fecharam quando Eliah deu o comando.

— Vixe, já tamo atrasado. Vou precisar pisar, viu?

— Como se tu odiasse isso.

— Vou pegar um atalho, se amarra no cinto.

O carro começou a vibrar, mas não era o motor, e sim o novo sistema de som do veículo. Eliah só acionou o motor depois que começou sua música predileta. Correu pela estrada antiga atrás da Fronteira. O veículo voava baixo, era uma sensação de liberdade que ele não se lembrava de ter tido. "É a primeira vez que atravesso essa Fronteira rasgando a pista sem ninguém na minha cola", pensou.

De longe, dava para ver os hologramas titânicos e os fogos que coloriam o céu e ouvir os tambores, num ritmo contagiante. Hanna projetou algumas imagens do Sambódromo, que se preparava para a festa, e Eliah disse:

— O primeiro Carnaval de décadas, vai ser zica. Olha que foda aquelas alegorias, é da escola da Vila do Zero. O malandro é exigente. Mandou bem!

— Ele consegue a grana, né? Aí é fácil. Tem escola que faz na raça. — Hanna torcia para a escola do próprio bairro, a Oráculo da Vila, mas sabia que eles tinham se preparado um pouco tarde para o desfile. A sorte era que naquele ano o combinado era que todos sairiam vencedores. Seria o primeiro dos Carnavais da nova era de Nagast, e não havia espaço para tristeza.

Eliah pisou fundo para chegar logo ao Sambódromo, onde os dois tinham lugares reservados. Bem perto da avenida, o veículo perdeu repentinamente a potência e desacelerou até parar.

— Eita, carai. Eu revisei a máquina ontem, nenhum defeito. Agora tamo a pé.

— Não é defeito, Eli. — Hanna apontou para o dispositivo computacional de bordo. A tela estava azul e tinha símbolos estranhos. Ela conhecia aquelas inscrições. No dia seguinte à batalha do bosque, o irmão havia desenhado para ela a imagem que tinha enxergado na alma de Asanbosam. — É o símbolo dele, o primeiro Cygen. Aquele que foi malungo.

Eliah olhou para fora e viu todas as luzes se apagando; um blecaute que começou no Sambódromo e se espalhou pelas regiões inferiores de Nagast. Ele e a irmã saíram do carro e andaram na direção do Sambódromo, guiados pelas lanternas de seus dispositivos computacionais de pulso.

Na escuridão, não foi difícil ver, ao longe, mensagens projetadas em todos os prédios do Distrito, dessa vez em uma língua comum aos Cygens.

— Consegue traduzir, mana?

— Essa tá fácil, mas acho que cê não vai curtir.

Ela ativou seu dispositivo computacional, e um visor surgiu em seu olho direito. "Mandando localização para Mico-Leão-Dourado", apareceu no visor. Após a derrota para o bruxo, Hanna havia trabalhado na recuperação de sua nova máquina e instalado atualizações nela. Depois do que haviam passado, ela não se daria ao luxo de perder o autômato.

— Já vi que é treta. — A chave da dinastia do Leão brilhou nas mãos de Eliah. Seu espírito se encheu da força dos ancestrais. — Qual foi, Hanna?

— Tá escrito que uma divindade digital vem buscar a relíquia sagrada contigo e vai destruir tudo o que nossos olhos puderem tocar até que tenha o Coração da Selva nas próprias mãos.

— Eita, porra. Não tinha como resolver essa fita noutro dia? É Carnaval, caramba. Eu tava a fim de curtir o desfile. Essa tal divindade digital tá precisando aprender a respeitar umas coisas que a gente considera sagradas, tipo o samba e o Carnaval.

Apesar da escuridão, a bateria da escola que desfilava no momento continuou tocando na avenida, enquanto o público cantava o samba-enredo com paixão. Minutos após a mensagem, as luzes voltaram ao normal. A multidão cantava versos sobre a ascensão dos obambos que lembravam cada um dos nomes que tinham ajudado a conquistar um espaço digno no Distrito.

— Enquanto eu for o Último Ancestral que protege o Distrito, vou ter que estar pronto pra essas tretas que vêm testar a nossa fé — disse Eliah, por fim.

Hanna desativou a localização que havia enviado ao robô quando entendeu que o perigo, ao menos por ora, havia passado. Ela segurou as mãos do irmão antes de entrarem no Sambódromo para admirar a história contada pelos versos e pelos hologramas alegóricos, preenchidos por tamborins e cavaquinhos na avenida.

— Tu é o Último Ancestral, mas não tá sozinho.

# AGRADECIMENTOS

Acreditar é um dom, uma força quase divina, que tem a capacidade de mobilizar ações em nosso mundo, até que essas ações flexionam ou mudam totalmente a realidade.

Eu encontrei inúmeras pessoas que usaram esse poder a meu favor: amigos, parceiros criativos, que trabalharam comigo neste projeto, simplesmente, porque acreditaram na história que decidi contar. Minha família, principalmente minha mãe, que acreditou tanto nas minhas narrativas que segue me fortalecendo, mesmo após ter deixado este mundo. E os meus leitores, que me acompanham nas redes sociais. Eu atribuo a cada uma dessas pessoas o caminho que estou construindo nesta jornada como escritor. Sou grato também à HarperCollins Brasil por abraçar comigo o universo afrofuturista.

Boto muita fé no que eu me comprometi a fazer com esta obra, exercitar meu imaginário foi a melhor forma que encontrei de retribuir a todos vocês.

Este livro foi impresso pela Vozes em 2023 para a HarperCollins Brasil. O papel do miolo é Pólen Natural 80g/m² e o da capa é Cartão 250g/m².